LE MENSONGE

Hallie Ephron a grandi à Berverly Hills dans une célèbre famille de cinéastes. Ecrivain, critique de littérature policière au *Boston Globe*, elle organise des ateliers d'écriture. Mariée, mère de deux enfants, elle vit près de Boston.

HALLIE EPHRON

Le Mensonge

TRADUIT DE L'ANGLAIS (ÉTATS-UNIS) PAR MICHÈLE VALENCIA

PAYOT

Titre original :

NEVER TELL A LIE
William Morrow, an imprint of HarperCollins Publishers, New York

Toutes les notes sont de la traductrice.

ISBN : 978-2-253-12842-7 – 1re publication LGF

À ma famille,
Jerry, Molly et Naomi

MARDI 4 NOVEMBRE

UNE FEMME ENCEINTE DISPARAÎT À BRUSH HILLS

Brush Hills. La police du Massachusetts est toujours à la recherche d'une piste après la disparition de Melinda White, âgée de trente-trois ans, que personne n'a revue depuis samedi. Hier, les autorités ont diffusé un communiqué pour signaler que cette jeune femme enceinte pourrait avoir été victime d'un mauvais coup.

Mme White, qui est assistante de direction à l'agence immobilière SoBo Realty, s'est rendue samedi matin à un vide-grenier et, d'après la police, personne ne l'a plus revue depuis. Lundi, sa sœur, Ruth White, qui habite à Naples, en Floride, a signalé sa disparition.

« D'habitude, elle m'appelle tous les jours, alors quand je n'ai pas eu de ses nouvelles, j'ai compris que quelque chose ne tournait pas rond », a-t-elle déclaré. Elle a ajouté que ses proches tâchaient de surmonter « du mieux possible » leur inquiétude.

Albert Blanchard, sergent de la police de Brush Hills, a déclaré qu'aucun suspect n'avait été appréhendé pour l'instant.

« Nous essayons d'interroger les gens qui la connaissaient et toute personne qui l'aurait vue samedi, mais quant à savoir ce qui lui est arrivé… Non, nous n'avons encore aucune piste. »

Quiconque disposant de renseignements est prié de contacter la police de Brush Hills.

SAMEDI 1er NOVEMBRE

1

Qu'il pleuve ou qu'il vente, ce vide-grenier se tiendra, avait précisé Ivy Rose dans son annonce. En fait, le ciel était d'un gris métallique et le vent soufflait en rafales. Mais ce temps automnal typique de la Nouvelle-Angleterre n'avait pas découragé les chineurs.

David ôta le chevalet qui bloquait l'accès, et les visiteurs se ruèrent dans l'allée. Ivy eut l'impression que leur havre victorien tolérait cette invasion comme une énorme baleine blanche pourrait flotter à la surface de l'eau pour laisser les oiseaux la débarrasser de ses parasites.

Pendant trois ans, Ivy n'avait pas prêté attention aux vieilleries poussiéreuses entassées par Paul Vlaskovic, le précédent propriétaire, un type âgé que David appelait Vlad. Le bric-à-brac qui encombrait leur grenier et leur sous-sol aurait aussi bien pu exister dans un univers parallèle. Puis, aussi soudain qu'un orage printanier, le besoin d'éliminer ce qui ne leur appartenait pas était monté en elle jusqu'au moment où elle n'y avait plus tenu. *Dehors, tout ça !* David avait eu l'élégance de ne pas y voir l'effet d'une poussée hormonale – à moins qu'il n'ait été mû par son instinct de conservation.

Ivy sentit le bébé donner un bon coup de pied. On était loin du léger battement d'aile des débuts ! *Coucou, Petite Pousse.* Elle posa les mains sur son ventre solide comme un roc. À trois semaines à peine de l'accouchement – ou de l'explosion –, Ivy aurait dû sentir les premières contractions, ces fausses alertes ou simples ratés, à la façon d'un moteur qui tousse sans réussir à se mettre en marche.

David et elle avaient atteint la phase obsessionnelle du choix d'un prénom, et elle se demandait combien de futurs parents avaient, comme eux, ces fichus « ratés » dans leur prise de décision.

Viable, viable, viable. Le mot tournait sans cesse dans sa tête. Elle s'était mariée à vingt-quatre ans et il lui avait fallu cinq ans pour concevoir. Une première fausse couche, suivie de deux autres, la dernière à vingt semaines, juste au moment où elle croyait n'avoir plus besoin de retenir son souffle.

David arriva à côté d'elle et passa un bras autour de ce qui était autrefois sa taille. Un ventre tendu par une grossesse presque arrivée à terme était étonnant, une citrouille géante digne de figurer au palmarès d'un concours agricole.

— Dis donc, Stretch… (Ce surnom avait pris une connotation tout à fait différente au cours des derniers mois.) Ça démarre au quart de tour, on dirait. Tu as vu ce monde ?

Elle frissonna de plaisir lorsqu'il repoussa ses cheveux et enfouit le visage dans son cou.

Ivy adorait l'odeur de terreau qu'il exhalait, la façon dont sa tignasse auburn pointait en tous sens, et surtout le sourire qui prenait possession de son visage et lui plissait les yeux. Le nez qu'il s'était cassé lors d'un match de football américain à l'université, après avoir survécu sans dommage en jouant arrière pendant ses études secondaires, donnait du caractère à des traits doux par ailleurs.

Quant à elle, son physique avait une certaine « personnalité », comme disaient les gens : yeux sombres, expressifs, nez trop long, bouche un peu trop généreuse pour être considérée comme belle. La plupart du temps, elle ne prêtait pas grande attention à son aspect. Au saut du lit, elle se brossait les dents, passait un peigne dans ses épais cheveux longs châtains, et s'en tenait là.

— Ils s'imaginent sans doute que dans cette superbe vieille maison, il doit y avoir des vieux trucs superbes eux aussi, répondit-elle.

David tripota un cigare imaginaire et, à la Groucho Marx, haussa les sourcils en direction de deux téléphones noirs à cadran.

— Ah ! s'ils savaient !

D'un geste de la main, Ivy salua un amateur de vide-greniers, Ralph, accroupi au-dessus d'une caisse de matériel électrique. À côté de lui, dans la cohue, elle remarqua Corinne Bindel, leur plus proche voisine, une dame âgée aux cheveux trop platine et trop gonflés pour être naturels. À en juger par son expression peinée, elle ne comprenait pas pourquoi quelqu'un serait prêt à donner un sou pour acquérir l'une de ces horreurs.

— Qu'en dis-tu, si nous installions quelques petites choses pour le bébé dès la tombée de la nuit ? demanda David.

— Pas encore.

Ivy frotta son pendentif – une pierre bleu de cobalt montée sur une main en argent – passé à une chaîne. Ce porte-bonheur lui venait de sa grand-mère. Elle savait que c'était une superstition stupide, mais elle voulait que les affaires destinées au bébé soient entreposées dans la pièce d'appoint jusqu'à sa naissance, jusqu'à ce qu'elle ait compté et embrassé tous les petits doigts et les petits orteils.

— Excusez-moi…

Une femme regardait Ivy par-dessous la visière d'une casquette des Red Sox et brandissait un récipient vert en forme de cygne, en verre de la Dépression[1], sorti d'un carton de fruits en cire auxquels les souris s'étaient attaquées.

— Je vous le laisse à quinze dollars, dit Ivy. Il n'a pas une seule fêlure ni une seule ébréchure.

— Ivy ?

L'acheteuse aux boucles cannelle méchées de blond parut étonnée.

— Tu ne te souviens pas de moi ?

— Je…

Ivy hésita. Cette jeune femme vêtue d'une tunique de future maman en coton à fleurs, bleuets et boutons-d'or, lui disait vaguement quelque chose. Sa main aux ongles vernis roses, parfaitement manucurés, reposait sur son ventre. Comme Ivy, elle était enceinte jusqu'aux yeux.

— Mindy White. Melinda White, à l'époque.

1. Dans les années 1930, on a fabriqué industriellement du verre teinté appelé « verre de la Dépression ».

Melinda White – ce nom évoquait le lointain souvenir d'une élève rondouillarde qui, comme elle, avait fait toute sa scolarité à Brush Hills. Des cheveux châtains frisottés, des lunettes et un teint terreux. Difficile d'imaginer qu'il s'agissait de la même personne.

— Bien sûr que je me souviens de toi. Dis donc, tu es devenue superbe ! Et puis, félicitations. C'est ton premier ?

Melinda le confirma et s'approcha d'un pas. Elle sourit. Autrefois complètement de travers, ses dents étaient à présent parfaites.

— Toi aussi, c'est ton premier, hein ?

Ivy évita son regard scrutateur.

— Je dois accoucher fin novembre, vers Thanksgiving, précisa Melinda. Et toi ?

— Au mois de décembre.

En réalité, Ivy attendait son bébé pour la même période. Mais elle avait annoncé à tout le monde, même à Jody, sa meilleure amie, que ce serait quinze jours plus tard. Le terme approchant, autant que seuls David et elle s'angoissent et se demandent si, cette fois, il y aurait ou non un problème.

Melinda pencha la tête pour l'examiner.

— Heureuse en ménage. Et un bébé qui va naître d'un moment à l'autre. Vous avez vraiment de la chance, tous les deux. Que demander de plus ?

Kinehora[1], voilà ce que grand-mère Fay aurait aussitôt rétorqué, avant de cracher pour détourner le mauvais œil. Ivy frotta le porte-bonheur suspendu à son cou.

---

1. Expression yiddish déformée, qui signifie littéralement : « pas de mauvais œil ».

Le regard de Melinda dévia vers la maison.

— Sans oublier cette fabuleuse maison victorienne. Si jamais tu veux la vendre, fais-moi signe. Je travaille pour un agent immobilier.

— Tu collectionnes le verre de la Dépression ? demanda Ivy en montrant le cygne.

— Non, mais ma mère collectionne les cygnes, ou du moins, elle les collectionnait. Elle se serait jetée là-dessus… avant sa maladie d'Alzheimer, répondit-elle. Elle a vendu la maison qu'elle avait ici à Brush Hills et elle est allée habiter chez ma sœur, Ruth, en Floride. Tu te souviens de Ruthie ? Elle aussi collectionne les cygnes.

Les mots sortaient par à-coups, et Ivy eut l'impression qu'une locomotive fonçait sur elle lorsque Melinda s'approcha encore pour ne laisser qu'une vingtaine de centimètres entre elles.

— Celui-ci serait parfait, ajouta Melinda en admirant l'objet en verre. Comme cadeau de Noël. Ou peut-être d'anniversaire. Quand ma mère… (Melinda remonta sur son épaule un gros sac fourre-tout en toile blanche et reprit sa respiration.)… finira par y passer, Ruthie voudra sans doute récupérer toute la collection. Tu n'as pas de frères et sœurs, toi, hein ?

Elle n'attendit pas la réponse.

— Franchement, je ne reconnais pas cet endroit. J'y venais tout le temps. Nous habitions presque au coin de la rue, et ma mère travaillait pour M. Vlaskovic. Je me rappelle avoir joué aux osselets dans le grenier et mangé de la gelée rouge à la cerise.

Elle fit la grimace et ajouta :

— Tout ce sucre raffiné. Autant se shooter au poison. À quoi pensions-nous donc à l'époque ? Maintenant, il faut que je fasse attention. Je mange pour deux. Tu vas l'allaiter ?

— Je… euh…

Cette question intime embarrassa Ivy. Elle regarda sa montre en espérant que Melinda comprendrait.

— C'est beaucoup mieux pour le bébé, poursuivit Melinda sans remarquer l'allusion. Mon Dieu, on dirait que je fais de la pub pour ces folles de la Leche League[1], hein ?

Par-dessus l'épaule de Melinda, Ivy aperçut David en grande conversation avec une dame qui tenait à la main une paire de bougeoirs en laiton, pendant que quatre autres personnes attendaient leur tour, les bras chargés de trouvailles. Un jeune homme aux cheveux noirs hérissés examinait les manteaux suspendus à la corde à linge tendue sous le passage couvert qui menait à la maison. Ces pardessus, retrouvés dans une malle au sous-sol, flottaient au vent telles de monstrueuses ailes de chauve-souris.

— Tu le savais ? demanda Melinda.

— Pardon ?

— Ils mettent du sirop de maïs dans le lait en poudre.

Ivy reconnut à présent les yeux de Melinda, petits et insistants.

— Pas très tentant, en effet.

Cheveux Hérissés était en train d'essayer un pardessus.

— Attends-moi. Quelqu'un s'intéresse aux manteaux. Je ne voudrais pas le voir filer.

Ivy se hâta de le rejoindre.

---

1. Association qui encourage les mères à allaiter leur enfant.

— Très chic, lui dit-elle.

Le manteau en laine noire lui allait à la perfection. L'odeur de naphtaline disparaîtrait après un bon nettoyage à sec.

— Pour cinquante dollars, vous pouvez avoir les quatre.

L'homme examina les trois autres. Elle était sûre qu'il allait marchander, mais il sortit son portefeuille, en tira deux billets de vingt et un de dix et les lui tendit. Il plia alors les manteaux sur son bras et s'éloigna.

Youpi ! Ivy leva un poing en signe de triomphe, puis fourra l'argent dans la poche de son tablier.

— Tu crois que c'est un marchand ?

Melinda lui avait emboîté le pas.

Respire un bon coup. Avec les pieds du bébé qui poussaient sur son diaphragme, elle manquait d'air.

— J'ai toujours adoré cette maison, poursuivit Melinda. Toutes ces cheminées ! Et ces coins et recoins, c'était l'idéal pour jouer à cache-cache.

Melinda guettait sa réaction. Son regard inquisiteur faisait l'effet de mains fureteuses.

Ivy se rappelait un visage boursouflé et mou. On avait l'impression qu'en enfonçant un doigt dans la pâte crue de ces joues, on laisserait une marque.

— Et ces couleurs magnifiques que tu as choisies pour la peinture. Tu as toujours eu l'œil. Je me rappelle que tu as été la première de l'école à porter des Doc Martens.

Le sourire figé d'Ivy commençait à tirer sur ses muscles. *Des Doc Martens ?* Elle avait acheté les siennes dans une friperie qui vendait les vêtements au kilo. Du reste, elle les avait toujours, quelque part, dans un placard. Elle aurait dû essayer de s'en débarrasser en les mettant à côté des manteaux.

Le regard de Melinda se fit rêveur.

— Et un pantalon fuseau à sous-pieds.

— Seigneur ! Dire qu'on portait des choses pareilles !

Mais Melinda n'en avait pas porté. Jour après jour, elle était habillée d'une jupe informe et d'un pull trop grand. Elle mangeait toute seule dans un coin de la cafétéria, et sa mère l'amenait au lycée et venait la récupérer. Quelle transformation radicale ! C'était à présent une jeune femme ouverte et sûre d'elle, aux ongles manucurés, à la coupe de cheveux sophistiquée.

David arriva en courant.

— Devine quoi ! Quelqu'un veut acheter ces rideaux rouges.

Son regard proclamait : *Je te l'avais bien dit !* Il ajouta :

— Tu ne veux pas aller négocier ?

— Salut, David, ça fait un bail ! dit Melinda en le regardant par-dessous sa visière.

— Salut. Ça va ? lui retourna David sans avoir l'air de la reconnaître.

Ivy s'éloigna après s'être excusée. Un homme au front dégarni, à la poitrine large et aux yeux expressifs surmontés de sourcils broussailleux l'arrêta au passage.

— Dix dollars, ça vous va ?

Le ventilateur en métal noir qu'il tendait aurait facilement pu servir aussi de trancheuse à mortadelle. Elle avait inscrit trente dollars sur l'étiquette, sachant que les ventilateurs électriques de ce genre montaient jusqu'à cinquante sur Internet.

— Vingt-cinq.

Il haussa les épaules et lui tendit l'argent.

Il bruinait à présent. Ivy jeta un coup d'œil à David. Melinda lui parlait. Il recula d'un pas, l'air terrassé. Tout compte fait, il devait se souvenir d'elle.

Ivy regarda les vingt-cinq dollars du ventilateur qu'elle avait gardés à la main et les empocha.

Bon, où voulait-elle aller ? Elle avait l'esprit vide, tout à coup. Une fois de plus.

Dans un journal quelconque, elle avait lu que les femmes enceintes de petites filles souffraient de brèves pertes de mémoire. Une histoire de taux de progestérone. Si c'était le cas, elle attendait bel et bien une fille. Ces derniers temps, elle s'était envoyé des mails pour se rappeler les choses qu'elle devait faire. La semaine précédente, elle s'était même débrouillée pour perdre sa brosse à dents.

Les manteaux étaient partis. Mme Bindel, leur voisine, lisait leur exemplaire du *Boston Globe*, qui n'était pas à vendre. L'air piégé, David s'entretenait toujours avec Melinda. Une femme secouait l'un des épais rideaux de brocart rouge qui avaient été accrochés…

Voilà ! Maintenant, elle se rappelait où elle voulait aller. Dire qu'elle s'était moquée de lui quand David avait soutenu que quelqu'un aurait envie d'acheter ces six tentures qui donnaient au rez-de-chaussée l'aspect d'un bordel ou d'un restaurant italien !

Elle s'approcha. La femme avait au doigt une pierre aussi grosse qu'un noyau d'abricot.

— Nous espérions en retirer soixante-quinze dollars.

Oh ! et puis flûte !

— Je ne sais pas…, fit la femme, les lèvres pincées.

Elle frotta le brocart entre son pouce et son index, puis souleva un bord pourvu de glands et le porta à son nez.

Ivy serra les poings et les appuya sur ses reins douloureux.

— En fait, quarante, ça nous irait. Un pan est un peu défraîchi.

L'amatrice de tentures garda le silence et se contenta de renifler le tissu.

Ivy sentit qu'on lui tapotait l'épaule.

— Ivy ?

Les doigts de Melinda étaient refermés sur le cou gracile du cygne.

— Prends-le, je te le donne, dit Ivy.

Les mots étaient aimables, mais le ton coupant.

C'est tout juste si Melinda cilla avant de fourrer le cygne dans son sac en toile.

Ivy déblaya un endroit sur les marches de la petite porte, sur le côté de la maison, et s'y effondra. Elle avait des brûlures d'estomac, des renvois de son jus d'orange matinal, une envie de faire pipi, et ses chevilles lui faisaient l'effet de saucisses prêtes à éclater.

Dieu merci, David arrivait.

— Tu as vu Theo ? demanda-t-il avec un air anxieux. Je lui avais promis un manteau.

— Tu aurais dû m'avertir, je lui en aurais mis un de côté. Est-ce qu'il est passé ?

— Juste le temps de déposer un panneau électoral. Il voudrait que nous le mettions sur la pelouse de devant.

— Désolée, j'ai vendu jusqu'au dernier man…

Ivy ferma les yeux en sentant une crampe lui serrer le ventre.

David s'accroupit près d'elle.

— Ça va ? souffla-t-il.

Ivy réprima un renvoi.

— Je suis fatiguée, c'est tout.

David tira un carton plein d'exemplaires du *National Géographic* datant des années soixante et lui suréleva les pieds.

— Il y a un type qui cherche des bouquins, dit-il. Nous n'avions pas gardé un carton quelque part ?

— Dans ce cas, il doit être au grenier.

David s'apprêtait à entrer dans la maison quand il s'arrêta au milieu des marches et se retourna.

— Hé, Mindy… tu veux visiter ?

Mindy ?

— Je peux ?

Melinda pivota. Son ventre heurta une table de jeu, et un grand miroir appuyé contre l'un des pieds menaça de se renverser.

— Oh ! mon Dieu ! s'écria-t-elle.

Ivy rattrapa le miroir juste à temps.

— Je suis vraiment désolée.

Melinda avait pâli. Elle se mordit la lèvre et ses traits parurent tirés.

— Un peu plus et…

— Ça n'est pas grave, ne t'inquiète pas.

— Tu es sûre ?

— Regarde, dit Ivy en redressant le miroir. Tout va bien.

— Tant mieux, murmura Melinda.

— De toute façon, ça n'aurait pas été une tragédie.

— Pas une…

Melinda s'accroupit près d'Ivy. Elle la regarda avec insistance et posa une main sur le ventre de la jeune femme et l'autre sur le sien. À travers son vêtement, Ivy sentit la pression de sa paume et le contact de ses longs ongles roses sur sa peau tendue.

— Tu plaisantes ? Ça porte malheur. Nous n'avons vraiment pas besoin de ça, tu ne crois pas ?

Ivy en resta bouche bée.

Melinda se leva et se tourna vers David.

— Dis-moi, est-ce que vous avez gardé le papier gaufré couleur cuir, dans l'entrée ? Et la magnifique statue au pied de l'escalier ?

— Tu pourras en juger par toi-même. Entre, je vais te faire visiter la maison de fond en comble.

Melinda frôla Ivy en montant les marches. David leva les yeux au ciel et lui emboîta le pas.

Ivy se massa le ventre pour essayer de chasser la sensation laissée par la main de Melinda.

— Bon, alors…, s'écria cette dernière sur le seuil. (Ivy se retourna.) À tout à l'heure, fit Melinda en formant les mots avec ses lèvres.

Puis elle pivota et entra. La moustiquaire claqua derrière elle.

Pour sa part, Ivy espérait bien ne pas la revoir.

2

À la fin de l'après-midi, il ne restait du vide-grenier qu'une odeur de gaz d'échappement lâchés par la camionnette que David avait louée pour débarrasser ce qui n'avait pas trouvé preneur. Au goût d'Ivy, ce moment était le meilleur de la journée.

Le téléphone coincé entre l'oreille et l'épaule, elle alignait chèques, billets et pièces sur la table en Formica qui avait appartenu à sa grand-mère.

— Mille deux cent vingt-trois dollars et soixante-quinze *cents*, annonça-t-elle à Jody qui l'avait appelée pour s'excuser de ne pas être venue l'aider.

Riker, son petit garçon, avait attrapé un virus et les avait maintenus éveillés toute la nuit, elle et Zach.

— On dirait que tu t'es bien débrouillée sans moi. Ne me dis pas que tu as vendu ces tentures à la Scarlett O'Hara ?

— Tu te rends compte ? Une femme m'en a donné vingt-cinq dollars.

— Elle a vu l'endroit défraîchi ?

— Je l'ai prévenue. Je ne voulais pas qu'elle débarque pour exiger un remboursement.

— Ivy, tu connais tes classiques, non ? *Star Trek*, règle d'acquisition numéro un des Ferengi : "Une fois que tu as leur argent, ne le rends jamais."

Comme d'habitude, Jody avait un pied sur terre, et l'autre fermement planté sur le vaisseau *Enterprise.*

— C'est toi qui viens de l'inventer.

— Vérifie sur Google si tu ne me crois pas.

— De toute façon, je suis ravie que tout soit parti. Demain, je ferai le ménage au grenier. J'ai hâte de passer l'aspirateur.

— Hourra !

— Tu me trouves cinglée.

— Au dernier degré.

— Tu parles d'une copine ! Je me rappelle quand tu étais enceinte de neuf mois. Tu as grimpé sur une échelle pour nettoyer les vitres. Non seulement c'était insensé, mais dangereux à un point inimaginable.

Jody se mit à rire.

— C'est la seule fois où j'ai eu envie de le faire. Écoute, être enceinte, c'est un peu comme être confrontée à une créature cybernétique – résister ne sert à rien.

Ivy se servit un verre de lait.

— Tu ne devineras jamais qui est venu. Melinda White.

— Sans blague ? La Melinda White qu'on a connue à l'école ? Comment était-elle ?

— Impeccable. Elle s'est fait aligner les dents, elle a une belle coupe de cheveux, avec des mèches, tu ne la reconnaîtrais jamais. Elle se fait appeler Mindy. Et puis, tu ne sais pas ? Elle est enceinte.

— Enceinte ? C'est vrai ?

Jody s'interrompit un instant.

— Elle est mariée ?

— Je n'ai pas posé la question. Elle ne portait pas d'alliance.

Ivy fit tourner la sienne – une bague filigranée ornée de trois diamants taillés en forme de roses. David et elle l'avaient dénichée chez un antiquaire de La Nouvelle-Orléans.

— Elle m'a fait un peu flipper. On aurait dit qu'elle était au courant de mes fausses couches. Et pourtant, elle ne pouvait pas savoir.

— Moi aussi, ça m'aurait fichu un coup. Peut-être qu'elle en a entendu parler par quelqu'un qui te connaît. Elle habite toujours Brush Hills ?

— Je n'en suis pas sûre. Elle m'a dit que sa mère avait déménagé.

— Tu te rappelles qu'elle essayait toujours de te filer un complexe de culpabilité et, dès que tu étais gentille avec elle, elle te tombait dessus comme le Phage.

Le Phage ? Ivy savait qu'il valait mieux ne pas essayer de se renseigner sur ce qui était probablement une sorte de mycose et apparaissait dans un épisode quelconque de *Star Trek*.

— Un jour, j'ai été sympa avec elle, et j'ai eu toutes les peines du monde à m'en dépêtrer.

— Toi, tu as été sympa ?

— Je ne relèverai pas. Nous l'appelions la Sangsue.

— C'est pas vrai !

— Si.

— Nous étions odieuses.

— Oui, des monstres égocentriques et cruels. Comme la plupart des gosses. En tout cas, moi, je l'étais. Pas toi. Tu as toujours été une petite sainte.

— À t'entendre, on dirait que c'est un défaut.

— Ivy, le seul qui te batte question gentillesse, tu l'as épousé. Ça n'empêche pas que je vous adore tous les deux. Et je suis sûre que Melinda ne méritait pas qu'on lui balance toutes ces méchancetés. Mais reconnais qu'elle avait vraiment le goût du sacrifice. Elle était très bizarre.

— Elle l'est toujours.

Ivy raconta à Jody à quel point Melinda avait été tourneboulée quand elle avait failli faire tomber le miroir.

— Elle est devenue livide.

— Bon, question superstition, tu n'as rien à dire. Tu es toujours en train de tripoter ton porte-bonheur. Et tu ne veux même pas installer le berceau. Est-ce que je t'ai déjà parlé de ma grand-tante Dotty ? En fait, elle s'appelait Beatrice, mais pour nous, c'était Dotty. Elle était tellement superstitieuse qu'elle en est devenue dingue. Elle portait tout le temps des gants en caoutchouc et faisait bouillir les boutons de porte pour tuer les microbes. Et elle croyait que le président Nixon l'avait mise sur écoute.

— Et tu trouves que ça, c'est une preuve de folie ?

— Non. Mais, à l'époque, personne n'était au courant.

— Je ne crois pas que Melinda soit folle. Elle est juste bizarre, exaltée. Collante.

— Désespérée, je dirais. Et pas qu'un peu. Dans le genre de mon oncle Ferd, poursuivit Jody en passant du coq à l'âne, comme d'habitude. Il… tiens, puisqu'on parle de gens curieux, tu te rappelles la mère de Melinda ? On aurait dit des sœurs siamoises, toutes les deux. Tu te souviens que, tous les jours, elle amenait Melinda à l'école et revenait la chercher ? Elle ressemblait à une bouche d'incendie montée sur pattes.

Ivy éclata de rire.

Jody se mit à chanter :

— *Ta-la, ta-la, ta-la, laaa !*

C'était l'air de la sorcière, dans *Le Magicien d'Oz.*

— Arrête ! Tu es horrible !

— Si Melinda revient t'embêter, appelle-moi. Je t'en débarrasserai. Pas de problème. Sauf qu'il ne faudra pas me demander d'être gentille. Ni de passer l'aspirateur.

Ce soir-là, des sels au romarin parfumaient la salle de bains du deuxième étage, la seule à avoir une baignoire assez grande pour accueillir en même temps Ivy et David. Ils se faisaient face, le ventre d'Ivy pointant au milieu telle une grande île cernée de brume. De temps à autre, des tremblements de terre envoyaient des giclées d'eau sur les bords de la baignoire.

La salle de bains se trouvait dans la partie du grenier qui, selon l'agent immobilier, avait été rénovée des dizaines d'années plus tôt. On y avait aménagé une immense chambre avec bain pour un fils attardé mental. Ivy imaginait un jeune homme allongé dans la baignoire, enveloppé de draps humides glacés, à cette époque où on pratiquait des lobotomies à la chaîne.

Le vent sifflait au-dessus de leur tête, la pluie tambourinait comme un roulement à billes. Ivy s'enfonça dans l'eau jusqu'au menton.

— Alors, est-ce que tu te sens sereine maintenant que tout a disparu ? demanda David.

— Je ne comprends pas pourquoi j'ai mal. Je n'ai rien fait à part me balader et empocher l'argent.

La maison émit un bruit. Parfois, elle semblait vivante, on aurait dit une vieille personne qui soupirait et changeait de position.

— Pauvre petite. Où est-ce que tu as mal ?

Par où commencer ? Ivy remua les épaules, puis la tête. Ses vertèbres craquèrent.

— Aïe ! Au cou. Aux chevilles. Aux pieds.

— Ah ! les pieds. Mes mains… magiques ! fit David en remuant tous les doigts, le visage éclairé par son sourire de travers. Recule un peu.

Ivy s'exécuta. David lui attrapa un pied, le frotta avec la savonnette et le massa doucement. Elle fit tourner sa cheville. La contracture céda.

David avait des mains robustes, calleuses car, avec son équipe, il creusait la terre, débroussaillait, charriait des cailloux. Malgré son outillage dernier cri, assisté par ordinateur, il répétait qu'il travaillait mieux dans le monde tridimensionnel. Être paysagiste consiste à faire des choix – où disposer certaine plante, jusqu'où modifier le tracé naturel d'un terrain. C'était en passant du temps sur les lieux que la meilleure façon de mettre en valeur un espace vous venait à l'esprit.

Un bruit légèrement obscène se fit entendre lorsque David serra le pied d'Ivy entre ses mains glissantes pour passer les doigts entre les orteils, puis le long de la jambe. Ivy sentit une petite décharge électrique remonter jusqu'à son bas-ventre. Elle ferma les yeux et savoura ce contact aussi sensuel que thérapeutique.

— À ton avis, est-ce que les pieds peuvent être une zone érogène ? demanda-t-elle.

— Bien sûr.

David s'attaqua à l'autre pied. Elle se détendit et s'abandonna à ce plaisir.

— Le dos aussi, dit David en lui tendant le savon.

Il se hissa, pivota de cent quatre-vingts degrés et se replongea dans l'eau, de sorte qu'il était assis entre les jambes d'Ivy.

Ivy se redressa et lui savonna le dos. Il avait des épaules de footballeur, mais sa peau criblée de taches de rousseur était lisse et aussi douce que celle d'un bébé.

— Mmmm, c'est bon. Dans une autre vie, je serai un chat.

— Je croyais t'avoir entendu dire que tu voulais être une otarie et flotter sur le dos en mangeant des huîtres.

— Ça me tente aussi. Ce sera une autre « autre vie ».

Après avoir déposé un baiser sur sa colonne vertébrale, Ivy savonna un gant, le lui passa sur les épaules puis descendit jusqu'aux reins.

— Revoir Melinda m'a fait tout drôle, dit-elle, trouvant aussi curieux qu'elles soient tombées enceintes au même moment. Tu te rends compte qu'on habite le même coin et qu'on ne s'est jamais croisées jusqu'ici, ajouta-t-elle en trempant le gant dans l'eau pour rincer les épaules de David. Est-ce que tu…

David se redressa et fit mine de se lever.

— Attends, tu as encore plein de savon.

— Ça n'est pas grave.

Il sortit de la baignoire et attrapa une serviette de bain.

Ivy allongea les jambes et ne laissa hors de l'eau que sa tête et son nombril à présent saillant.

— Je ne savais pas qu'elle avait une sœur. Sa mère, oui, je la revois encore. Tu te rappelles qu'elle…

— Ce n'est pas la peine de me demander. (David se sécha, puis noua la serviette autour de sa taille.) Je ne me souviens presque pas de cette fille.

Ivy se redressa. L'eau reflua vers les bords.

— J'ai cru que tu la reconnaissais.

— J'ai cru que toi, tu l'avais reconnue.

— Mais tu avais l'air tellement suffoqué…

— Ben ouais. Tu as entendu ce qu'elle racontait ? Elle venait jouer ici ! Avec qui ? Avec Vlad ?

— Alors pourquoi as-tu proposé de lui faire visiter la maison ?

— Parce que tu semblais sur le point de la flanquer dehors.

— Ça se voyait tant que ça ?

— De toute façon, je devais monter chercher quelque chose.

— Je reconnais qu'elle m'a mise très mal à l'aise. Elle n'arrêtait pas de bavasser au sujet de Doc Martens et de fuseaux à sous-pieds.

— De quoi ?

— Laisse tomber.

David lui tendit la main pour l'aider à se relever. Lorsqu'elle posa le pied sur le tapis de bain humide, elle aperçut son reflet dans le miroir embué.

Quelques mois plus tôt, elle avait le corps d'une adepte de la course à pied : jambes élancées, torse musclé, cuisses solides. À présent, on aurait dit une gigantesque dragée. Mais c'était surtout ce ventre rose stupéfiant, avec la ligne sombre qui courait du nombril au sexe qui la sidérait. Et cette poitrine surgie tout d'un coup, des nichons qui débordaient de ses anciens soutiens-gorge bonnets A !

Elle les scruta dans la glace. Des merveilles de la nature. Dommage qu'ils soient aussi sensibles, aussi douloureux, ça gâtait le plaisir. En appuyant les bras sur les côtés, elle fit apparaître un magnifique sillon entre deux sphères. Qui aurait pu s'en douter ?

Quand elle se sécha, elle regretta de ne pas avoir pris la taille maxi en drap de bain. L'éponge se prit dans la chaîne qu'elle portait autour du cou.

— Mince !

Elle tira dessus avec force.

— Attends. Laisse-moi faire, dit David.

Ses doigts la chatouillèrent lorsqu'ils libérèrent le tissu.

— Allons bon ! On dirait que le fermoir est tordu, précisa-t-il en posant chaîne et main porte-bonheur sur le support de la vasque. Je le laisse ici. Je le réparerai tout à l'heure.

Des courants d'air se glissaient dans la pièce. Ivy frissonna, enfila son épais peignoir en éponge et traversa la chambre noyée d'obscurité. L'immense espace, avec ce plafond digne d'une cathédrale, rendait minuscules le canapé-lit hérité de leur premier appartement, la commode en érable et le lampadaire qu'Ivy avait depuis l'enfance.

Le linoléum vert moucheté était froid et lisse sous ses pieds nus. Melinda avait raison : c'était une surface idéale pour jouer aux osselets.

Arrivée à mi-chemin de l'escalier éclairé, elle éprouva une douleur cuisante dans la partie antérieure de la plante du pied.

— Ouille !

La reposer par terre lui fit mal. En sautillant, elle arriva jusqu'au mur et s'y appuya. Lorsqu'elle passa un doigt sous l'endroit douloureux, elle sentit une pointe acérée qui dépassait.

— Qu'y a-t-il ? demanda David.

Elle essaya d'attraper l'écharde pour la retirer.

— Aïe ! Merde. Un truc s'est enfoncé dans mon pied.

Ivy essaya de voir de quoi il s'agissait, mais, dans son état, ce n'était pas une mince affaire. D'ailleurs, il faisait trop sombre.

— Arrête de le triturer. Tu veux l'enfoncer encore davantage ? Ne bouge pas, je vais chercher quelque chose pour le retirer.

Torse nu, la serviette autour des reins, David laissa des traces de pas humides lorsqu'il traversa la pièce et descendit l'escalier.

— Il y a une pince à épiler sur ma commode, lui cria Ivy. À moins qu'elle soit dans ma trousse de toilette.

La réponse grommelée était incompréhensible.

— Et apporte aussi de l'alcool. Je crois que la bouteille est dans la cuisine, sous l'évier. Ou bien…

Depuis quand n'en avait-elle pas utilisé ? Elle ne s'en souvenait pas.

Elle glissa par terre et recula pour s'adosser au mur. Son pied l'élançait. Elle sentit plus qu'elle n'entendit une course précipitée de l'autre côté de la cloison, dans la partie du grenier qui n'était pas aménagée. Des souris, sans doute, qui se demandaient où était parti tout le mobilier et ces délicieux fruits en cire. Il faudrait demander à David d'installer d'autres pièges. Par chance, elle avait entreposé toutes les affaires du bébé dans la chambre d'appoint.

La pluie avait faibli. L'eau gargouillait en se vidant dans la baignoire pendant que David descendait lourdement l'escalier. Ivy réussit tout juste à remonter les genoux et à passer un bras autour.

— Tu m'entends, maintenant ?

La voix de David venait du monte-plats, à deux mètres de distance à peine. Son rire, qui semblait amplifié, donnait des frissons. La façon dont le bruit s'entendait à la perfection dans le conduit était surprenante.

Ivy s'approcha et remonta le panneau coulissant. Dans le noir, elle n'aperçut que le câble métallique torsadé, intact, qui actionnait le dispositif, alors que le monte-plats lui-même était resté au sous-sol.

— Je t'entends parfaitement, répondit-elle.

— C'est pas super comme technologie ?

— Tu veux bien arrêter tes petits jeux ? J'ai mal.

— Tu as une autre idée de l'endroit où tu aurais pu cacher l'alcool ?

— Essaie dans les toilettes du rez-de-chaussée. Peut-être dans l'armoire à pharmacie. Ou sous l'évier. Si tu ne le trouves pas, il doit y avoir un flacon d'eau oxygénée quelque part.

Dans la cuisine, les panneaux coulissants fonctionnaient comme les anciennes fenêtres à guillotine, et c'était Ivy qui avait fourni le plus gros travail pour les décaper et les repeindre. Juste après, elle avait déniché dans un vide-grenier un plafonnier chromé incroyable. « D'un chic rétro », avait-elle déclaré. Lassée d'attendre que David trouve le moment de l'installer, elle avait emprunté à la bibliothèque un livre sur le bricolage et s'était attaquée elle-même à la pose. Quand elle avait appuyé sur le commutateur et que le plafonnier s'était allumé, elle avait éprouvé une immense fierté. Aucun fusible n'avait sauté, ça ne sentait pas le brûlé.

— Gagné !

La voix de David était à peine audible. Il y eut un silence, puis :

— Pas de panique ! fit-il plus fort. La cavalerie arrive à ton secours.

Ivy entendit ses pas dans la cage d'escalier, vit son ombre s'allonger dans le rectangle de lumière découpé sur le linoléum. Puis il apparut, une torche tenue sous le menton, son visage évoquant un masque de kabuki.

— Vlad vient te sucer le sang !

Malgré elle, Ivy eut une montée d'adrénaline et son cœur s'emballa.

— Tu veux bien arrêter tes bêtises et m'enlever ce truc du pied ?

— La petite dame veut jouer au docteur ? Je sais aussi faire ça.

David s'assit à côté d'elle et éclaira le dessous de son pied.

— Tiens, Stretch, rends-toi utile, dit-il en lui tendant la lampe.

Il sortit de sa poche la pince à épiler pendant qu'elle orientait le pinceau de la lampe.

— Ah, ah ! Je vois. Éclaire un peu plus par ici, demanda-t-il avec un mouvement du menton, avant de se pencher sur elle en lui recommandant :

— Ne bouge pas.

D'un geste vif et sûr, il attrapa avec la pince la pointe qui dépassait, serra les deux branches et tira fermement.

Ivy sentit un pincement, suivi aussitôt par une douleur lancinante. Elle s'efforça de voir la plante de son pied. Sous la lumière, il y avait une bulle rouge vif. Lorsqu'elle y appliqua le bas de son peignoir, le sang se diffusa dans le tissu. Elle appuya sur la blessure pour faire sortir encore un peu de sang, puis pressa le peignoir dessus pour arrêter l'écoulement.

— Et voilà le coupable ! dit David en brandissant la pince.

Un tesson verdâtre d'un bon centimètre luisait dans le pinceau de la torche.

3

— Le journal du dimanche n'est pas encore arrivé, grommela David, toujours en pyjama, le lendemain matin, pendant qu'il tirait et traînait l'aspirateur au deuxième étage, le tuyau passé autour du cou comme un boa constricteur languissant. Tsss… et le soleil n'a pas encore atteint le bout de vergue, sauf que, bon Dieu, je n'ai aucune idée de ce qu'un bout de vergue peut bien être ! Est-ce que je t'ai déjà dit que je te trouvais plutôt cinglée ces derniers temps ?

— Jody est du même avis.

Ivy le suivit dans le grenier en essayant de faire reposer son poids sur le pied intact.

— Et je suis sûre que dans quelques semaines, passer l'aspirateur sera bien la dernière chose que je me sentirai obligée de faire.

— Mais, en attendant, aspirer t'inspire, et tu aimerais bien que j'en fasse autant.

David était assez réveillé pour lancer ce mauvais jeu de mots. Il déposa l'engin en haut de l'escalier et, l'air las, adressa un salut à Ivy. Son visage était encore fripé de sommeil et une moisson d'épis se dressait au garde-à-vous au sommet de sa tête.

— Retourne te coucher, joli cœur, lui dit-elle.

Elle brancha la prise sur le palier, puis tira l'aspirateur dans la partie non aménagée du grenier et alluma. Au sol, des planches grossières, au-dessus de sa tête, des poutres brutes. Des panneaux isolants roses étaient agrafés entre les jambages des murs et les solives du plafond.

Deux jours plus tôt, cet espace était rempli d'objets qui avaient appartenu à d'autres. À présent, il ne restait qu'un carton de livres.

Ivy appuya sur le bouton et l'engin rugit. Il y avait quelque chose de satisfaisant à voir les toiles d'araignée se précipiter dans sa gueule, et on se sentait zen à entendre les impuretés crisser en courant vers l'oubli. De temps à autre, un cliquetis sonore et la douleur qu'elle éprouvait au pied lui rappelaient le tesson sur lequel elle avait marché. Tout en nettoyant les bords de la pièce, puis en passant et en repassant au centre, elle se demandait ce qui s'était brisé.

Après avoir terminé, Ivy posa les mains sur les hanches et se massa les reins avec les pouces. Puis elle traîna l'aspirateur dans la partie aménagée du grenier. D'après d'anciennes photos, il y avait eu là des fenêtres à guillotine. À présent, les ouvertures étaient masquées à l'intérieur par des plaques de plâtre – un bricolage maladroit – et, à l'extérieur, par des bardeaux. Les précédents propriétaires voulaient peut-être éviter que le jeune homme qu'ils soignaient ne se jette en bas. Un jour, si David et Ivy avaient de l'argent à dépenser, ils feraient dégager ces ouvertures.

D'un coup de pied, Ivy remit l'aspirateur en marche. Malgré les fenêtres obturées, la lumière filtrait d'une lucarne percée très haut dans l'avant-toit. Tout en travaillant, Ivy remarqua éraflures et entailles sur le linoléum. Comme les marques de freinage sur une autoroute, elles jalonnaient le passé. Six creux profonds formaient un rectangle contre un mur – sans doute à la place d'un lit. Quatre autres, circulaires, se trouvaient au milieu de la pièce. Une table très lourde ? Elle imagina, installée à la place d'honneur, une table de billard en acajou, avec des franges vertes qui pendaient sur les bords, même si elle ne voyait pas comment elle aurait pu passer dans l'escalier.

Une fois tout le grenier dépoussiéré, elle inspira profondément et relâcha l'air. *Une inspiration purifiante*, voilà ce que Sarah, la sage-femme qui leur donnait les cours de préparation à l'accouchement, avait recommandé lorsque David et elle s'étaient entraînés aux exercices de respiration.

Aucun accouchement ne se ressemblait, si l'on en croyait la sagesse populaire. Le sien durerait-il longtemps ? Y aurait-il des douleurs aiguës, comme elle en avait eu lors de ses fausses couches ? Ou un simple « inconfort », le terme rassurant que Sarah privilégiait. Les exercices qu'ils avaient effectués l'aideraient-ils ? Ivy n'avait rien contre les analgésiques, mais elle préférait s'en passer si le bébé, de ce fait, pouvait être un tout petit peu en meilleure santé.

Comment les choses s'étaient-elles passées pour sa mère ?

Ivy chassa cette pensée. Impossible de croire que sa mère aurait cessé de lui causer des ennuis si elle était toujours en vie.

Elle avait commencé à dégringoler la pente quand Ivy n'avait que dix ans. C'était au moment où on avait décelé le cancer du pancréas de son père. À peu près quatre-vingt-seize pour cent des malades mouraient avant cinq ans. Son père était parti en six mois.

Même si elle s'en était déjà un peu doutée à l'époque, Ivy comprenait aujourd'hui que sa mère se soûlait pour s'anesthésier. Mais cette façon de s'en sortir avait viré au mode de vie. Une dizaine d'années plus tard, sa voiture avait quitté la route et percuté un arbre. Lorsqu'on lui avait annoncé la nouvelle par téléphone, Ivy avait vingt et un ans et elle commençait ses études à l'université du Massachusetts.

Auparavant, elles étaient allées habiter toutes les deux chez grand-mère Fay.

« C'est temporaire », avait assuré sa mère.

Mais il y avait déjà longtemps qu'Ivy ne croyait plus pouvoir retourner un jour dans la charmante demeure victorienne de son enfance, ni dans la maisonnette qui ressemblait à un ranch, où elles avaient emménagé après la mort de son père, ni même dans l'appartement en copropriété qui avait suivi, puis dans la chambre meublée au dernier étage d'un immeuble, dont elles avaient été expulsées par un propriétaire qui réclamait son loyer.

Sa grand-mère à ses côtés, Ivy avait vu sa mère s'éteindre dans l'unité de soins intensifs. Elle sentait encore l'odeur douceâtre de désinfectant, entendait les bourdonnements, sifflements, bips et déclics des appareils destinés à garder en vie des gens qui essayaient de mourir.

« Reconnais que tu es démunie face à une alcoolique », avait murmuré Ivy pour elle-même – sa version personnelle du principe numéro un des Alcooliques

Anonymes –, puis avait ajouté son corollaire : « Ce n'est pas parce que c'est ta mère que tu vas devenir comme elle. »

Des jours, des semaines durant, elles avaient attendu que cesse la respiration laborieuse de sa mère. Et puis, soudain, c'était fini. Sa mère était morte. Plus de coups de fil insensés en pleine nuit. Plus de vacances gâchées, suivies d'excuses larmoyantes, sincères toutefois, et de promesses auxquelles Ivy se laissait toujours prendre.

Le bébé bougea, poussa ce qui devait être un pied dans ses côtes, et ramena Ivy au présent. Elle espérait que la petite fille qu'elle portait n'éprouverait jamais ce sentiment de vide qu'elle avait elle-même éprouvé vis-à-vis de sa mère. Parce que, lorsque celle-ci était morte, c'était là tout ce qu'elle avait été capable de ressentir. Des amis bien intentionnés lui avaient affirmé qu'un jour elle la pleurerait, mais ce moment n'était jamais venu.

Ivy revoyait grand-mère Fay en train d'agiter un doigt osseux. *Concentre-toi sur ce que tu peux changer et oublie le reste.* Là était sans doute l'explication de sa frénésie de ménage. D'ordinaire, Ivy n'était pas ce qu'on pourrait appeler une fée du logis, et le désordre ou la vaisselle qui s'empilait dans l'évier ne la gênaient pas. Oui, mais quand l'envie l'en prenait, se dit-elle en passant l'aspirateur sous la commode, elle pouvait traquer les moutons aussi bien que la meilleure des ménagères.

Après avoir terminé, elle parcourut la pièce des yeux. À moins de tout passer au jet d'eau – et là, David aurait eu raison d'appeler les urgences psychiatriques –, elle avait fait ce qu'elle pouvait.

Elle éternua et, une seconde plus tard, le bébé donna un coup de pied. *Bing, bang.* Parfois, elle avait l'impression de jouer le rôle du faire-valoir dans un duo comique.

Plus tard, dans l'après-midi peut-être, elle s'attaquerait au sous-sol.

Et ensuite ? Ivy ferma les yeux pour refouler une bouffée d'affolement. Son congé de maternité commençait ce jour-là. Geste révélateur, elle avait laissé son ordinateur portable dans sa voiture en rentrant vendredi soir. Et, au lieu d'égrener la longue liste de tout ce qu'elle avait à faire, son PalmPilot ne contenait que ses rendez-vous médicaux, la remise des cadeaux pour le bébé prévue à Rose Gardens le mardi après-midi, et un déjeuner avec Jody le week-end suivant. Point final.

Bien sûr, se lever tous les matins à six heures et faire le trajet jusqu'à Cambridge ne lui manquerait pas. En outre, au cours des huit prochaines semaines, ses collègues seraient parfaitement capables de mettre le site Web à jour sans elle et de diffuser des communiqués de presse chez Mordant Technologies, l'une des rares start-up à avoir survécu.

Une nouvelle fois, elle éternua, s'essuya les mains sur son pantalon et descendit dans la chambre à coucher. Dès qu'elle poussa la porte, de l'air tiède s'échappa et elle huma l'odeur musquée qui signalait la présence de David. Le haut de son crâne était à peine visible sous l'édredon.

Ne dérange pas ce malheureux… Après la naissance du bébé, rares seraient les matins où tous deux pourraient dormir.

Laissant la porte entrebâillée, elle descendit au rez-de-chaussée. Au pied de l'escalier, une statue féminine en bronze, mesurant une trentaine de centimètres, était juchée sur un pilastre richement sculpté. La casquette de David, avec ses taches de transpiration et le logo de Rose Gardens, reposait sur son bras levé. Ivy passa un doigt dans un pli poussiéreux de la toge ondoyante. Elle avait eu l'intention d'ôter « Bessie », comme l'appelait David, de son support et de la passer sous le robinet. Peut-être plus tard.

Une fois dans la cuisine, elle but du lait à même le carton. Curieusement, le corps humain réclamait ce dont il avait besoin. Elle attrapa une poignée de noix salées. Quelles vitamines ou minéraux essentiels contenaient donc les noix de cajou pour supplanter ses tablettes de chocolat noir préférées qui, cette année, lui donnaient envie de vomir ?

Le panneau vert et blanc que Theo avait apporté était appuyé contre un élément de cuisine, SPYRIDIS AU SÉNAT DU MASSACHUSETTS. Dans un coin supérieur, le visage de Theo affichait un grand sérieux et une sombre détermination. Un Theo qui tâchait de ne pas avoir l'air de l'égocentrique qu'il était. Un Theo dont le caractère, avec ses bons et ses mauvais côtés, avait été gommé. Pour se présenter aux élections sénatoriales, il avait même coupé sa longue queue-de-cheval.

— Où as-tu dégotté cet imposteur qui a posé à ta place ? lui avait demandé Ivy.

— Tu ne savais pas ? J'ai un méchant jumeau, avait répondu Theo avec un sourire et un clin d'œil.

Ivy emporta le panneau jusqu'à la porte d'entrée et sortit sur la véranda. Le ciel était pur et l'air avait cette transparence cristalline qui caractérise l'automne en Nouvelle-Angleterre.

Elle installa le panneau sur l'herbe, s'abrita les yeux et observa la maison. Une horreur, vraiment ? Quand l'agent immobilier la leur avait montrée pour la première fois, la façade n'avait pas vu un pinceau depuis tellement longtemps qu'elle avait l'air décapée à la sableuse en raison des intempéries. Trois couches de peinture avaient accompli des miracles. Du mauve pour l'encadrement des fenêtres, du jaune paille pour les bardeaux, situés entre le rez-de-chaussée et le premier étage, et du vert fumé pour le treillis sous la véranda et au sommet du toit, surplombé par une superbe fenêtre cintrée à petits carreaux qui jetait sur le monde un regard bienveillant.

À l'intérieur, c'était bien différent. Comme l'avait promis l'annonce, les lieux étaient restés dans l'état « d'origine ». Des dizaines d'années plus tôt, en effet, telle une taupe fuyant la lumière, le propriétaire, M. Vlaskovic, s'était réfugié dans la cuisine. Là, il avait installé un lit, une cuisinière à bois, et s'était contenté d'une unique ampoule électrique. Il avait coupé l'eau et l'électricité dans le reste de la maison. La facture annuelle d'électricité pour cette immense maison atteignait la somme astronomique de quatre-vingt-seize dollars trente et un *cents* l'année précédant la vente. Et la facture d'eau était encore inférieure.

Trois ans plus tôt, David et Ivy avaient emménagé sans se douter de ce qu'il faudrait dépenser pour le chauffage. Ils n'avaient même pas pu tirer la chasse d'eau, à l'étage, ou purger les radiateurs en fonte avant de réaliser la vente. Le versement comptant, qui avait presque épuisé leurs économies, avait été un véritable acte de foi.

Ivy ramassa le journal dans l'herbe et retourna sur la véranda. Après avoir poussé au soleil le fauteuil à bascule, elle s'y installa, ferma les yeux et s'appuya au dossier. Sous ses paupières, elle percevait une lueur rouge, tandis que tous ses muscles se détendaient.

S'ils habitaient une banlieue très peuplée, le dimanche matin, le passage occasionnel d'une voiture ne parvenait pas à rivaliser avec la cacophonie des oiseaux. Deux cardinaux dialoguaient. Des corbeaux lâchaient leurs croassements rauques. Des mésanges jacassaient dans un jardin voisin et, au loin, le cri d'un geai bleu évoquait un carillon.

Ivy ouvrit les yeux. Des insectes voletaient autour des fleurs blanches chatoyantes de l'hibiscus des jardins que David avait planté devant la véranda. Très surpris d'en trouver quelques spécimens au bord d'un ruisseau du New Hampshire, il les avait cueillis et avait fait des boutures.

De l'autre côté de la rue, une jeune femme promenait dans une poussette double deux bouts de chou tout emmitouflés. Ivy l'avait aperçue au vide-grenier. La jeune mère agita la main et Ivy la salua à son tour. Il faudrait vraiment qu'elle aille se présenter à ses voisins et bavarde un moment avec eux. À l'exception de la vieille Mme Bindel, qui habitait juste à côté, Ivy ne connaissait encore personne.

Alors, pourquoi ouvrait-elle le journal pour se cacher derrière ?

Après la naissance d'une Petite Pousse qui aurait un nom, Ivy irait elle aussi la promener, et elle se disait qu'elle aurait alors largement le temps de faire connaissance avec les femmes au foyer du coin. Pour l'instant, elle vivait encore dans l'univers du travail, avec ses amies rivées à leur bureau toute la semaine, des amies qu'elle avait priées de ne pas l'appeler pour lui demander si elle avait déjà accouché. « Déjà » était un mot à bannir en sa présence, avait-elle décrété. David et elle enverraient un mail dès que la nouvelle petite Rose aurait fait son entrée dans le monde.

Ivy s'était à peine mise à lire le journal quand elle entendit quelque chose crisser. Après un silence, le bruit recommença, puis s'interrompit.

Mme Bindel apparut dans l'allée voisine. Courbée par l'effort, elle tirait une malle en osier. Phoebe, une chienne de race indéterminée au corps en forme de grosse saucisse, aux pattes maigrichonnes et aux mâchoires noires de bouledogue, avançait sur ses talons. Son museau arborait une moustache blanche et sa fourrure marron, pelée par endroits, rappelait celle d'une peluche adorée.

Ivy posa son journal.

— Bonjour. Vous avez besoin d'aide ?

Sans attendre la réponse, elle se leva. La chienne se pencha d'un côté et gronda par habitude quand Ivy traversa la pelouse et remonta l'allée de sa voisine. Si elle boitait et avait une vue déficiente, ses mâchoires étaient faites pour broyer des os, et Ivy devrait prendre garde dès que sa fille – avec l'aide de Dieu – atteindrait le stade où les enfants aiment tirer les oreilles des animaux.

— Coucou, petit monstre !

Ivy se pencha, tendit une main hésitante, prête à la retirer si Phoebe essayait de la mordre au lieu de la lécher.

— Tu te souviens de moi ?

Phoebe flaira la main tendue et remua sa courte queue. Au moins, elle ne reniflait pas l'entrejambe d'Ivy. Peut-être que ce genre de démangeaison n'affectait plus les chiens d'un certain âge.

— Vous… m'avez… donné… une idée, dit Mme Bindel entre deux halètements, ses cheveux bouffants platine légèrement de travers.

Ivy poussa par-derrière et Mme Bindel tira. Un peu en retrait, Phoebe avait l'air de superviser l'opération. Les deux femmes bataillèrent pour sortir dans la rue la malle, qui avait laissé des marques blanches sur l'allée goudronnée.

Mme Bindel porta la main à sa poitrine.

— Je… ne… sais pas… pourquoi… je gardais… ces vieilleries.

Le teint empourpré par l'effort, elle sortit un mouchoir en papier de sa manche.

— Où sont les maris quand on a besoin d'eux ?

— David dort. Mais je suis sûre qu'il sera ravi de vous aider tout à l'heure si vous avez besoin de vous débarrasser d'autres affaires.

— Non, merci.

Mme Bindel ôta ses lunettes et les nettoya avec son mouchoir, puis s'essuya le front.

— Ouf ! Il n'y a rien d'autre.

Phoebe renifla les cartons déjà alignés avec soin sur le bout de pelouse de Mme Bindel qui donnait sur la rue. De l'un dépassait le manche d'une poêle à frire, de l'autre des tuyauteries et de la céramique blanche. Un troisième contenait des bacs en plastique de plats à emporter, gentiment emboîtés les uns dans les autres, une collection amassée au cours d'une vie entière.

Pourtant, le plus étonnant était la malle en osier, avec son dos bombé, comme si elle était destinée à se caser dans une cabine de bateau. Deux charnières métalliques maintenaient le couvercle d'un côté ; de l'autre, un cadenas le fermait.

Ivy se pencha pour lire l'étiquette jaunie, en lambeaux, d'une compagnie maritime. Attachée au cadenas, elle était rédigée à la main en caractères cyrilliques.

— On dirait qu'elle est très ancienne, dit-elle.

— Elle était déjà vieille quand le père de Paul nous a demandé de l'entreposer dans notre garage, et ça ne date pas d'hier.

Paul ? Il fallut un moment à Ivy pour comprendre que Mme Bindel parlait de Paul Vlaskovic, le précédent propriétaire de la maison qu'Ivy et David avaient achetée.

Voilà qui semblait curieux. Cette immense demeure victorienne offrait plus de rangements que la maisonnette voisine, coquette, de plain-pied, avec ses fenêtres en PVC et son revêtement en vinyle bleu pâle, que Mme Bindel nettoyait au jet au printemps et en automne.

— M. Vlaskovic n'a pas voulu la récupérer quand il a déménagé ? demanda Ivy.

— Je ne lui ai pas posé la question. Maintenant, c'est trop tard.

Sans s'émouvoir, Mme Bindel ramassa une petite pancarte – un carton de chemise pourvu d'un bâton – qu'elle ficha en terre, appuyée contre la malle. Elle avait écrit : SERVEZ-VOUS.

— C'est sans doute le père de Paul qui l'a apportée d'Europe dans les années vingt.

La famille maternelle d'Ivy était venue de Russie au début du siècle précédent. Ivy avait enregistré la voix de sa grand-mère qui racontait cette traversée difficile avec leurs cinq malles, y compris celle qui était pleine de biscottes parce que l'arrière-grand-mère d'Ivy savait qu'ils ne trouveraient rien de kascher à bord. En arrivant, il ne leur restait plus que les vêtements qu'ils avaient sur le dos : avant d'atteindre Ellis Island, il avait fallu vendre les malles et leur contenu pour obtenir de l'eau. Une semaine de plus et ils seraient morts de soif, comme certains passagers.

Ivy avait écouté cet enregistrement un nombre incalculable de fois, et elle entendait encore la voix de sa grand-mère, qui racontait comment les hommes portant casquettes et uniformes sombres les avaient poussés le long de la passerelle pour les faire entrer dans le grand bâtiment. « Mais ma mère restait plantée là, à observer nos malles qu'on descendait du bateau. Elles ne nous appartenaient plus, alors ça n'était vraiment pas malin d'attendre dans ce froid glacial. Je la suppliais d'avancer. Les hommes la regardaient de travers et hurlaient des mots que je ne comprenais pas. »

Est-ce que cette malle en osier pouvait renfermer des napperons en dentelle et des draps brodés à la main, comme ceux que son arrière-grand-mère avait vendus pour sauver sa famille ? Quand elle avait pleuré à cause de ces objets perdus, son mari l'avait réprimandée. « Ne pense pas à ces vieux *schmattes.* On est en Amérique. Ici, on achètera du neuf. »

— Qu'est-ce qu'il y a à l'intérieur ? demanda Ivy.

— Je l'ignore. C'est fermé à clé.

Curieuse logique : Mme Bindel pouvait jeter la malle, mais non pas l'ouvrir de force. Voilà pourtant qui ne devait pas être bien difficile. Les charnières étaient rouillées et, de plus, pas très solides.

— Vous n'éprouvez même pas un semblant de curiosité ?

— Vous la voulez ? proposa Mme Bindel avec une inflexion d'espoir.

— Eh bien… c'est-à-dire…

Tu n'es pas un peu folle ? Ivy entendait une voix autoritaire qui la réprimandait. *Tu viens à peine de te débarrasser des vieilleries de M. Vlaskovic, et tu veux t'embêter avec ça ?*

— Je voulais seulement…

— Et voilà ! Prenez tout !

Rayonnante, Mme Bindel applaudit. Avant qu'Ivy n'ait le temps de protester, elle avait arraché du sol la petite pancarte et l'avait lancée sur un carton. Puis elle pivota et retourna chez elle.

— Voilà une affaire réglée ! lâcha-t-elle en brandissant un doigt vers le ciel.

4

— Je vais récupérer les tuyaux et les bidons de peinture vides… on n'en a jamais assez, dit David un peu plus tard ce matin-là en poussant du bout d'une chaussure de travail l'un des cartons amassés devant chez eux. Mais je n'ai pas compris pourquoi nous aurions besoin d'une poêle à frire carbonisée.

— Carbonisée et cabossée, précisa Ivy. Je voulais voir ce qu'il y avait dans la malle et la voisine m'a obligée à tout prendre.

— Elle t'a obligée ? Elle est donc aussi intraitable ?

Il se pencha au-dessus de la malle et renifla.

— Je sais. Ça pue. Ce truc est resté des dizaines d'années dans le garage de Mme Bindel. Dieu seul sait quelles bestioles ont pu y entrer. C'était aux Vlaskovic.

David examina l'objet avec un regain d'intérêt.

— Alors, comme ça, c'était à Vlad.

— Elle appartenait à son père. D'ailleurs, elle n'est pas si lourde, répliqua Ivy. Tu crois que tu pourrais l'ouvrir ?

David alla chercher un pied-de-biche dans la boîte à outils rangée dans sa camionnette. Il ne fallut que quelques secondes pour faire sauter les charnières.

— Et voilà ! dit-il en soulevant le couvercle d'un geste mélodramatique.

L'osier craqua. Une odeur de moisi les prit à la gorge. Frissonnant d'excitation, Ivy se boucha le nez et regarda à l'intérieur. La malle était pleine à ras bord.

— Oh ! s'écria Ivy.

Elle attrapa un petit gilet de nourrisson en coton blanc jauni, bordé d'un picot bleu pâle et orné d'un mince ruban en satin à l'encolure. À côté, il y avait une robe de bébé avec des jours minuscules sur le devant et des incrustations de dentelle aux manches et au col. Elle s'accompagnait d'un bonnet assorti.

— C'est mignon, hein ?

Ivy sortit la petite robe. Le tissu était sec et cassant. Il s'en échappa une mèche de fins cheveux bruns nouée avec un ruban bleu pâle. Des cheveux de bébé. La personne qui avait déposé avec tant de soin la mèche de cheveux dans le vêtement d'enfant n'aurait sûrement pas aimé les voir tripotés par des voisins anonymes.

Sous la layette apparut une robe blanche de femme en tissu fin. Le col était près du cou, et un jabot délicat courait sur les épaules et le devant. Une robe de mariée ? Dommage qu'elle ait été parsemée de taches beiges.

Ivy fouilla dans le reste. D'autres robes de femme, l'une en laine bleu marine avec un col blanc festonné et des petits boutons en perle. Ivy la souleva. Pas de taille, juste un ruban dans le dos. Le tissu était mité.

— À ton avis, qu'est-ce que c'est ? demanda David en sortant une pièce de toile blanche grossière.

Il la retourna. C'était une chemise, ses manches effilées cousues ensemble aux poignets. L'une se terminait par une grosse courroie en cuir, l'autre par une boucle métallique robuste. Au lieu de boutons, il y avait devant – ou derrière ? – des petites sangles et d'autres boucles. Une camisole de force, comprit Ivy, qui en eut un choc.

— L'histoire d'un fils cinglé cloîtré dans le grenier est peut-être vraie, dit David.

Le devant de la camisole était taché de marron et de jaune. Ivy détourna le regard, sentant ce qu'il y avait d'obscène à observer cette trace d'intimité.

— Remets ça en place, dit-elle.

— Tiens, voilà qui a l'air intéressant.

David lui tendit un baluchon en dentelle écrue. Il était lourd. Après avoir déroulé le tissu qui sentait le moisi, Ivy découvrit une brosse à cheveux en argent terni, puis un miroir à main assorti et un flacon en verre taillé, avec un couvercle en argent percé au milieu.

Elle l'ouvrit. À l'intérieur, quelque chose était entortillé. Du fil conservé par une ménagère économe ? Ivy glissa un doigt. Non, pas du fil, des cheveux.

Le dernier objet du baluchon était un carnet. Sa reliure en cuir noir grenu s'effrita quand Ivy l'ouvrit et le feuilleta. Sur le papier réglé, on avait écrit à la main et daté chaque passage. Entre les pages était glissée une feuille pliée, plus épaisse. Ivy la sortit et l'ouvrit. C'était une photographie sépia.

D'un côté de la pliure, on voyait une jeune femme au long visage inexpressif et aux yeux cernés. Elle portait une robe sombre à col blanc – l'une de celles qui se trouvaient dans la malle. Ses doigts arachnéens semblaient flotter au-dessus de l'épaule impassible d'un homme aux traits austères, à la moustache hirsute, vêtu d'un costume foncé, qui était assis devant elle, un bras raide enlaçant un petit garçon au regard vif. Juché sur les genoux de son père, le gamin ne devait pas avoir plus de cinq ans, mais avec son air sévère, son dos bien droit, ses culottes courtes, sa veste et sa cravate, on aurait dit un petit adulte.

La photo se fendit par le milieu et Ivy ne garda que la jeune femme à la main. Lorsqu'elle sonda son regard vide, elle sentit une bouffée de tristesse l'envahir.

— Je suis sûre que les Vlaskovic n'auraient pas voulu qu'on jette leurs affaires, dit Ivy devant l'évier ce soir-là, en attendant que l'eau soit assez chaude pour nettoyer la parure en argent terni. Et ça me gêne de les garder.

David grogna. Installé à la table avec un dictionnaire, il s'attaquait à des mots croisés. Enrichir son vocabulaire était sa dernière marotte, déclenchée par une remarque acerbe de Lillian Bailiss, sa responsable administrative, qui l'avait envoyé chercher la définition de « philistin ».

Ivy bâilla. Il était à peine 21 h 30, encore trop tôt pour se coucher.

— Nous avons noté quelque part où on pouvait joindre M. Vlaskovic. Je l'appellerai pour lui demander s'il veut récupérer ces trucs.

Même sans avoir de relation personnelle avec cette famille, Ivy avait conservé le carnet, la photo et les cheveux de bébé. Bizarre comme on pouvait jeter facilement certaines choses et pas d'autres. Sans sourciller, elle avait empaqueté et donné les vêtements de grand-mère Fay, ses sacs et ses bijoux fantaisie. Mais elle n'avait pu se séparer de ses lunettes ni de la boule qu'elle avait fabriquée avec des élastiques.

Sous l'évier, Ivy attrapa un flacon de produit pour astiquer l'argenterie. Avant de se mettre au travail, elle risqua un coup d'œil par la fenêtre. Tout d'abord, elle ne vit que son reflet – ses joues pleines depuis qu'elle avait pris du poids avec sa grossesse, de sorte que son nez ressemblait un peu moins à un point d'exclamation au milieu de sa figure.

Une fois qu'elle eut accommodé, elle aperçut la malle. David et elle l'avaient laissée au coin de la rue avec le reste de son contenu, pour que les éboueurs la ramassent le mardi suivant. À la lueur tachetée du lampadaire, elle semblait à la fois abandonnée et pleine d'espoir.

David avait utilisé la pancarte de Mme Bindel. Apparemment, plusieurs personnes n'avaient pas pu résister à cette invitation, car, dans l'après-midi et la soirée, une véritable horde avait défilé. Une blonde qui rappelait à Ivy Britney Spears dans un de ses meilleurs jours avait emporté la robe blanche. La jeune femme qu'Ivy avait croisée ce matin-là en train de promener ses deux gamins avait pris les vêtements de bébé. Au crépuscule, Ivy avait vu un homme grand et mince fouiller dans le reste. Plus tard, elle avait remarqué que le matériel de plomberie avait disparu. À un moment donné, même Mme Bindel était allée jeter un coup d'œil. Éprouvait-elle des regrets ? se demandait Ivy. Dommage que le fond de la malle ait été aussi esquinté, sinon quelqu'un l'aurait emportée pour la rénover.

Ivy fit couler de l'eau chaude sur le dos en argent de la brosse à cheveux.

— De l'argent repoussé, dit-elle.

Ce joli mot, voluptueux, décrivait à la perfection le dessin en relief de fleurs et de colibris.

— Huit lettres, quatre voyelles.

David s'humecta l'index et fit semblant de hacher quelque chose.

— Tais-toi un peu. J'essaie de me concentrer.

Elle retira les cheveux pris dans la brosse.

— Tu sais ce qu'est ce flacon en verre avec le couvercle en argent ? demanda Ivy en fourrant les cheveux par le trou du couvercle. Un réceptacle pour garder les cheveux. Au temps de la reine Victoria, les dames les conservaient pour bourrer des pelotes à épingles et fabriquer des bijoux. Récemment, il s'en est vendu un semblable à celui-ci sur eBay pour cent dollars.

— Encore faudrait-il avoir la chance de le vendre.

Sur un chiffon humide, Ivy mit un peu de produit et frotta le dos de la brosse. Le chiffon noircit et la surface repoussée perdit son aspect terni.

— Une parure complète irait chercher encore davantage, poursuivit-elle. Il devait y avoir une demi-douzaine d'éléments. Sans doute un peigne, un tire-bouton, un…

David attrapa son dictionnaire et ses mots croisés, et sortit.

Ivy prit une vieille brosse à dents pour enlever les dernières traces de ternissure. Puis elle saisit le miroir à main et vit son reflet dans la glace veinée. Joues d'écureuil exceptées, elle ressemblait à Morticia, de la famille Addams, avec ses longs cheveux raides et sa frange. Surtout à la fin d'une journée fatigante.

Elle frotta le dos du miroir, puis passa au couvercle du flacon. Après avoir rincé toutes les pièces, elle les sécha avec une serviette. Enfin, elle les aligna sur la paillasse et admira le résultat.

En repensant à la statuette en bronze juchée sur le pilastre de l'escalier, elle se dit qu'elle ferait bien de s'en occuper, tant qu'elle y était. Elle alla donc dans le hall d'entrée et ôta Bessie de son perchoir. Un simple boulon dont la tige mesurait une quinzaine de centimètres maintenait la lourde statue en place.

Tout en l'emportant dans la cuisine, Ivy se rappela que, en passant le seuil de leur nouveau foyer, David et elle avaient eu l'impression que Bessie levait le bras pour leur souhaiter la bienvenue. Ivy avait été envahie par une impression de déjà-vu, tant les lieux ressemblaient à la maison victorienne plus modeste dans laquelle elle avait vécu avant la mort de son père. Avant que sa mère ne se mette à boire.

Tout compte fait, elle déposa la statue sur la paillasse. Elle avait suffisamment regardé *Antiques Roadshow*, l'émission de la BBC, pour savoir qu'astiquer du vieux bronze était une idée à bannir. La pauvre femme qui avait nettoyé avec du Brasso une lampe Tiffany s'était effondrée en larmes en apprenant qu'elle avait retiré une patine qui valait dix mille dollars.

Elle se contenta donc d'essuyer le bronze avec un chiffon humide pour retirer la poussière de chaque sillon. Soudain, elle entendit un bruit à l'extérieur. Un petit cri. Un peu plus tard, il se reproduisit. On aurait dit qu'un nouvel amateur s'était arrêté pour voir quelles merveilles il pouvait s'offrir à l'œil.

Ivy jeta un coup d'œil à la pendule. 22 heures passées. Elle réduisit l'éclairage de la cuisine pour mieux voir au-dehors. Au bout de la pelouse, derrière le panneau électoral de Theo, sur le trottoir, quelqu'un souleva le couvercle de la malle en osier. Lorsqu'il le baissa un peu, Ivy aperçut une tête et des épaules. Une voiture passa et ses phares éclairèrent la silhouette jusque-là plongée dans l'ombre. Une femme.

Le couvercle se rabattit encore. Ivy eut un choc. De longs cheveux bruns, une frange, des lunettes de soleil.

Si elle ne savait pas que c'était impossible, elle aurait pu croire que c'était elle.

Avec un grand bruit, la statuette tomba dans l'évier. Ivy porta une main à sa gorge pour toucher la main porte-bonheur qui lui venait de sa grand-mère. Mais elle n'était plus là.

5 *Cesse de courir après ton ombre et réfléchis.* Voilà ce que grand-mère Fay lui répétait quand Ivy se précipitait dans toutes les pièces pour tâcher de mettre la main sur ses devoirs d'école ou sur ses clés. *Je te parie des dollars contre des beignets que ça se trouve où tu penses que ça devrait se trouver.*

Alors, où ? La veille, sa chaîne s'était prise dans son drap de bain. David avait tordu le fermoir en la dégageant et l'avait laissée près du lavabo, dans la salle de bains du deuxième étage.

Mais elle n'y était plus. Ni près de la vasque, ni dedans. Et pas davantage par terre, dans la poubelle, derrière le radiateur ou ailleurs dans la pièce.

L'aurait-elle aspirée par mégarde en faisant le ménage ? L'aspirateur était resté dans la chambre du grenier. Ivy retira le sac, l'ouvrit et vida la poussière sur des journaux. Elle eut beau trier, elle ne retrouva pas sa chaîne.

Avec méthode, elle fouilla les autres pièces, étage par étage, furieuse contre elle-même. Une heure plus tard, elle trouva David en train de regarder la télévision dans le bureau du rez-de-chaussée. Plantée sur le seuil, elle ravala à demi un sanglot.

David tourna la tête.

— Stretch ?

C'était ridicule. Juste parce qu'elle ne retrouvait pas le porte-bonheur de sa grand-mère… La main devant la bouche, Ivy lâcha un nouveau sanglot.

David se leva d'un bond et s'approcha.

— Hé là, qu'est-ce qui se passe ?

Elle le lui expliqua.

— C'est juste parce que tu as égaré ta chaîne ?

— Je me sens frustrée à un point inimaginable. En ce moment, je perds des trucs. Je vois des trucs.

— Qu'est-ce que tu vois ?

Ivy parla de la femme qu'elle avait vue dehors.

— Écoute, c'est bien ce qu'on voulait, que des gens s'arrêtent et se servent, non ?

— Sauf qu'elle me ressemblait.

David cilla.

— C'est peut-être que tu as vu ton reflet…

— J'avais éteint la lumière. Et moi, je ne portais pas de lunettes.

— Parce qu'elle en portait ?

— Je viens de te le dire !

David haussa les sourcils.

— Tu vas me montrer.

Elle l'entraîna dans la cuisine non éclairée et ils se mirent à la fenêtre. Dehors, sur le trottoir, la malle était fermée.

— Des grosses lunettes, précisa Ivy.

— Il fait sombre par là-bas.

— Une voiture passait avec les phares allumés. Je t'assure que j'ai bien vu.

David se tourna face à elle.

— Bon, d'accord. Une femme qui porte des lunettes de soleil passe par là et s'arrête pour jeter un coup d'œil. Peut-être même pour prendre quelque chose. Tu parles d'un truc, dit-il en la prenant par les épaules.

Ivy soupira.

— Oui, tu as raison. Ce n'est pas grand-chose… (Elle hoqueta.) … Mais maintenant, le porte-bonheur de grand-mère Fay est… (Le dernier mot se coinça dans sa gorge.) Excuse-moi. Je ne sais pas ce qui m'arrive.

Bien sûr que si, elle le savait. Elle était enceinte de neuf mois et elle aurait dû être au lit depuis longtemps.

— Est-ce que tu as regardé dans…, commença David.

— J'ai regardé partout, répliqua-t-elle très fort, d'une voix geignarde.

La grossesse avait pénétré toutes ses défenses.

David eut un mouvement de recul.

— Bon, cette chaîne doit faire la fête là-dehors avec la chaussette qui me manque et la brosse à dents que tu as perdue.

Ivy attrapa un mouchoir en papier et se moucha.

— Tu veux que je t'aide à chercher ? proposa David. Tu sais ce qu'on dit : Deux personnes…

— … valent mieux qu'une.

Elle emmena David dans tous les endroits qu'elle avait déjà vérifiés, et dans d'autres où elle n'avait pas pensé à regarder.

— Tu vois bien, mon porte-bonheur a disparu, dit-elle une fois leurs recherches restées vaines.

David lui entoura la taille.

— L'argent n'est pas biodégradable. Je t'assure qu'il est quelque part. En attendant de le retrouver, il faut que quelqu'un te mette au lit. Tu t'es levée aux aurores.

Avec douceur, mais fermeté, il l'entraîna dans l'escalier.

Trop angoissée pour dormir, Ivy s'assit dans le lit et ouvrit le petit carnet relié en cuir qu'elle avait trouvé dans la malle en osier. Du bout des doigts, elle effleura un feuillet desséché couvert de mots tracés au stylo à encre.

Emilia V. – 23 mai 1922

Emilia. Un prénom démodé. Le V devait être pour Vlaskovic. 1922. L'entre-deux-guerres, à peu près l'époque où la grand-mère et l'arrière-grand-mère d'Ivy avaient quitté l'Europe.

Un nouveau journal, un nouveau départ. Aujourd'hui, nous avons emménagé dans cette magnifique maison de Laurel Street. Il est plus de minuit, mais l'émotion m'empêche de dormir.

Cet après-midi, pour la première fois, je suis sortie sur la véranda, ma véranda. En face, la prairie est couverte de boutons-d'or.

Juste en face, il y avait un champ ? Incroyable. Ivy poursuivit sa lecture.

L'homme engagé par Joseph installait la table que mon père et ma mère nous ont donnée et, pendant que je l'observais, j'ai senti que le bébé bougeait. J'avais envie de l'annoncer tout de suite à maman et à Matilda, mais il faudra une semaine pour que ma lettre arrive à Toronto.

Le bébé avait été un garçon, Ivy en était sûre – tout comme elle était sûre qu'Emilia V. était la jeune femme au long visage morose de la photo, et que c'était elle qui avait serré les cheveux de bébé dans l'étroit ruban de satin bleu qu'Ivy avait trouvé dans le carnet.

Au fil des pages couvertes d'une écriture élégante, la rédactrice, tout d'abord fantôme flou, prenait corps, devenait une femme de chair et de sang, dont les journées bien remplies consistaient à créer un foyer, à attendre la naissance de son premier enfant et à regretter l'absence des parents et amis laissés au Canada. Ivy ne disposait pas d'un tel document pour connaître l'histoire de sa propre famille.

À partir du mois de juillet, l'écriture devenait serrée, tendue. Ivy imaginait Emilia enceinte, assise à un secrétaire, dans le salon, la main crispée sur son stylo, les traits tirés.

Ivy lut deux fois ce qu'elle avait écrit le 20 août.

Quand je suis revenue de ma promenade, je me suis longuement examinée dans le miroir. J'ai vu ce que je m'attendais à voir. Un visage trop étroit, un nez trop fort, un teint terreux. Des cheveux trop courts pour qu'on puisse les qualifier de luxuriants, ni blonds ni châtains. Loin d'être effilés, mes doigts sont épais et carrés. Dès lors, je ne m'étonne pas que Joseph supporte à peine ma vue.

La malheureuse ! Elle était là, sur le point d'accoucher, coincée à Brush Hills avec ce Joseph qui ne l'aidait en rien. Il n'y avait pas de cours de préparation à l'accouchement où elle aurait pu rencontrer d'autres jeunes couples. Pas de coups de fil donnés par des amis ou des parents. Pas de mails. MySpace n'existait pas.

Fais le compte de tout ce qui t'a été accordé. Ivy entendait encore sa grand-mère. Même si, enceinte de neuf mois, Ivy avait l'élégance d'un break, David faisait tout pour qu'elle se sente « sexy en diable », comme aurait dit grand-mère Fay. Elle avait des amis, des collègues, et un travail auquel elle retournerait après son congé de maternité.

Ivy posa les mains sur son ventre gonflé. Bientôt, elle aurait un enfant. Même elle, elle commençait à le croire.

Dès qu'elle bâilla, elle referma le carnet, éteignit la lumière, s'allongea sur le côté et ferma les yeux.

Une heure plus tard, elle ne dormait toujours pas, tandis que David ronflait doucement près d'elle. L'odeur de moisi semblait lui avoir irrité les sinus. Ses pensées sautaient du coq à l'âne – écriture déformée par les douleurs, visage égaré sur la photo sépia, femme qui était passée devant la fenêtre de la cuisine, avec ses longs cheveux bruns et sa frange encadrant un visage en partie caché par des lunettes noires. Morticia II.

Ivy se couvrit la tête avec l'oreiller, comme si étouffer les bruits pouvait chasser les images qui défilaient dans sa tête. Elle visualisa le charmant dessin à l'encre reproduit à la première page de son livre d'enfant, *Madeline* – une vieille maison parisienne à la façade envahie de vigne vierge, avec, sur le toit en tuiles, deux cheminées crachant des tourbillons de fumée. Son père lui avait lu cette histoire si souvent qu'elle la connaissait par cœur. Quand elle n'arrivait pas à s'endormir, elle trouvait apaisant de se perdre dans ces illustrations fantaisistes et ce texte aux allures de comptine.

Enfin, le stratagème agit et Ivy rêva qu'elle se trouvait dans le grenier que possédait l'école parisienne de Madeline, un grenier encombré de malles en osier moisies, pleines à ras bord d'édredons et de draps. De l'une des malles s'échappaient des cris de bébé.

6

Le lendemain, en fin d'après-midi, Ivy était allongée sur la table d'examen du docteur Shapiro et écoutait les battements de cœur du bébé avec un stéthoscope. Une sonde reliée à l'écran pesait sur son ventre enduit de gel glacé.

Tac-tac, tac-tac. Les battements se détachaient sur un fond de bruits mouillés. Ivy sentit ses entrailles se réchauffer, et un sourire s'élargit sur son visage.

Les yeux écarquillés, David écouta lui aussi à l'aide d'un deuxième stéthoscope.

— C'est le bébé qui fait ce bruit-là ? On dirait un camion Mack.

Le docteur Shapiro, une robuste femme d'un certain âge aux cheveux poivre et sel judicieusement coupés – qu'on imaginait avec des chaussures de golf aux pieds en train de balancer un fer 9 –, répondit :

— Ce que vous entendez, c'est ce que j'appelle une bonne pulsation cardiaque, bien vigoureuse.

Elle prit la main d'Ivy et exerça une pression rassurante. L'examen interne auquel elle venait de procéder était le premier depuis plusieurs mois. Quand elle avait annoncé que la dilatation du col de l'utérus atteignait deux centimètres, David avait pâli.

— C'est tout à fait normal. Ça veut simplement dire que vous approchez du terme, avait-elle expliqué. Mais vous n'avez pas besoin de moi ou de ces engins sophistiqués pour le savoir.

Avec son œil exercé, le docteur Shapiro examina les jointures d'Ivy, palpa son poignet, vérifia ses chevilles. Elle lui avait dit que, lors de sa fausse couche, plus d'un an auparavant, c'était une fille qu'elle attendait.

— Bon, surtout, ne vous inquiétez pas, ni l'un ni l'autre, si ce bébé se calme un peu. C'est ce qu'ils font vers la fin car ils n'ont plus beaucoup de place là-dedans.

— Ça, je m'en doute, dit Ivy. À votre avis, quand est-ce que…

— D'un jour à l'autre, ou alors il faudra encore patienter quelques semaines. Ce n'est pas une science exacte.

D'un jour à l'autre? Cette idée la terrifiait. D'un autre côté, rester plusieurs semaines avec l'impression d'avoir avalé un hippopotame… Si les hommes étaient enceints, ils auraient trouvé le moyen d'accélérer les derniers moments.

— Elle a fait le ménage, dit David en écartant le stéthoscope de ses oreilles.

— Et elle a eu des hallucinations, ajouta Ivy.

— C'est sérieux ? demanda le docteur Shapiro.

— Pas vraiment, répondit Ivy.

— Rester active est recommandé.

Le médecin se déplaça d'un pas vif et conclut :

— Ne changez pas vos habitudes. Faire le ménage ne présente aucun inconvénient si vous ne vous sentez pas gênée et si vous buvez beaucoup et réduisez le sel. Et réfléchissez au prénom, parce que ce bébé est prêt à débouler sur la scène de la vie.

— Si on l'appelait Boogie Rose, suggéra David sur le chemin du retour, au volant de la voiture d'Ivy.

Sur l'autoroute, la circulation commençait à ralentir car l'heure de pointe du soir approchait. Il jeta un coup d'œil derrière lui et changea de file.

— Alors, qu'est-ce que tu en penses ? Ça marche à la fois pour un garçon et pour une fille.

— Ça marche surtout pour un groupe qui fait de la musique.

— On ne peut quand même pas continuer à l'appeler Petite Pousse.

— Gwyneth Paltrow a appelé son bébé Apple.

David recula la tête et fit claquer ses lèvres, semblant mettre ce prénom en bouche.

— Pas mal. Tiens, encore mieux, si on lui donnait le nom d'un de mes plats préférés ?

— N'y pense même pas. Et pas question non plus d'appeler ce gosse Sam Adams[1]. D'ailleurs, c'est une fille.

— Tu n'en es pas sûre.

— Je te parie un million que si.

David grogna. Il emprunta la sortie et s'arrêta au premier feu derrière une longue file de voitures.

---

1. Nom d'un célèbre brasseur de Boston.

— Pourtant, Beer Rose a un certain… cachet.

— Le prénom ne peut pas se terminer par un r.

— Pourquoi ?

— Parce que notre nom commence par un R. Ça fait Beerose. Les gens vont croire que le nom de famille est Ose. (Ivy soupira.) Et puis un prénom monosyllabique est exclu, poursuivit-elle.

— Ah ! voilà la règle numéro deux. Dis donc, avec toi, les règles, ça y va.

— Jane Rose. Jill Rose. Non, avec Rose derrière, il faut quelque chose de plus long.

— Long Rose ? Lily Rose ? Capucine Rose ?

David mit son clignotant.

— Lily n'est pas mal. Mais tu ne trouves pas que deux noms de fleurs c'est un peu beaucoup ? Ivy[1] Rose, ça suffit comme ça.

David s'engagea dans leur rue.

— Écoute, pour moi, une seule fleur, c'est déjà trop, mais personne ne m'a demandé mon avis. D'ailleurs…

Sa voix s'éteignit. Une voiture de police était garée devant chez eux.

— Bon sang, qu'est-ce que…

Ivy pensa aussitôt à Mme Bindel. Un infarctus ? Une attaque ? Mais Mme Bindel se tenait sur le seuil, entre la porte d'entrée et la porte-moustiquaire, son cardigan serré autour de ses épaules étroites, la main devant la bouche.

Un policier en tenue était posté devant leur maison, accroupi près de la malle en osier ouverte, et télépho-

1. « Lierre », en anglais.

nait avec son portable. Il leva la tête quand David se rangea le long du trottoir.

Après avoir mis fin à sa communication et refermé le couvercle de la malle, il se releva en dépliant sa carcasse longue et mince, telle une mante religieuse.

David descendit de la voiture. Ivy l'imita.

— Vous habitez ici ? demanda l'agent en désignant la maison d'un mouvement de la tête.

Il hésitait entre le sourire et la grimace. Ses yeux furent attirés par le ventre rebondi d'Ivy.

— Oui, répondit David.

Du plat de la main, l'homme repoussa sa casquette. Ses cheveux clairsemés avaient la couleur du foin.

— Fournier. Police de Brush Hills.

Il leur montra son insigne, puis une photo.

— Avez-vous vu cette personne, l'un ou l'autre ?

Cette fois, Ivy reconnut Melinda White : plus jeune, rondelette, elle adressait un sourire pincé à l'appareil, avec, en arrière-plan, un décor peint de nuages qui flottaient dans un ciel bien bleu.

— C'est Melinda White, dit-elle.

— Donc, vous la connaissez ?

— Plus ou moins. En fait, pas très bien. Nous avons fréquenté le même lycée.

— Quand l'avez-vous vue pour la dernière fois ?

— Elle est venue ce week-end. Samedi matin.

Ivy ne comprit pas le regard tendu que lui lança David, et elle ajouta :

— Nous avions organisé un vide-grenier.

— Pourquoi ? Il lui est arrivé quelque chose ? demanda David.

Le policier empocha la photo, sortit un bloc et un stylo dont il poussa la bille.

— C'est précisément ce que nous essayons d'établir.

Il prit leurs noms et jeta quelques notes sur son bloc. Puis il loucha vers le soleil couchant.

— Alors, vous lui avez parlé ? Vous l'avez vue partir ?

David ouvrit la bouche, mais aucun son n'en sortit.

— Oui, je lui ai parlé, dit Ivy. Elle a acheté un récipient en verre en forme de cygne… En fait, elle ne l'a pas acheté. Je lui en ai fait cadeau. Elle m'a expliqué que sa mère, ou sa sœur, peut-être, collectionnait les cygnes, et…

Ivy se rendit compte qu'elle parlait à tort et à travers et reprit :

— Elle est venue ici. Oui, nous lui avons parlé. Maintenant, elle se fait appeler Mindy et ne ressemble plus du tout à cette photo.

— Comment ça ?

— Ses cheveux sont plus clairs, plus raides, plus courts.

La main sous l'oreille, Ivy en indiqua la longueur. Fournier prit des notes.

— Elle a un peu plus de style, si vous voyez ce que je veux dire.

Le policier cessa d'écrire, leva les yeux de son bloc et la regarda sans comprendre.

— Des mèches. Des ongles manucurés, précisa Ivy.

— Vous vous rappelez comment elle était habillée ?

— Casquette de base-ball. Pantalon foncé. Tunique de future maman à fleurs bleues et jaunes. Des bleuets et des boutons-d'or.

David lui lança un regard surpris. Bon, elle ne pouvait s'empêcher de remarquer les vêtements.

— Une tunique de future maman ? Elle était enceinte ? demanda Fournier.

— Jusqu'aux yeux. Et elle trimballait un sac en toile blanche aussi grand qu'un chariot de supermarché.

— Vous êtes sûre que c'est bien elle que vous avez vue ?

— Elle s'est présentée.

— Sinon, nous ne l'aurions jamais reconnue, ajouta David. Nous ne l'avions pas revue depuis le lycée.

— Et, comme je vous le disais, elle a beaucoup changé.

— D'ailleurs, comment savez-vous qu'elle est venue ici ? demanda David au policier.

— Sa sœur a signalé sa disparition, et nous avons retrouvé sa voiture garée dans cette rue, un peu plus bas. Il y avait un exemplaire du *Weekly Shopper* sur le siège du passager, avec votre annonce entourée.

Le policier marqua une pause.

— Elle n'est pas rentrée chez elle et, à en juger par son appartement, elle avait pourtant l'intention d'y retourner. Elle a même laissé la cafetière allumée.

Il se tut un instant et regarda tour à tour Ivy et David.

— Elle n'est pas allée travailler et n'a pas téléphoné pour dire qu'elle était malade. Sa sœur nous a appelés sans arrêt. Complètement affolée, vous l'imaginez sans peine.

Pendant qu'il continuait à les scruter, Ivy sentit un picotement dans la nuque.

— Bon, récapitulons. Votre vide-grenier commence à 9 heures. Melinda White arrive. À quelle heure ?

— Tôt, répondit Ivy. Juste après 9 heures. Nous venions d'ouvrir.

— Donc, elle se présente ?

— Exact, confirma Ivy.

— Avez-vous, l'un ou l'autre, remarqué si elle parlait à quelqu'un ?

— Moi non, répondit David.

Ivy l'imita.

Fournier se gratta la tête.

— Bon, elle reste ici… disons, cinq, dix minutes ?

— Plutôt vingt ou trente, rectifia Ivy.

Elle avait eu l'impression que ça durait une éternité.

— L'avez-vous vue repartir avec quelqu'un, par hasard ?

— Elle…

Ivy était sur le point d'expliquer que David lui avait fait visiter la maison, mais le regard que lui lança son mari l'arrêta.

— Non, je ne l'ai pas vue partir, dit-elle en se mordant la lèvre.

— Personne ne l'a suivie ?

— Il y avait beaucoup de monde, expliqua David. Nous vendions des tas de vieilleries laissées par le précédent propriétaire et les gens se faufilaient partout.

— Peut-être connaissez-vous certains amis de Mme White ?

— Non, désolé, répondit David. Écoutez, nous ne la fréquentons pas. Nous sommes seulement allés dans le même lycée. Il y a de ça une éternité. Brush Hills n'est pas très grand, mais nous étions plus de mille en terminale. Pour ma part, je n'ai jamais été très copain avec elle. Toi non plus, hein, Ivy ?

La jeune femme le confirma.

— Hum ! fit Fournier avant de refermer son bloc. Et ça, c'est à vous ?

Avec son stylo, il désigna la malle en osier.

— Non… oui. Je suppose que, maintenant, c'est à nous. Notre voisine nous l'a plus ou moins donnée, expliqua David avec un mouvement de tête en direction de Mme Bindel, qui observait toujours la scène derrière sa moustiquaire.

— Plus ou moins ?

— Elle allait la jeter.

— Et maintenant, c'est vous qui la jetez.

— Exact. C'est une longue histoire.

Fournier fit monter et descendre la bille de son stylo et attendit.

— C'est une jolie malle ancienne, dit Ivy. J'étais curieuse de savoir ce qu'elle renfermait. Je me disais qu'il y avait peut-être des choses intéressantes.

— Et alors, il y en avait ?

— Quelques-unes. En plus, au début, je pensais qu'on pourrait rénover la malle elle-même. Mais le fond est pourri.

— Je vois. Vous l'avez donc laissée sur le trottoir pour que les éboueurs la ramassent ?

— Oui, dit David. Si ça pose un problème de la laisser jusqu'à demain, on peut la mettre dans le garage…

— Non, ça ne pose pas de problème. Du moins, en principe. Sauf que…

Le policier empocha son bloc et souleva le couvercle de la malle. Du bout de son stylo, il souleva un vêtement.

Ivy reconnut le motif de bleuets et de boutons-d'or. La tunique était impeccable quand Melinda White l'avait portée.

À présent, elle était fripée et parsemée de taches rouge sombre.

7 Le sol sembla basculer et Ivy fut prise à la gorge par une odeur métallique qui évoquait une boîte de soupe. Elle réprima un haut-le-cœur quand Fournier agita la tunique maculée au bout de son stylo.

— Savez-vous comment ce vêtement s'est retrouvé là-dedans ? demanda-t-il.

— Bon Dieu, qu'est-ce que c'est que cette histoire ? s'écria David. Ça n'était pas là quand on a sorti la malle sur le trottoir, hier.

— Ah non ? fit le policier, impassible.

— Non, j'ai remis moi-même dans la malle ce dont nous voulions nous débarrasser, expliqua Ivy, surprise de s'entendre parler d'une voix calme et assurée. Des tas de gens se sont arrêtés pour fouiller dedans. Quelqu'un a dû y déposer ça, et ce n'est certainement pas nous.

— Quelqu'un ? Bon.

Fournier laissa retomber la tunique dans la malle, referma le couvercle et se redressa.

— Si nous allions à l'intérieur ? suggéra-t-il en regardant la maison, puis David. J'ai encore quelques questions à vous poser, et j'aimerais jeter un coup d'œil chez vous, si ça ne vous ennuie pas.

David croisa les bras sur la poitrine et crispa les mâchoires.

— En fait, si, ça m'ennuie. Nous sommes ici chez nous et nous n'avons rien à nous reprocher.

— Où est le problème ? À supposer, bien sûr, que vous n'ayez rien à cacher…

Le ton du policier n'était plus aussi poli, mais cassant.

— Vos insinuations ne me plaisent pas, dit David.

— Je comprends. Bien sûr, c'est votre droit. Mais je vous préviens : soit j'entre maintenant chez vous jeter un coup d'œil, soit je demande un mandat de perquisition et je reviens avec une équipe au complet pour fouiller les lieux. De fond en comble. Car, si je ne m'abuse, n'importe quel juge sera d'avis que ceci… (D'un coup de genou, il souleva le couvercle de quelques centimètres et considéra la tunique d'un air détaché.)… est plus que suffisant pour en délivrer un.

Que se serait-il passé si David avait répondu « D'accord », ou « Allez-y, faites comme chez vous », quand Fournier avait voulu entrer chez eux ? se demanda Ivy. Une heure plus tard, elle se sentit piégée par une répétition irréelle du vide-grenier, même si la scène était muette. Sauf qu'on n'était pas le matin et que ce n'étaient pas des chineurs qui étaient rassemblés au bout de l'allée, brûlant de se précipiter chez eux. C'étaient des badauds qui, certes, restaient à distance, mais qu'une curiosité morbide clouait au sol et dont les gestes étaient saccadés dans les éclairs bleu et blanc des gyrophares.

Les voitures ralentissaient en passant. De l'autre côté de la rue, des voisins observaient la scène derrière des fenêtres éclairées. Un inconnu à bicyclette orientait son téléphone portable dans leur direction. Prenait-il une photo ?

Une boule dans l'estomac, Ivy se sentait du mauvais côté de la barrière. Elle éprouvait le besoin irrépressible de courir chez elle et de claquer la porte, mais un agent en tenue bloquait le passage.

Aussitôt, David avait appelé son ami Theo, qui était avocat. Celui-ci avait recommandé :

— Montre-toi conciliant. Sois poli. Ne discute pas. Mais ne réponds à aucune question, je dis bien aucune, avant mon arrivée.

En face, la foule semblait grossir de minute en minute et, à présent, le cycliste parlait dans son portable. Une Ford Crown Victoria beige métallisé s'arrêta, ses phares s'éteignirent. Un homme en costume sombre en descendit. Les yeux plissés, il regarda autour de lui, scruta la rue bordée d'arbres et les maisons, et s'entretint brièvement avec Fournier. Puis il s'avança vers Ivy et David.

Ivy remarqua à peine l'insigne qu'il leur montra, l'entendit à peine se présenter. Son attention était fixée sur le document qu'il remit à David.

D'un geste rageur, ce dernier froissa les feuilles.

— Un mandat de perquisition. Qu'est-ce que Theo fabrique ? Son bureau est juste au coin de la rue, bon sang !

Les lèvres serrées, il grimpa les marches et ouvrit la porte d'entrée.

L'homme qui venait d'arriver et les policiers en tenue se ruèrent à l'intérieur, ne laissant qu'un agent en faction devant la maison.

David et Ivy se replièrent sous le passage couvert. Au moins, là, l'obscurité les soustrayait aux regards inquisiteurs. Si la température avait chuté en ce début de soirée, ce n'était pas seulement le froid qui glaçait Ivy. David l'entourait de son bras, mais paraissait déconnecté et ne lui communiquait aucune chaleur. À chaque voiture qui passait, il se tendait.

Enfin, une Lexus noire s'arrêta et Theo en descendit. Dans son costume sombre et son manteau, il avait bien l'air d'un juriste important. Il jeta un coup d'œil inquiet aux badauds attroupés dans la rue.

— Enfin ! Il était temps ! dit David en l'appelant d'un geste de la main.

Theo s'approcha d'eux et posa à terre sa serviette en cuir souple bourrée de documents.

— Je savais que la police faisait parfois du zèle, mais là, ça frise le ridicule, bredouilla-t-il tout bas, indigné. Je suis navré que vous soyez obligés d'en passer par là. Surtout en ce moment.

Il considéra Ivy avec compassion et la serra dans ses bras, la noyant sous son eau de toilette musquée.

Ivy éprouva une bouffée de gratitude et de soulagement.

David tendit à Theo le mandat de perquisition froissé. Son ami en lissa les feuilles et l'étudia, puis il leva les yeux.

— Vous n'avez répondu à aucune question, j'espère ?

— Nous n'avions même pas conscience de répondre à des questions, comme tu dis, expliqua David d'une voix basse et véhémente. Quand nous sommes revenus à la maison.

Theo l'arrêta d'un geste. Ivy suivit son regard. Un véhicule d'une chaîne de télévision s'était garé devant la maison.

— Attends.

Theo s'approcha de l'agent en faction, puis s'engouffra à l'intérieur. Au bout d'un moment, il passa la tête dans l'entrebâillement de la porte donnant sur le côté de la maison.

— Venez. Ils ont fini de fouiller la cuisine.

Ivy grimpa les marches, traversa le petit vestiaire avec ses piles de manteaux accrochés derrière la porte, et entra dans la cuisine. Aussitôt, elle baissa les stores et referma tiroirs et placards que les policiers avaient laissés ouverts. Adossée au plan de travail, elle serra sa veste autour de son corps et frissonna, les bras croisés sur le ventre.

— J'ai l'impression d'être tombé dans une embuscade, dit David en abattant son poing sur le réfrigérateur.

Après avoir jeté le mandat sur la table, Theo alla fermer la porte qui donnait dans la salle à manger et revint s'asseoir.

David faisait les cent pas.

— Merde, qu'est-ce qui se passe ? On nous traite comme…

— Arrête. Assieds-toi, dit Theo. Il faut qu'on discute.

Tous deux échangèrent un long regard. David prit une profonde inspiration, se passa à plusieurs reprises une main dans les cheveux, de l'arrière vers l'avant, puis ôta sa veste, la posa sur le dossier d'une chaise et s'assit enfin.

— Toi aussi, fit Theo en regardant Ivy.

Elle s'exécuta.

On entendit le thème d'une ancienne série télévisée, *Dragnet*, joué sur un clavier d'enfant. Theo sortit son portable de sa poche, l'ouvrit et lut le message. Il éteignit son téléphone et le son cessa.

— Pourquoi est-ce qu'ils nous traitent comme des criminels ? demanda David.

— Ces temps-ci, aucune négligence n'est tolérée. Depuis l'affaire JonBenét Ramsey.

Theo expliqua que la police de Boulder, dans le Colorado, avait complètement foiré l'enquête sur le meurtre d'une petite fille, et que, désormais, elle appliquait le règlement à la lettre.

— Surtout quand il s'agit de Blancs habitant une banlieue résidentielle. Ça n'a rien de personnel.

Il lut le mandat de perquisition, puis sortit de sa serviette un stylo en argent et un bloc de papier réglé jaune.

— Alors. On commence par la personne qui a disparu.

Theo plissa le front, desserra sa cravate et lança un coup d'œil interrogateur à David.

— Il s'agit bien de Melinda White… celle qu'on a connue au lycée ?

— Oui.

David lui expliqua comment la police avait appris qu'elle était venue à leur vide-grenier.

— Bon, sa sœur signale sa disparition, résuma Theo. Les policiers retrouvent sa voiture. L'annonce que vous avez passée dans le journal les amène ici. Mais comment en arrive-t-on au mandat de perquisition ?

David lui parla de la malle de Mme Bindel laissée sur le trottoir pour que les éboueurs la ramassent et mentionna le vêtement de Melinda retrouvé à l'intérieur.

— Ils ont le droit de faire ça, Theo ? Ce n'est pas empiéter sur la vie privée des gens ? demanda David.

— Ce qui est abandonné sur la voie publique n'est plus privé. La police avait tout à fait le droit d'ouvrir la malle et de jeter un coup d'œil à l'intérieur.

— Cette tunique n'y était pas quand on a sorti la malle hier soir.

Des yeux, David chercha le soutien de sa femme.

— Bien sûr que non, elle n'y était pas, confirma-t-elle.

— Tu n'as pas à me convaincre, je suis ton avocat, dit Theo en dardant sur David un regard appuyé. Et aussi ton ami.

Le plafond craqua. Les policiers étaient sans doute dans leur chambre, où ils tripotaient les sous-vêtements d'Ivy, tâtaient la literie.

— Ivy a vu beaucoup de gens s'arrêter pour farfouiller, précisa David. N'importe qui aurait pu y mettre la tunique.

Theo prit des notes.

— Quel genre de personnes ? Combien ?

— Notre voisine, déjà, répondit Ivy. Une jeune femme du quartier. Un grand type, mais il faisait trop sombre pour que je le voie bien.

Ivy attrapa une salière sur la table, une petite grenouille en céramique qu'elle avait dénichée chez Goodwill, l'association caritative. Elle passa le pouce sur la petite tête lisse et essaya de ne pas claquer des dents.

— Il a dû y avoir des tas d'autres personnes. Je n'ai pas surveillé cette malle en permanence.

— Nous nous disions que les gens prenaient des trucs, expliqua David, ce qui nous arrangeait. Nous espérions que tout aurait disparu avant le lendemain matin. Nous espérions…

Il bafouillait. Ivy vint à son secours.

— Avant le ramassage des ordures. Mieux valait que quelqu'un en profite plutôt que de tout jeter.

Theo parut sidéré. En un éclair, Ivy visualisa son appartement tout en chrome, verre et moquette blanche. Theo était bien incapable de s'imaginer en train de traîner chez lui une malle en osier abandonnée, tout comme il n'aurait jamais pu porter une montre Timex ni boire du vin de table.

— Ivy a eu un peu la frousse en voyant une femme tard ce soir-là, dit David en baissant la voix.

— Oui, Ivy ?

— J'ai entendu un bruit. J'ai regardé par la fenêtre et je l'ai vue.

— Et tu l'as reconnue ? demanda Theo en prenant toujours des notes.

Ivy déglutit.

— Elle me ressemblait.

Theo cessa d'écrire.

— En tout cas, elle avait les mêmes cheveux que moi.

— Elle était enceinte ?

Ivy ferma les yeux et essaya de se souvenir.

— Je… Je ne sais pas. Le couvercle de la malle était relevé.

— Est-ce que tu as parlé à la police des gens que tu as vus dehors ?

— Ils ne m'ont pas laissé…

— Tant mieux. Parce que tu imagines sans peine leur réaction s'ils t'entendaient dire que tu as vu quelqu'un qui te ressemblait. On pourrait en conclure que c'était toi, et que, après coup, tu avais inventé une explication au cas où quelqu'un t'aurait vue.

— Mais ce n'était pas moi !

— Bien entendu. Je le sais bien ! lâcha Theo dans un murmure sonore, avant de se mettre un doigt sur les lèvres et de tourner la tête vers la salle à manger. Tout ce que je dis…

— C'est qu'ils vont me traiter de menteuse ou de pauvre fille que la grossesse rend cinglée.

— Allons, tu es loin d'être folle, répliqua David d'une voix tremblante. C'est Melinda que la grossesse rend cinglée. Bon Dieu, je regrette de…

Le regard sévère de Theo le réduisit au silence.

— Bon, revenons à Melinda, dit Theo qui considéra Ivy puis David. Quand l'avez-vous vue pour la dernière fois, l'un et l'autre ?

David baissa la tête.

— Chéri ? fit Ivy.

— Qu'y a-t-il ? demanda Theo.

Affaissé sur sa chaise, David avait l'air pâle et fatigué.

— Je crois que je suis le dernier à l'avoir vue, reconnut-il. Je lui ai fait visiter la maison.

— De toute façon, il devait y aller pour chercher un carton de livres. Melinda voulait à tout prix savoir comment nous l'avions aménagée, si bien qu'il lui a proposé de l'accompagner.

Les yeux fixés sur la table, David précisa :

— Elle disait qu'elle y avait joué quand elle était petite. Sa mère travaillait ici, un truc comme ça. À l'évidence, elle mettait Ivy mal à l'aise.

— D'accord. Alors, tu lui as fait faire le tour du propriétaire. Et après ?

— Et après, rien. Le rez-de-chaussée, les deux étages… et voilà.

— Tu l'as vue partir ? demanda Theo à Ivy.

Ivy secoua la tête.

— Quelqu'un d'autre l'a vue partir ?

— Le vide-grenier était dans l'allée, sur le côté de la maison, expliqua David. Je suppose que quelqu'un a dû la voir. Moi, je me dépêchais de…

On frappa doucement à la porte.

Theo se pencha vers eux.

— Bon, voilà la marche à suivre, murmura-t-il. C'est très simple. Vous ne répondez aux questions que si je vous donne le feu vert. Refuser de répondre à la police n'est pas un délit. Et puis non, on ne pensera pas que vous avez quelque chose à cacher, mais que vous écoutez les conseils de votre avocat, qui agit au mieux de vos intérêts.

Theo se leva.

— Tout, je dis bien tout ce que vous direz pourra être utilisé contre vous. Un détail qui vous semble anodin peut devenir compromettant si on le déforme. D'accord ?

Il rectifia son nœud de cravate, lissa à deux mains sa coiffure, ajusta ses manchettes.

— D'accord ? répéta-t-il.

La tête rentrée dans les épaules, le cou emmitouflé dans le col relevé de sa veste, Ivy acquiesça. Elle était gelée.

8

— Ils ont fait venir leur avocat, c'est ça ?

L'homme qui était arrivé dans la Crown Victoria avec le mandat de perquisition donnait à la table et aux chaises de cuisine l'allure d'un mobilier de poupée. Il devait mesurer près de deux mètres et se présenta sous le nom de sergent Blanchard. Un policier en uniforme l'accompagnait.

— Nous aimerions vous faire un test ADN à tous les deux, dit-il d'une voix rauque de fumeur. Comme ça, nous pourrons éliminer.

Theo lui coupa la parole.

— Je déconseille à mes clients de se soumettre à un prélèvement d'ADN.

À voir l'air attristé de l'inspecteur, on aurait pu croire qu'il en était personnellement affecté. Ivy serra encore davantage sa veste autour de son corps.

— Nous avons questionné certains de vos voisins pour trouver quelqu'un qui aurait vu Mme White sortir de chez vous. Mais jusqu'ici…

Blanchard s'interrompit.

— Madame Rose ? Ça va ?

— Je… J'ai froid, c'est tout, répondit Ivy en tâchant de ne pas claquer des dents.

David lui prit les mains. Les siennes étaient brûlantes.

— Vous voulez bien aller monter le thermostat ? demanda Blanchard au policier en tenue.

— Le thermostat se trouve dans le salon, précisa David.

— Nous le savons déjà, répliqua Blanchard avec un sourire désabusé. Voulez-vous vous préparer une boisson chaude ? demanda-t-il à Ivy.

Contente d'avoir quelque chose à faire, celle-ci se leva. Le vertige la gagna et elle dut se raccrocher à la table. Une fois son malaise dissipé, elle attrapa une grande tasse et un sachet de camomille.

Au sous-sol, la chaudière ronflait.

Ses mains tremblaient lorsqu'elle remplit la bouilloire et la posa sur la cuisinière. Elle alluma un brûleur et se tint devant pour profiter de la chaleur dégagée par la flamme.

Manger quelque chose l'aiderait peut-être. Elle sortit un cracker et mordit dedans. Il avait un goût de sciure. Elle l'avala d'un coup.

Enfin l'eau frémit et Ivy éteignit le gaz. La patience même, Blanchard attendit qu'elle revienne avec sa tasse fumante et se colle au radiateur en fonte, qui commençait à chauffer.

— Comme je le disais, nous sommes à la recherche de quelqu'un qui aurait vu Mme White partir de chez vous. Nous savons qu'elle n'a pas déplacé sa voiture, et il semble qu'elle n'ait pas regagné son appartement. Ça nous aiderait beaucoup si vous pouviez nous donner les noms des gens qui étaient à votre vide-grenier en même temps qu'elle ou, au moins, nous les décrire.

Blanchard rappela alors à Ivy son oncle Bill, le frère de son père, le seul à pouvoir la convaincre de ranger sa chambre quand elle avait onze ans.

Theo acquiesça prudemment, et la tension sembla baisser d'un cran dans la pièce.

— Il devait bien y avoir une vingtaine de personnes en même temps qu'elle, dit David. La plupart étaient des inconnus.

— Le moindre détail nous sera utile.

David mentionna quelques voisins. Ivy montra les chèques qu'on lui avait signés et décrivit tous les gens présents dont elle se souvenait, y compris les habitués des vide-greniers.

— J'ai cru comprendre que, dans la soirée et même dans la nuit, vous aviez remarqué qu'on fouillait dans la malle que vous aviez sortie sur le trottoir.

Ivy décrivit tous ceux qu'elle avait vus. D'un index levé, Theo lui rappela de ne pas évoquer sa ressemblance avec la femme aux longs cheveux bruns et aux lunettes de soleil.

— Merci, dit Blanchard en refermant son calepin avec un bruit sec. Une dernière chose. Je me demandais quand vous étiez l'un ou l'autre montés au grenier.

L'oncle Bill bienveillant s'était évanoui. Même si Theo ne s'était pas raclé la gorge, Ivy aurait flairé le danger.

— Je vous pose la question, poursuivit Blanchard, parce qu'il y a un aspirateur dans la partie qui n'est pas aménagée. Madame Rose, vous devez être une fanatique du ménage. Et c'est curieux, non, que le sac ait été retiré ? Je ne peux m'empêcher de me demander pourquoi, car il n'était qu'à moitié plein. Nous l'avons retrouvé dans la poubelle dehors. Quelqu'un l'avait fendu.

En admettant qu'Ivy ait accepté de répondre, les mots lui auraient manqué.

David avait l'air prêt à exploser.

— Si nous avons organisé un vide-grenier, c'est précisément parce que nous voulions nous débarrasser des vieilleries accumulées par les précédents propriétaires et nettoyer le grenier et le sous-sol.

Il posa les mains sur la table et se leva à demi.

— Ma femme est enceinte, au cas où vous ne l'auriez pas remarqué, et elle a fait beaucoup de ménage ces derniers temps.

Theo posa la main sur l'épaule de David. Ce dernier se rassit, croisa les bras et se balança sur deux pieds de sa chaise. Un muscle tressautait au coin de sa mâchoire.

L'inspecteur eut un sourire compréhensif.

— Hé, je connais ça. Je suis passé par là.

Puis, de nouveau, ses traits se durcirent.

— En fait, je me demandais si ce n'était pas vous qui aviez fait le ménage là-haut, monsieur Rose. Peu importe, parce que, malgré vos efforts, nous avons enfin trouvé quelque chose de très intéressant.

Blanchard lâcha un petit sachet sur la table. Il atterrit comme un caillou dans une mare. Muette d'incompréhension, Ivy eut l'impression qu'on la tirait en avant, vers le bout de verre de couleur verte, gros comme une bille, qui se voyait à travers le plastique transparent.

— Madame Rose, vous avez bien dit à Fournier que vous aviez donné à Mme White un récipient en verre en forme de cygne ?

Ivy sentit la tasse lui glisser des mains. Quand elle tomba par terre, la tisane brûlante en jaillit.

— Bon, ça suffit. On arrête, dit Theo.

Les policiers passèrent une heure de plus dans la maison. Après leur départ, Ivy, David et Theo s'assirent dans la cuisine. Ivy avait changé de pantalon, mais la tisane lui avait brûlé l'intérieur des cuisses.

Elle attrapa le mandat de perquisition que Theo avait jeté sur la table et le lut.

Pièces à conviction à chercher : tout élément pouvant avoir contribué à la disparition de Melinda Jane White, née le 18/05/1976.

La liste de ces pièces à conviction était la suivante :

sang; tissu cellulaire; fibres; cheveux; fluides corporels; étoffe; vêtements; drogues; armes blanches, y compris n'importe quel instrument tranchant, couteau(x), mais aussi tout autre type de lame; arme(s) à feu; objets contondants; fils de fer; cordes.

Tête de cygne en verre. Les policiers l'avaient confisquée. Ils avaient fureté dans le panier à linge de la salle de bains, mis dans des sacs les serviettes de toilette, ainsi que les vêtements qu'Ivy et David portaient le jour du vide-grenier. Ivy se demandait comment ils avaient su lesquels choisir. Mme Bindel le leur avait sans doute indiqué.

Les policiers avaient aussi pris la malle en osier, et sans doute le peignoir taché de sang dont Ivy s'était servie pour s'essuyer le pied une fois que David avait ôté le tesson. À présent, elle savait d'où venait ce bout de verre.

— Excuse-moi, dit David.

Il prit la main d'Ivy et croisa son regard pour la première fois depuis que la tête du cygne avait atterri sur la table.

— J'aurais dû te le dire plus tôt.

Ivy sentit un picotement.

— Me dirc quoi ?

— En fait, je n'ai pas vu partir Melinda, expliqua-t-il en se passant la main sur les lèvres. Quand nous sommes montés au grenier…

Theo se leva et attrapa sa serviette.

— Il vaudrait peut-être mieux que je n'écoute pas.

David le retint par le bras.

— Imbécile. Pose tes affaires. Et arrête de me regarder comme ça. Il ne s'est rien passé ! Enfin, pas ce à quoi tu penses.

Theo se rassit.

David prit une profonde inspiration et raconta :

— Nous sommes montés au grenier et elle s'est mise à courir partout, à toucher les murs, à caresser, pour ainsi dire, les boutons de porte. Elle a fait un tour complet, puis elle s'est assise en plein milieu, jambes croisées, elle a formé une coupe avec ses mains et elle les a secouées de bas en haut en chantonnant « Et un, et deux, et trois, et quatre », comme si elle jouait aux osselets.

Theo l'écoutait, bouche bée.

— Tu crois que je pourrais inventer un truc pareil ? lui demanda David. Elle me sort qu'elle jouait dans cette maison quand elle était gosse. Moi, je me contente de lâcher un « ah ouais » de temps en temps. Et soudain, elle me parle de sa mère, de sa sœur, et des sales moments qu'elle a passés au lycée. Elle se met dans un état pas possible.

David ferma les yeux, renversa la tête en arrière. On entendit craquer ses vertèbres cervicales.

— Elle pleure. Moi, je ne pensais qu'à me tirer de là. Et c'est alors qu'elle l'a lancé.

Il regarda Ivy.

— Le cygne, précisa-t-elle.

David écarta les bras dans un geste d'impuissance.

— Pourquoi ne me l'as-tu pas dit plus tôt ? demanda Ivy.

— Elle est cinglée. Je me disais que tu n'avais pas besoin de t'embêter avec ça.

David s'approcha d'elle par-derrière et l'enlaça.

— Pourquoi voulais-tu qu'on soit deux à s'énerver ?

Ivy se dégagea.

— Y a-t-il d'autres petites choses que tu me jugeais incapable de surmonter ?

— Ivy, ce n'est pas ce que je voulais dire.

— Et ensuite, que s'est-il passé ? demanda Theo.

David fourra les mains dans ses poches.

— Je suis allé lui chercher un verre d'eau et des mouchoirs en papier. Après quoi, je suis descendu prendre le balai et la brosse pour ramasser les débris de verre.

— Et puis ? insista Theo.

— Et puis rien. Quand je suis remonté, elle avait disparu.

9 Lorsqu'elle monta l'escalier, épuisée, désorientée, après avoir laissé David et Theo poursuivre la discussion dans la cuisine, Ivy eut l'impression que l'angoisse lui martelait les côtes.

Pourquoi voulais-tu qu'on soit deux à s'énerver? L'explication pouvait se concevoir. Mais depuis quand Ivy était-elle devenue une personne que David devait protéger? N'avaient-ils pas toujours été francs l'un envers l'autre?

Elle s'immobilisa sur le seuil de la chambre. On voyait bien que la police avait fouillé partout : lit défait, portes du placard ouvertes, vêtements poussés sur les côtés. Les objets posés sur sa commode avaient été déplacés, et la pièce sentait nettement le bois de santal et le clou de girofle. Ce parfum, qu'elle adorait autrefois, lui prouvait qu'on avait ouvert son flacon d'*Opium*, même si elle ne comprenait pas pourquoi.

Le tiroir du milieu de la commode n'était pas bien refermé. Ivy l'ouvrit davantage. Ses chemises de nuit étaient en désordre et, de plus, du mauvais côté du tiroir. Elle en souleva une, la secoua et renifla. Non, elle sentait seulement la poudre de lessive.

Quand Ivy attrapa le miroir victorien en argent récupéré dans la malle, un cercle lumineux tremblota au plafond. Elle examina son reflet. Ses yeux trahissaient sa fatigue et ses cheveux étaient emmêlés.

Elle s'empara de la brosse assortie. L'argent poli étincelait d'une lueur chaude. Quelques cheveux bruns étaient pris dans les poils.

Inspire profondément, expire. Ivy regarda son ventre. Elle se sentait encore énorme, mais quelque chose avait changé, poussait vers le bas.

En posant les mains sur son abdomen, elle parvint à toucher ses côtes. Le bébé devait être descendu. Lorsque le terme approchait, c'était bien ce qui se passait. Pas étonnant qu'elle ait eu des renvois et l'impression désagréable d'avoir trop mangé. Et ça expliquait aussi pourquoi le bébé lui appuyait sur la vessie.

Elle alla faire pipi. Par habitude, elle entra ensuite dans son bureau pour vérifier sa messagerie. Une bouffée de panique la saisit lorsqu'elle ne vit rien sur sa table de travail. La police avait-elle confisqué son ordinateur ?

Puis elle se souvint qu'il était resté dans la voiture. Il fallait se montrer reconnaissant pour ce genre de petit miracle.

Ivy descendit au rez-de-chaussée. David et Theo se turent lorsqu'elle traversa la cuisine et sortit pour aller chercher son porte-documents dans le coffre.

Une fois revenue dans son bureau, elle installa son portable, le brancha et l'alluma. Comme d'habitude, il y avait un message de kamala@nextgen.com. Kamala était la « parfaite copine » dans l'un des épisodes préférés de Jody dans *Star Trek*.

Ivy ouvrit le message.

Alors ? Je sais que tu ne veux pas qu'on t'appelle, mais ton amie meurt d'envie de savoir.

Bisous.

J.

Il lui fallut un moment pour comprendre que Jody lui demandait comment s'était passée l'échographie. Elle avait l'impression qu'il y avait des jours, et non des heures, qu'elle s'était allongée sur la table d'examen du docteur Shapiro ct avait écouté les battements de cœur réguliers du bébé.

Elle répondit :

Tout s'est bien passé. Confirmation de la naissance d'un hippopotame. Date prévue : 1er avril.

Ivy s'arrêta. *Et puis, tu ne sais pas ? Melinda White a disparu et ses vêtements sanglants se sont retrouvés sur notre pelouse.*

Bien sûr, elle ne pouvait pas taper ces mots. De toute façon, elle verrait Jody le lendemain, à la remise des cadeaux. Avec un peu de chance, la disparition mystérieuse de Melinda White serait alors élucidée.

Un peu plus tard, Ivy était au lit et écoutait les voix de Theo et de David qui montaient du rez-de-chaussée. Copains de beuverie, partenaires au poker, arrière et stoppeur dans l'équipe de football du lycée, ils avaient partagé nombre d'aventures depuis l'enfance. Pour l'instant toutefois, ils semblaient se disputer.

Elle se força à fermer les yeux. D'autres bruits lui parvinrent. Un raclement persistant, un robinet qu'on ouvrait et fermait. Un grincement et un déclic, comme si on soulevait le couvercle d'une malle en osier. Sans doute l'érable, devant la fenêtre, qui oscillait au vent. Une inspiration et une expiration poussives, un martèlement à peine audible. Puis des pas furtifs, qui lui firent cogner le cœur.

Un instant plus tard, elle comprit de quoi il s'agissait. De l'eau gouttait.

Elle se leva, alla dans la salle de bains, ferma le robinet et plaça un gant de toilette dessous pour étouffer tout bruit éventuel. Une fois recouchée, elle se tourna sur le côté et se protégea la tête entre deux oreillers. Sous ses paupières fermées, elle se rejoua la scène des battements de cœur du bébé. « C'est ce que j'appelle une bonne pulsation cardiaque, bien vigoureuse », avait dit le docteur Shapiro.

Ensuite, elle se reporta au moment où ils avaient trouvé devant chez eux un policier qui les avait désarmés et piégés. Puis le cours de ses pensées bifurqua et elle revit la silhouette devant la malle ouverte, sauf que, maintenant, elle n'était plus aussi sûre qu'il ne s'agissait pas de son propre reflet. Enfin, elle revit le cycliste au téléphone portable braqué sur leur maison.

Ivy tenta alors de se réciter *Madeline*, mais la Miss Clavel de l'histoire, avec sa longue robe de religieuse et sa croix pendue au cou lui rappela son porte-bonheur perdu.

Quand elle se tourna de l'autre côté, l'oreiller lui parut frais contre sa joue. Où pouvait bien être passée Melinda ? Si elle était en larmes et désespérée en sortant de chez eux, elle n'avait peut-être pas remarqué que quelqu'un la suivait. Sa voiture était-elle restée garée dans leur rue depuis le samedi, ou l'avait-on déplacée et ramenée ici ? Les policiers avaient-ils contacté les amis et collègues de Melinda ? Essayaient-ils de retrouver le père de l'enfant à naître ?

Les questions affluaient dans l'esprit d'Ivy. Comment cette tunique s'était-elle retrouvée dans la malle ? Combien de temps faudrait-il à la police pour établir si les taches qui la maculaient provenaient du sang de Melinda ?

Le cerveau d'Ivy ne voulait pas s'arrêter de tourner.

Enfin, elle se mit sur le dos, empila les oreillers sous sa nuque, attrapa la télécommande et alluma la télé. Elle ne s'arrêta pas sur des émissions de cuisine qui lui donnaient des haut-le-cœur, des films policiers qu'elle aurait eu plaisir à regarder n'importe quel autre soir. Pour elle, le meurtre n'avait à présent plus rien d'amusant.

En tombant sur un journal, elle changea de chaîne, puis revint aux informations. Solennelle, une journaliste en costume bleu pâle très près du corps, se tenait devant leur maison. Ivy se redressa sur les coudes, bien réveillée à présent.

— Une jeune femme de Brush Hills a disparu. Depuis samedi matin, date à laquelle elle est venue à un vide-grenier dans cette maison, personne n'a revu Melinda White.

Panoramique sur leur porte d'entrée gardée par un policier.

Ivy rejeta les couvertures.

— Elle est enceinte de son premier enfant.

La photo d'une fille rondelette apparut. Ses joues, son menton et ses sourcils bruns emplissaient l'écran. C'était la photo que la police leur avait montrée – Melinda lycéenne.

— Toute personne disposant de renseignements est priée d'appeler ce numéro.

Un numéro de téléphone s'inscrivit en bas de l'écran.

Un présentateur de la météo plein d'entrain enchaîna :

— Eh bien, c'est parti pour une période de temps instable…

Sans blague ?

Ivy éteignit le téléviseur. Elle laissa pendre ses jambes au bord du lit et, du bout des doigts, exerça une pression sur ses yeux. Puis elle se leva et alla dans son bureau, de l'autre côté du couloir. Sur l'étagère la plus haute de la bibliothèque qui tapissait un mur du sol au plafond, elle trouva l'annuaire 1993 du lycée de Brush Hills. Elle l'ouvrit à la dernière page.

Parmi les derniers noms de l'index, il y avait WHITE MELINDA, suivi par cinq numéros de page.

À la première, on trouvait la photo prise le jour de la remise des diplômes, celle dont disposait la police et celle qu'Ivy venait de voir à la télévision. Les deux pages suivantes, consacrées à la vie scolaire, indiquaient que Melinda avait été élue « élève la plus sympa ». Ivy tressaillit au souvenir de cette blague cruelle que seule Melinda n'avait pas comprise.

David était mentionné sur la page opposée. « Le plus athlétique ». On le voyait adopter une pose avantageuse de Monsieur Muscle devant l'appareil tout en matant Maria Ward, une fille généreusement dotée par la nature.

Quant à Ivy, on ne la citait pas. Certes, elle était intelligente, mais pas la plus intelligente. Elle faisait partie de l'équipe d'athlétisme et de foot, mais n'était pas la meilleure. Pourtant, elle avait participé à l'annuaire, démarré la première section d'Amnesty International au lycée et peint des décors pour le club de théâtre.

À l'époque, David avait tout dans les jambes, Ivy tout dans la tête, et Melinda était un paria. Dans le creuset que constituait le lycée de Brush Hills, où les cliques proliféraient comme des champignons vénéneux, ça tenait presque du miracle que David et Ivy se soient rapprochés. En fait, le hasard y était pour beaucoup.

Ça s'était passé à la fin de l'automne, en terminale. Les garçons étaient en pleine mêlée sur le terrain tandis que l'équipe de relais féminine courait sur la piste, tout autour. Ivy n'avait pas vu David lancer le ballon, ni le stoppeur reculer, reculer, elle n'avait pas entendu hurler : « Attention, levez la tête ! » Le ballon l'avait frappée dans le dos, entre les épaules, lui coupant littéralement le souffle.

Et voilà qu'elle s'était retrouvée la bouche pleine de terre, et que David, la tête nimbée de soleil, se penchait au-dessus d'elle.

— Ça va ? Ça va ?

Ce soir-là, il lui avait téléphoné pendant trois heures. Ivy soupira en se remémorant ces jours bénis et les regards surpris qu'ils s'étaient attirés en se promenant main dans la main dans les couloirs du lycée.

La photo de Melinda White apparaissait ensuite sur la page consacrée au club de français, dont le seul titre de gloire était la fête annuelle du fromage. Au premier rang, Melinda mettait la main devant la bouche pour cacher ces dents qu'elle avait fait aligner depuis.

La dernière page montrait la fanfare. Melinda se trouvait tout au fond, coiffée d'un chapeau à plume et vêtue d'une veste aux boutons de cuivre, avec de vraies galettes en guise d'épaulettes. Pourquoi, étant si peu gâtée, avait-elle choisi de jouer du tuba ? Comme l'avait formulé Jody, elle avait vraiment le goût du sacrifice.

Ivy revint à la photo prise le jour de la remise des diplômes. Dessous, on pouvait lire son adieu au lycée, qui commençait par : « Je suis vraiment contente d'en sortir. » Pas bête, tout compte fait. Ivy continua à lire :

> Je voudrais remercier mille fois M. Ball, le meilleur professeur que j'aie jamais eu, et Mme Markovich pour toutes les fois où j'ai eu besoin d'elle et où elle était là. Et l'équipe, pour les souvenirs que j'en garderai.

Quelle équipe ? se demanda Ivy en effleurant la photo de Melinda. Une bouffée de colère la saisit et elle dut réprimer l'envie de planter les ongles dans ce sourire affecté, aux lèvres pincées.

— Bon Dieu, où est-ce que tu te caches ? murmura-t-elle.

Pourquoi n'avait-elle pas pu disparaître à l'occasion du vide-grenier de quelqu'un d'autre ?

D'un geste brusque, Ivy referma l'annuaire et éteignit la lumière.

Après avoir traversé le couloir, elle entra dans la pièce d'angle qu'ils avaient rénovée pour le bébé. Elle laissa courir une main sur le mur froid qu'elle avait peint en jaune vif, et ne sentit presque aucune trace de l'énorme fissure dans le plâtre qu'elle avait rebouchée et lissée. Levant la tête, elle considéra la frise de bateaux à voile bleus qu'elle avait exécutée au pochoir. Les mains sur le ventre, elle s'approcha de la fenêtre en façade et essaya de se calmer, d'éprouver un semblant de sérénité, comme son bébé dans son cocon.

Dehors, la foule s'était dispersée. Et le panneau électoral de Theo avait lui aussi disparu. Peut-être quelqu'un l'avait-il emporté en souvenir, ou alors Theo l'avait retiré, peu désireux de voir son nom figurer en bonne place aux informations du soir, associé à la disparition d'une jeune fcmme enceinte.

Ivy s'approcha de la fenêtre qui donnait sur le côté. La salle de séjour était éclairée dans la maison d'en face. Comme elle le faisait souvent, Mme Bindel était installée dans un fauteuil à oreilles tiré devant la vitre. Un journal plié sur les genoux, elle était immobile, les yeux fermés, la tête pendante, la bouche ouverte.

— Je suis le système d'alarme du quartier, s'était un jour vantée la vieille dame devant Ivy.

Mme Bindel remua, bâilla, puis se pencha en avant et parut regarder Ivy droit dans les yeux.

10

Lorsque le jour se leva, Ivy était épuisée. Bien au chaud sous sa couette, elle n'avait vraiment pas envie de se lever. Mais il fallait qu'elle aille aux toilettes. Une fois de plus.

Elle se drapa dans un plaid pour aller à la salle de bains. De retour dans son lit, elle sombra dans ce sommeil profond qui l'avait fuie pendant toute la nuit. Il était 9 heures passées quand elle en émergea.

Une fois descendue au rez-de-chaussée, elle scruta l'entrée de la maison à travers la vitre. Le trottoir et la rue semblaient vides.

Sur la paillasse de la cuisine, David avait laissé leur carnet d'adresses ouvert à la page où figuraient les nouvelles coordonnées de M. Vlaskovic. Sur un bloc recouvrant la tasse qu'elle préférait, il avait griffonné : « À 15 heures : cadeaux ! »

Ivy jeta le fond de café restant dans la verseuse et mit une tranche de pain complet dans le toasteur. Le journal était posé sur la table. À la une des informations locales, au-dessus de la pliure, on voyait la photo de Melinda avec le titre : UNE FEMME ENCEINTE DISPARAÎT À BRUSH HILLS.

Ivy lut l'article. La police semblait ne pas avoir beaucoup avancé. Dieu merci, on ne citait ni Ivy ni David.

Le toast jaillit, et Ivy se servit un verre de lait. Une fois attablée, elle poursuivit la lecture de l'article sur la page suivante. D'après le rédacteur, Melinda White habitait un appartement à Brush Hills. Il y avait plus d'un an, elle avait changé de profession, quittant son emploi de technicienne de laboratoire à l'hôpital de Neponset pour travailler dans une agence immobilière de South Boston.

Ivy mordit dans le toast et se força à mâcher. Puis elle avala une gorgée de lait.

Neponset. L'hôpital où David et elle avaient suivi la préparation à l'accouchement et où elle se rendrait dès que Petite Pousse manifesterait son envie de venir au monde. Et où elle avait fait sa dernière fausse couche. Un an et demi plus tôt, en été, elle avait atteint la vingtième semaine et, selon tous les indicateurs, le bébé était viable. Juste au moment où elle relâchait sa vigilance, crampes et pertes de sang avaient commencé, puis l'hémorragie s'était déclarée. Une douleur immense, beaucoup de sang. Resté à ses côtés, David lui tenait la main, impuissant, livide.

Ivy repoussa le journal.

Ce bébé minuscule était en parfaite santé. Le docteur Shapiro n'avait pas d'explication. C'était seulement « une de ces horribles choses qui arrivent à des gens très bien », avait-elle lâché. Ivy savait que, par cette platitude, elle voulait la réconforter.

Ensuite, Ivy s'était accrochée à David sans pouvoir s'arrêter de pleurer. Des mois durant, elle s'était sentie vidée, comme si c'était son ombre qui allait travailler, revenait à la maison et accomplissait les petits gestes de la vie à sa place.

Puis elle avait été de nouveau enceinte. Pendant les neuf mois écoulés, elle avait eu l'impression de marcher au bord d'un précipice, sûre que, d'un moment à l'autre, elle allait glisser et tomber dans l'abîme. Elle avait fait jurer le secret à David et à Jody et n'avait annoncé à personne d'autre sa grossesse jusqu'au moment où elle n'avait plus pu boutonner son manteau, n'y croyant pas elle-même avant de voir saillir son nombril, comme le minuteur d'une cuisinière.

Pour ce bébé, ça serait différent. Il le fallait. Elle baissa les yeux et effleura son ventre ferme.

Ce bébé, qui serait une petite fille, allait naître à terme et serait en pleine santé.

Il était près de midi quand M. Vlaskovic rappela Ivy et lui dit qu'il la verrait avec plaisir. Est-ce qu'elle pouvait venir tout de suite ?

Elle en avait juste le temps avant de se rendre à Rose Gardens pour la petite fête prévue à 15 heures.

Ivy emprunta l'autoroute 95 en direction du sud et resta sur la voie de droite. Au bord de la route, la moitié des arbres étaient dénudés ; les feuilles qui restaient avaient viré au brun parcheminé avec, parfois, une dernière lueur rouge ou jaune, vestiges d'un magnifique feuillage d'automne.

D'un coup d'œil sur le siège du passager, Ivy vérifia l'itinéraire qu'elle avait cherché sur Internet et imprimé. La sortie qu'elle devait prendre se trouvait encore à quelques kilomètres.

Elle alluma la radio pour écouter les informations, espérant plus ou moins entendre : *La jeune femme enceinte qui avait disparu à Brush Hills a été retrouvée saine et sauve à Albuquerque.* Mais elle eut droit à l'explosion d'un nouveau véhicule en Irak et aux difficultés du marché immobilier. Quand le présentateur passa aux derniers tests ADN permettant de déceler les risques de malformations congénitales, elle éteignit d'un geste rageur.

Un camion qui transportait un gros chariot élévateur jaune vif l'obligea à ralentir. David se servait de ce genre d'engin pour déplacer des rocs. Sur la fourche était posé un autre appareil de levage, plus petit, destiné à déplacer des palettes de tourbe.

En équilibre précaire, le petit élévateur faisait un bruit de ferraille et sautait chaque fois que le camion cahotait sur la route. On avait l'impression qu'il allait se renverser à tout moment, et même tomber du camion.

Quand Ivy emprunta la bretelle de sortie, elle sanglotait et riait en même temps. Maman et bébé élévateurs ? La grossesse lui ramollissait le cerveau. Une folle régie par les hormones, voilà ce qu'elle était, songea-t-elle en s'engageant sur la route sinueuse bordée d'arbres.

En sentant une poussée sur son diaphragme, elle se dit que même le bébé était d'accord.

À l'entrée d'une allée, l'inscription suivante était gravée sur un grand panneau en bois : RÉSIDENCE MÉDICALISÉE OAK RIDGE.

Assis dans un énorme fauteuil du salon, M. Vlaskovic l'attendait, seul homme au milieu d'une nuée de femmes en tailleur-pantalon pastel, qui dévisagèrent Ivy avec grand intérêt.

Il se leva avec quelque difficulté. Des veines bleues couraient sous la peau presque transparente de la main qu'il tendit à Ivy. Sa chemise habillée et son pantalon kaki étaient si bien repassés qu'ils auraient presque pu tenir debout tout seuls.

— Ma chère madame, dit-il.

Sans doute avait-il été grand. À présent, pour croiser le regard d'Ivy, il était obligé de se démancher le cou, ce qui lui donnait l'air d'une cigogne inquisitrice.

— Venez, ajouta-t-il en s'inclinant poliment et en lui présentant son coude.

Ivy le prit, et ils s'éloignèrent. Il se tourna vers les vieilles dames assises qui s'entretenaient tout bas en gesticulant, puis fit un clin d'œil à Ivy.

Une femme arrivait en poussant un déambulateur, le regard fixé sur ses mains. Lorsqu'elle passa devant eux, elle leva les yeux et son visage s'éclaira.

— Joyeux anniversaire, Paul. Il compte, celui-là.

M. Vlaskovic sourit et hocha la tête. Une fois suffisamment loin pour qu'elle n'entende pas, il marmonna :

— Quelle bêtise, les anniversaires. Elle croit que j'ai quatre-vingts ans. En réalité, c'est quatre-vingt-six. Ah ! vieillir…

Il ouvrit une porte qui donnait dans une cour baignée de soleil et la tint à Ivy.

Lorsqu'il s'assit sur un banc, ce fut avec la délicatesse dont usait la grand-mère d'Ivy pour poser sa tasse en porcelaine préférée sur une étagère du dressoir.

— Je vois que vous attendez un enfant, dit-il en haussant un mince sourcil gris et en tournant la tête plus ou moins vers le ventre d'Ivy. Et, apparemment, c'est pour très bientôt.

Elle s'assit à côté de lui.

— Je vais accoucher à Thanksgiving, annonça-t-elle, étonnée de s'entendre donner la bonne date.

Pourquoi pas ? M. Vlaskovic ne la harcèlerait pas à l'approche du terme.

— Dans trois semaines à peine !

L'air émerveillé, il pinça les lèvres et secoua la tête.

— Bon. Qu'est-ce qui me vaut le plaisir de votre visite ? Je me rappelle que je vous ai vendu la maison en l'état, alors j'espère que vous n'êtes pas venue me réclamer un dédommagement.

Ivy se mit à rire.

— Non, pas du tout. Nous adorons cette maison. Il s'agit d'affaires rangées dans une malle en osier que notre voisine gardait dans son garage. D'après elle, elles appartenaient à votre famille.

— Une malle en osier, répéta M. Vlaskovic en plissant son front ridé. Je me rappelle en effet une vieille malle que ma famille paternelle avait apportée d'Europe, mais je n'ai aucune idée de ce qu'elle contenait. Eh bien ? Mme Bindel veut me faire payer la location de son garage ? Vous savez, elle est dure en affaires.

— Je n'en doute pas. En fait, elle s'apprêtait à la jeter, mais il y avait certaines choses… (Ivy ouvrit son sac.)… qui, à mon sens, pouvaient avoir une valeur sentimentale pour vous ou d'autres membres de votre famille.

Elle sortit brosse au dos argenté, miroir, flacon et journal relié en cuir et les déposa sur le banc entre eux. Elle lui montra ensuite la photographie dont elle avait scotché les deux parties.

— Oh !

M. Vlaskovic la lui prit des mains.

— C'est vous ? demanda Ivy.

— Sur les genoux de mon père ?

Son regard passa d'Ivy à la photo.

— Non, c'est mon frère aîné, Stefan. Et là, ça doit être ma mère, je suppose, dit-il en posant un doigt noueux sur l'image de la femme.

— Vous supposez ?

— Nous n'avions pas de photo d'elle. Celle-ci a dû être prise juste avant ma naissance, peu de temps avant…

Sa voix se perdit.

Ivy examina le cliché avec une attention accrue. Dans la malle, elle avait trouvé une robe semblable, sans taille marquée, avec un ruban qui pouvait être noué dans le dos. La jeune femme à l'expression austère était sans doute enceinte.

— Je suis né, et ensuite, ma mère…

Après s'être éclairci la gorge, il attrapa le journal intime, l'ouvrit, souleva la mèche de cheveux retenue par un ruban bleu. Une fois qu'il eut parcouru les premières pages, il regarda dans le vague, la mèche de cheveux à la main.

— Cet ensemble de coiffure devait être à elle, dit Ivy.

— Sûrement, répondit-il, perdu dans ses pensées.

— Je me disais que vous vouliez peut-être récupérer ces objets. Ils constituent un héritage, ils retracent une histoire familiale, et ils vous rappelleront votre mère.

M. Vlaskovic soupira, sortant de sa rêverie.

— La mémoire est une denrée largement surestimée. Passez un certain temps dans un endroit comme celui-ci et vous comprendrez ce que je veux dire. D'ailleurs, pour un héritage, il faut des héritiers. De la famille. Or, il n'y en a pas. Je suis le dernier.

Il gloussa et ajouta :

— Et le dernier voyage est pour bientôt.

Après avoir glissé la photo et la mèche de cheveux dans le journal, il le referma avec un bruit sec, fit mine de le rendre à Ivy, puis se ravisa.

— Merci, je crois que je vais le garder, dit-il avec un petit sourire. Quant au reste, faites-en ce que vous jugerez bon.

Ivy fourra dans son sac miroir, brosse et flacon. M. Vlaskovic se leva et lui offrit son bras. Ensemble, ils retournèrent à l'intérieur.

— À propos, dit Ivy. L'autre jour, je suis tombée sur quelqu'un qui connaissait votre famille. Melinda White. Sa mère aurait travaillé pour vous.

— White ?

M. Vlaskovic ralentit pour tourner ce nom dans sa tête.

— Je ne me rappelle pas… Ou bien, si, attendez… il y avait une Mme White qui faisait le ménage chez nous. Mais ça doit remonter au moins à vingt-cinq ans.

— Oui, ça devrait coller.

— Vingt-cinq ans !

M. Vlaskovic avança et recula les lèvres.

— Bizarre comme ces derniers temps, ça ne me paraît pas très long.

Quand ils arrivèrent dans le salon, il lâcha le bras d'Ivy et tendit le cou pour la regarder.

— C'est très gentil d'être venue jusqu'ici. Vous auriez très bien pu tout jeter.

— Nous avons jeté des vêtements qui nous paraissaient inutilisables. Et il y avait aussi…

Ivy hésita, ne sachant si elle devait poursuivre :

— Il y avait une camisole de force.

— Ah oui.

Les yeux de M. Vlaskovic se mouillèrent.

— Voilà encore une chose dont nous ne parlions jamais, dit-il d'une voix si basse qu'Ivy ne l'aurait pas entendu si elle ne s'était pas trouvée tout près de lui.

— C'était votre frère ? demanda Ivy en se rappelant l'histoire que lui avait racontée l'agent immobilier.

— Mon Dieu, non ! Quelle drôle d'idée ! Plus sûrement ma mère. Je me rappelle si peu de chose, mais elle était… malade. Malheureuse. Déprimée, dirait-on aujourd'hui, je suppose. À l'époque, il n'y avait pas de traitement. Juste quelqu'un pour s'occuper d'elle, ce que, par chance, mon père pouvait s'offrir.

Il secoua la tête.

— Il a fait de son mieux. Il a engagé des infirmières. Il a essayé de l'empêcher de se détruire. Et puis, un jour, elle a disparu. Voilà, c'était comme ça à l'époque. La maladie, surtout la maladie mentale. La mort. Ils ont jugé qu'il valait mieux tourner la page, ne pas s'attarder sur un événement regrettable. Mais, en réalité, c'était horrible. Mon père…

Il détourna le regard pour chasser cette pensée.

— Quand j'étais petit, j'avais peur de monter au grenier. Je faisais des cauchemars. Je croyais qu'elle était toujours là, qu'elle m'attendait pour me manger. Il aurait beaucoup mieux valu qu'on nous dise, à mon frère et à moi, ce qui était vraiment arrivé à ma mère.

Il lança un regard pénétrant à Ivy.

— Les secrets sont parfois du poison, poursuivit-il. La vérité est rarement aussi redoutable, aussi terrifiante que ce que l'on imagine.

11

L'agent immobilier s'était donc trompé, songea Ivy sur la route sinueuse qui la menait à l'autoroute. La chambre du grenier avait été aménagée pour la mère de Paul Vlaskovic, et non pour son frère. Des histoires anciennes transmises de personne à personne finissaient souvent par être déformées. Emilia Vlaskovic avait rédigé son journal alors qu'elle était enceinte de son premier enfant, Stefan, au début d'une dépression dont elle ne s'était jamais relevée.

L'avait-on traînée dans un asile où elle était morte de maladie ? S'était-elle suicidée ? Ce qui s'était réellement passé était-il moins redoutable, moins terrifiant que ce que son jeune fils, Paul, avait imaginé ?

Les gens ne disparaissaient pas comme ça. Pourtant... Ivy effleura le creux de son cou, où le porte-bonheur en argent de sa grand-mère aurait dû être accroché.

Elle s'engagea sur l'autoroute. Avec ses antennes paraboliques gigantesques juchées sur un toit, à droite, la station de télévision lui rappela la journaliste intrépide qui avait débité son reportage d'une voix haletante sur leur pelouse la veille. *Une jeune femme de Brush*

Hills a disparu. Ivy alluma la radio en espérant tomber sur un bulletin d'informations.

En approchant de la sortie, elle se rappela la petite fête pour le bébé. Bon Dieu ! Il était déjà 15 heures. Les invités devaient commencer à arriver.

Elle accéléra pour traverser la ville et ne ralentit qu'à l'endroit où la police piégeait les banlieusards qui contournaient le centre, puis, s'engageant dans une petite rue, elle longea de charmantes vieilles maisons que plusieurs générations de gens passionnés par les chevaux avaient habitées.

Plus bas, là où les marécages avaient été transformés en terres agricoles, on voyait une dizaine de maisons en préfabriqué abandonnées à divers stades de leur construction. Incapable de trouver des acquéreurs, l'entrepreneur avait manqué d'argent et le chantier s'était arrêté.

Ivy tourna à l'endroit où, sur un joli panneau aux lettres dorées en relief, on lisait : ROSE GARDENS. Bordée d'arbres, la route aboutissait à l'un des rares terrains non bâtis. Officiellement, David le louait à sa mère, sa famille l'ayant cultivé dans les années 1800.

Son père avait explosé quand David avait quitté la faculté dès la première année pour lancer Rose Gardens en commettant l'irréparable : ne pas profiter de sa bourse d'études due à ses talents de footballeur. M. Rose ne rêvait que d'équipes de football universitaires. Décrocher un master en gestion et obtenir un poste important dans les affaires, voilà le destin glorieux qu'il avait envisagé pour son fils. Mais ce que désirait David, c'était passer le plus de temps possible dehors et travailler de ses mains.

— Un Rose, ça ne ratisse pas et ça ne tond pas les pelouses ! avait tonné son père. Pour ce genre de tâche, on embauche du personnel.

Quand, cinq ans plus tôt, ses parents avaient pris leur retraite et s'étaient installés à Park City, dans l'Utah, ç'avait été un soulagement à la fois pour David et pour son père. En ce moment, ils faisaient une croisière le long des côtes de l'Amérique du Sud.

Au début, David avait installé son bureau dans une caravane, simple carcasse métallique disposant d'une aération, et s'était spécialisé dans la conception de jardins respectueux de l'environnement, avec des plantes locales, peu exigeantes, et des blocs de granit spectaculaires extraits de carrières voisines. Sa philosophie tenait en une phrase : *Vendre à des gens ce qu'ils ne veulent pas et ne pourront pas entretenir est un manque de respect.*

Cela dit, David ne s'était pas tant que ça éloigné de la pratique familiale.

« Votre mari réussirait à vendre du fumier à un gardien de zoo », voilà ce qu'avait un jour glissé à Ivy Lillian Bailiss, la responsable administrative.

D'une affaire dont il était le seul à s'occuper, David était passé à une entreprise comptant quatre employés à plein temps et une demi-douzaine de journaliers embauchés les trois quarts de l'année.

Ivy s'arrêta devant la construction en rondins qui avait remplacé la caravane quelques années plus tôt. Divisée en deux espaces, elle comprenait en façade une salle d'exposition très claire, aux grandes baies vitrées, et des bureaux à l'arrière. Une large galerie accueillante avec ses fauteuils à bascule en bois courait sur toute la largeur du bâtiment.

Délimité par une de ces barrières auxquelles on attachait jadis les chevaux, le parking était plein. Ivy reconnut la Toyota Camry noire de Naresh Sharma, son patron, qui dirigeait le service marketing de Mordant Technologies. Le 4 × 4 rouge appartenait à sa collègue, Patty-Jo Linehan. La Lexus noire était celle de Theo, et la Volkswagen vert pomme celle de Jody. Le camion de David et les véhicules de ses employés devaient être garés derrière le bâtiment.

Ivy jeta un coup d'œil à son reflet dans le rétroviseur et se passa une main dans les cheveux. La porte de la salle d'exposition s'ouvrit et David apparut. Ses paumes tournées vers le ciel voulaient dire : *Où t'étais passée, bon sang ?*

Des applaudissements saluèrent l'arrivée d'Ivy. Six ou sept de ses collègues étaient là, en tenue de bureau, tandis que les employés de David étaient en jean et chemise de travail. Au fond de la pièce, Jody agita la main. Le petit Riker à la face de lune était juché sur sa hanche et agitait un long biscuit d'apéritif comme si c'était une baguette de chef d'orchestre avec laquelle il dirigeait la foule. Theo, adossé au mur, portait un costume à fines rayures.

Venant de la serre contiguë, une odeur de terreau humide flottait dans la vaste salle baignée de lumière. Les cadeaux s'empilaient dans un coin.

Ravie de voir tous leurs amis et collègues rassemblés en l'honneur du bébé, Ivy sentit aussi une bouffée de fierté en admirant ce bel espace créé par David. Des photos « avant » et « après » l'aménagement de jardins couvraient un mur, et sur un autre s'accumulaient récompenses et témoignages de reconnaissance délivrés par des associations locales auxquelles David apportait un soutien financier.

Lillian Bailiss fit son entrée. À presque soixante-dix ans, elle demeurait une véritable force de la nature, au corps incroyablement vigoureux. David estimait que l'avoir arrachée à sa retraite était la décision la plus judicieuse qu'il avait prise. Depuis, elle avait mis de l'ordre dans le chaos et le bilan commercial de Rose Gardens était de plus en plus positif.

Les yeux de Lillian se plissèrent de plaisir.

— Hé, ma petite !

Elle posa une main fraîche sur la joue d'Ivy et son expression s'assombrit lorsqu'elle croisa son regard.

— Vous tenez bon, hein ?

Ivy savait qu'elle ne voulait pas seulement parler de sa grossesse et réussit à lui sourire.

Une jeune femme qu'Ivy ne reconnut pas s'approcha, un sourire aux lèvres.

— Alors, comme ça, vous êtes Ivy.

Son nez retroussé avait pris un coup de soleil et ses joues avaient la couleur d'une pêche bien mûre.

— J'ai beaucoup entendu parler de vous. Je suis Cindy Goodwin.

Sa queue-de-cheval oscilla lorsqu'elle lui tendit une main ferme, calleuse, aux doigts boudinés et aux ongles courts. Des gants de travail pointaient des poches de son jean taille basse.

— Cindy est la nouvelle assistante de David, expliqua Lillian.

Ivy s'efforça de dissimuler sa surprise. Elle savait que David cherchait un collaborateur et se rappelait même qu'il lui avait parlé d'une jeune femme qu'il avait reçue.

— Viii !

En entendant ce hurlement, Ivy se retourna. Jody tenait Riker qui, penché en avant, tendait vers Ivy ses bras courtauds.

— Coucou, petit bonhomme, dit-elle en le prenant à sa mère.

À tout juste un an, c'était un chérubin robuste et exubérant, tout enjoués roses et fossettes.

— Salut, ma belle, dit Jody.

Avec ses boucles fauves et ses courbes généreuses, elle avait toujours été l'exact contraire d'Ivy. À la course, ses petites foulées étaient rapides et ses jambes s'agitaient si vite qu'on aurait dit Bip-Bip dans le dessin animé *Bip-Bip et Coyote*. Deux fois plus longues, les enjambées d'Ivy étaient donc moins nombreuses.

— Dis donc, qui c'est ?

Jody eut un mouvement de tête vers Cindy qui s'éloignait.

— Le nouveau bras droit de David.

— Le bras droit ? Je m'imaginais un type en salopette, pas une Barbie style pom pom girl. Elle a le ventre plat comme une fichue planche, souffla Jody qui avait pris douze kilos pendant sa grossesse et n'avait pas réussi à les perdre tous.

— Qu'est-ce que vous tramez, toutes les deux ? demanda David en enlaçant Ivy.

Avec un sourire béat, il leva une bouteille de champagne et annonça :

— À ma jolie femme !

Çà et là, quelques personnes applaudirent.

David s'approcha pour parler à l'oreille d'Ivy.

— Hé, Stretch, je t'aime, tu sais. Toi et ce que tu caches dans ton ventre.

L'émotion déferla sur Ivy qui renifla pour chasser une larme, rendit Riker à sa mère et serra David dans ses bras.

Cindy arriva de l'un des bureaux avec une brassée de ballons pastel gonflés à l'hélium, et un énorme panier entouré de Cellophane. Une casquette de base-ball pour bébé, avec le logo de Rose Gardens, y était attachée. Lillian apporta un gros gâteau au glaçage blanc et aux décorations jaunes.

Theo approcha un fauteuil pivotant et Ivy s'y affaissa avant d'accepter la boisson pétillante qu'on lui tendait. Elle but une gorgée et se détendit, l'esprit embrumé par les odeurs de tourbe, de paillis d'écorce et de glaçage sucré.

Une heure plus tard, elle avait englouti une quantité invraisemblable de fromage, de crackers, de chips et de gâteau. Elle ouvrit les cadeaux. Offert par ses collègues, le gros paquet était une poussette italienne qui permettait de faire son jogging en même temps qu'on promenait bébé. Sur l'étiquette, on affirmait qu'elle supportait jusqu'à cinquante-cinq kilos. Ivy s'imagina en train de courir en poussant un Barbapapa.

— Faites attention, dit Naresh.

S'il était son patron depuis quatre ans, ils avaient collaboré sans se soucier de hiérarchie pour monter le site Web de Mordant.

— Parce qu'un gosse trimballé dans un tel engin exigera plus tard une Porsche, rien de moins.

D'ordinaire affreusement collet monté, Naresh enlaça Ivy sans parvenir à se départir d'une certaine raideur. Après s'être un peu écarté, il fixa sur elle des yeux qui s'embuèrent.

— Bon !

Ivy commençait elle aussi à se troubler.

— Cette poussette, réussit-elle à dire. C'est le plus beau cadeau que j'ai jamais eu. Elle est parfaite. Qui l'a choisie ?

Naresh rayonnait. Soudain, il se tapota le front.

— Ah oui ! J'avais un petit quelque chose pour l'heureux papa.

Il extirpa de sa poche un minuscule paquet qu'il remit à David.

Ce dernier l'approcha de son oreille et le secoua. Ça faisait un bruit de haricots secs.

— Des bouchons d'oreilles ?

— Non, je sais ! Une provision de somnifères pour un an, suggéra Ivy.

En voyant l'expression écœurée de Naresh, elle comprit qu'elle avait tapé dans le mille.

Tout le monde hurla de rire et David leva la main pour réclamer le silence.

— Un grand merci à tous. Nous n'aurions pas pu souhaiter avoir…

Dehors, des pneus crissèrent sur le gravier. Une portière claqua.

— … de meilleurs amis.

Une deuxième, une troisième portière claquèrent. Les têtes se tournèrent.

— Et…

Theo s'approcha de la vitre, puis arriva à la porte juste à temps pour arrêter au passage Blanchard et trois policiers en tenue.

12

— Quelqu'un veut encore un peu de gâteau ou du champagne ? demanda Cindy.

Fluette, sa voix semblait d'une gaieté artificielle dans le silence gêné qui s'installa une fois David et Theo sortis parler aux policiers.

Jody posa une main sur le bras d'Ivy pendant que Riker se mettait à geindre en sentant le malaise ambiant. Postée devant la baie vitrée, Lillian Bailiss scrutait au-dehors. Personne n'avait envie de croiser le regard d'Ivy.

Enfin David et Theo revinrent. Blanchard entra sur leurs talons et, du seuil, considéra les ballons, les emballages épars et le reste de gâteau.

— Écoutez, je suis vraiment navré, dit David avec un sourire qui ne parvenait pas à masquer son visage crispé. Merci à tous d'être venus. Et un grand merci pour vos merveilleux cadeaux. Si tous mes employés pouvaient rester un moment après le départ des autres invités, ça serait gentil.

Quelques instants plus tard, on aurait dit que les deux tiers des personnes présentes s'étaient évaporées.

Lovée dans un fauteuil, Cindy avait l'air d'une petite fille. Lillian détacha un sac-poubelle noir, le secoua pour l'ouvrir et fit le tour de la pièce avec une belle efficacité, ramassant papiers froissés, rubans, assiettes en carton avec des restes de gâteau et flûtes en plastique. Les ouvriers de la pépinière et les chefs d'équipe observaient la scène.

David s'éclaircit la gorge et montra une feuille de papier.

— Ceci est un mandat de perquisition. Je suis sûr que certains d'entre vous l'ont déjà deviné. La police enquête sur la disparition d'une jeune femme qu'on n'a plus revue après le vide-grenier que nous avons organisé chez nous ce week-end.

David regarda au-dehors un long moment. Un muscle de sa mâchoire se contracta.

— Je n'ai aucune idée du temps que les policiers vont passer ici. Alors, prenez tous la fin de la journée.

» Comme tout le monde, j'aimerais qu'ils découvrent ce qui est arrivé à cette femme. Alors, ne restons pas dans leurs jambes. Ils font leur boulot, c'est tout.

Un peu plus tard, sur le parking ombragé par les pins, David et Theo chargèrent les cadeaux dans le coffre de la voiture d'Ivy. Un policier avait farfouillé dans tous les tiroirs de David. Un autre s'était occupé du bureau de Lillian Bailiss. Ivy entendait les *floc, floc, floc* d'une pelle qui remuait le paillis d'écorce près de la grange.

— Je préférerais rester avec vous, dit-elle.

— Il vaut mieux que tu nous laisses nous en occuper, répliqua Theo.

— Mais ça me regarde aussi.

Elle lança un coup d'œil à David pour qu'il la soutienne, mais il gardait les yeux baissés.

— Si tu n'es pas là, ils ne pourront pas te poser de questions, et tu n'auras pas besoin de refuser de répondre, ajouta Theo. David, lui, est obligé de rester du fait que Rose Gardens est son entreprise.

La vie de David n'était donc pas la sienne ?

David s'approcha d'Ivy, posa les mains sur ses épaules et, de ses lèvres, lui effleura le front.

— Je sais que c'est dur, mais je me sentirai beaucoup plus calme si je m'occupe de ça tout seul et si je te sais à l'abri.

À l'abri… où ça ? Leur maison procurait autant d'intimité qu'un bocal à poissons.

— Combien de temps crois-tu…

Elle avait l'impression d'avoir du gravier dans la gorge.

— Jusqu'à ce qu'ils soient convaincus qu'il n'y a rien à trouver, répondit Theo.

— Mais…

Theo l'interrompit et ouvrit la portière.

— Mais rien. La meilleure façon de nous aider, c'est de ne pas rester là.

À contrecœur, Ivy monta dans sa voiture, agita la main et sortit du parking. En ville, la circulation était ralentie. Tous ces gens qui rentraient chez eux après leur journée de travail n'avaient qu'une préoccupation : décider s'ils devaient s'arrêter ou non en cours de route pour acheter un plat tout préparé.

Quand Ivy arriva dans Laurel Street, il faisait déjà nuit. Elle se gara dans l'allée, sous le passage couvert, et coupa le moteur. Il ne lui était pas venu à l'idée de laisser une lampe allumée dans la maison. Elle regarda dans les rétroviseurs intérieur, extérieurs, puis autour d'elle, mal à l'aise, et s'efforça de sonder l'obscurité. Elle se sentait surveillée, même en l'absence d'un véhicule de télévision ou d'un cycliste prenant des photos avec son téléphone. Les muscles de son dos lui donnaient l'impression de vibrer autant que des cordes de violon.

Elle n'aurait pas dû céder. Rester seule ici à attendre le retour de David en se demandant ce qui se passait n'avait rien d'agréable.

Sortant son portable, elle composa le numéro de Jody et patienta le temps que la communication s'établisse.

Des petits coups frappés contre sa vitre la firent sursauter et lui donnèrent l'impression que quelqu'un lui triturait l'estomac.

Au début, elle ne vit que deux petits pinceaux lumineux, tels deux yeux perçants qui la scrutaient. Puis elle comprit que c'était Mme Bindel affublée de ce qui semblait être des lunettes pourvues de minuscules lampes sur les côtés.

Ivy agita faiblement la main, éteignit son portable et prit plusieurs inspirations profondes pour ralentir son rythme cardiaque avant de déclencher l'ouverture du coffre et de descendre de sa voiture.

— J'ai pensé qu'il faudrait peut-être vous remonter un peu, dit Mme Bindel en tendant une assiette recouverte de papier alu. Ça doit être un moment difficile pour vous.

Lorsqu'elle la regarda, les pinceaux lumineux éblouirent Ivy qui s'abrita les yeux.

— Excusez-moi, reprit Mme Bindel. Ce sont des lampes de lecture. Formidable, hein ? Je les ai commandées par Internet.

Elle effleura un coin des montures et les lampes s'éteignirent, de sorte que l'obscurité parut encore plus totale.

— Un truc épatant, cet Internet.

— C'est bien vrai.

Ivy se mit à rire. Voilà qui démentait le vieux dicton selon lequel on devenait psychorigide avec l'âge. Elle grimpa les marches menant à la cuisine, ouvrit la porte et actionna l'interrupteur.

— C'est terrible, la disparition d'une femme, dit Mme Bindel d'une voix aussi sèche que des feuilles mortes. Même à mon époque, ce genre d'histoire se terminait rarement bien. Les policiers m'ont montré sa photo, mais, comme je le leur ai dit, je ne l'ai pas reconnue.

Ivy retourna à la voiture pour sortir du coffre la poussette sophistiquée. Cet engin pesait une tonne. Elle parvint néanmoins à faire basculer et glisser le carton jusqu'au sol.

Mme Bindel posa l'assiette sur une marche et aida Ivy à traîner la boîte et à l'appuyer contre le côté de la maison.

— Vous auriez intérêt à attendre que votre mari le transporte à l'intérieur, suggéra-t-elle.

Ivy alla chercher le panier de cadeaux et les sacs à provisions remplis d'autres présents. Mme Bindel la suivit jusqu'à la porte de la cuisine. Ivy lâcha ce qu'elle portait par terre, dans le vestiaire, puis se tourna vers sa voisine.

— C'est vraiment gentil à vous de m'apporter ça.

Elle lui prit l'assiette des mains et souleva le papier alu. Une odeur de banane.

— Ça sent drôlement bon. Mais vous avez raison. C'est un moment difficile.

— Je serais ravie de vous tenir compagnie si ça vous fait plaisir.

Quelques minutes plus tôt, Ivy aurait sauté sur l'occasion. Maintenant, tout ce qu'elle voulait, c'était entrer chez elle et rester seule.

— Merci. Je vous suis vraiment reconnaissante, mais ça va aller. Je suis épuisée, voilà tout.

— Si vous êtes sûre, dit Mme Bindel en ayant l'air d'hésiter.

— Oui, j'en suis sûre.

La voisine s'éloignait déjà quand Ivy eut l'idée de lui demander :

— Êtes-vous absolument certaine que vous n'avez pas vu la personne que la police recherche ? Elle est venue au vide-grenier à peu près au même moment que vous.

Mme Bindel se retourna.

— Une jeune femme enceinte jusqu'aux yeux, poursuivit Ivy. Elle m'a parlé. Elle tenait un plat en verre en forme de cygne dans la main.

En entendant ces mots, Mme Bindel parut grandir de plusieurs centimètres.

— C'est elle qu'on recherche ?

— La photo qu'on vous a montrée date de l'époque où elle allait au lycée. Elle a beaucoup changé depuis.

Lorsque Mme Bindel haussa les sourcils, sa perruque pencha vers l'avant.

— Alors là, vous pouvez le dire. Vous avez raison, je l'ai vue.

Le regard qu'elle darda sur elle donna à Ivy l'impression d'être une huître qu'on embroche sur une fourchette.

— Est-ce que votre mari ne l'a pas emmenée dans la maison ?

— Si. Et ensuite, elle est partie. Vous ne l'auriez pas vue partir, par hasard ?

— C'est ce que les policiers voulaient savoir, eux aussi. (Le front plissé, Mme Bindel réfléchit un instant.) Bien sûr, maintenant que je sais de qui ils parlaient… N'empêche, non, je ne l'ai pas vue partir, conclut-elle en considérant Ivy avec gravité. Je suis navrée, ma chère petite. J'étais préoccupée par toutes les vieilleries dont il fallait que je me débarrasse.

— Vous vous rappelez que, le lendemain, vous nous avez donné cette malle en osier et que David l'a sortie sur le trottoir ? Auriez-vous remarqué quelqu'un qui se serait arrêté pour jeter un coup d'œil à l'intérieur ?

— Les policiers aussi me l'ont demandé. Je leur ai dit que des tas de gens s'étaient arrêtés. J'ignore ce qu'ils espéraient trouver. Un Van Gogh non signé peut-être ?

— J'ai cru vous apercevoir à un moment donné, madame Bindel.

— J'étais étonnée et je voulais m'assurer que je n'avais pas loupé quelque chose, répondit-elle avec une expression revêche. Mais non. D'ailleurs, moi aussi, je vous ai vue un peu plus tard.

— Moi ?

— Je levais les yeux de mon journal. Il faisait sombre, mais il me semble que vous étiez là-dehors en train de plier les vêtements pour les ranger dans la malle.

Avant qu'Ivy ne puisse le démentir, Mme Bindel effleura sa monture et les lampes se rallumèrent.

— Bonsoir, ma chère petite, dit-elle.

Sur quoi, elle descendit l'allée et s'enfonça dans la nuit, de sorte qu'Ivy ne voyait plus que deux pinceaux lumineux qui semblèrent s'éloigner en flottant, suspendus dans l'air, puis pivotèrent de nouveau vers elle.

— *Tss !* Ça, je n'ai vraiment pas compris ce que vous faisiez toute seule dans le noir, fit la voix de Mme Bindel. Et surtout, pourquoi vous portiez des lunettes de soleil en pleine nuit.

13

Des lunettes de soleil ! Mme Bindel avait donc vu la même personne qu'elle. L'exultation se dissipa bien vite. Malheureusement, la voisine l'avait prise pour Ivy et l'avait sans doute dit à la police. À présent, ils tenaient un témoin qui pouvait affirmer qu'Ivy était allée fouiller dans la malle ce soir-là.

Elle referma la porte de la cuisine et suspendit la clé à côté du trousseau de doubles qui pendait à un crochet dans le vestiaire. Sur le plan de travail, le répondeur clignotait. Il y avait plus de messages qu'elle ne pouvait en dénombrer. À contrecœur, elle passa le premier.

— Steve Hamlin, du *South Shore Times*…

Elle avança et écouta le début des trois suivants. D'autres journalistes. Le quatrième message commençait par :

— Salut, Ivy. C'est Frannie Simon. Je suis désolée de ce qui t'arrive…

Cette bonne femme continua pendant un bon moment, et Ivy ne savait toujours pas qui elle était, jusqu'à ce qu'elle dise :

— À bientôt, à la salle de gym.

Ivy arrêta le message. Frannie Simon ne l'avait encore jamais appelée.

Allez-vous-en ! Allez-vous-en tous !

Ivy passa rapidement en revue le reste des messages. D'autres journalistes. D'autres vagues connaissances qui l'appelaient pour satisfaire leur curiosité. Les Rose étaient devenus une sorte d'attraction, un faire-valoir.

Juste au moment où elle coupait le dernier message, le téléphone sonna. Ivy sursauta.

La sonnerie n'en finissait plus. Le répondeur se mit en marche.

— Désolée, personne ne peut vous répondre pour l'instant, fit la voix d'Ivy. Laissez-nous un message et nous vous rappellerons dès que possible.

Elle tressaillit. Ça, elle n'allait certainement pas les rappeler.

Bip.

Alors qu'elle attendait que quelqu'un prenne la parole, il y eut un déclic et le répondeur s'éteignit.

Les yeux fixés sur le téléphone, elle le mettait au défi de sonner. Comme il ne le faisait pas, elle effaça tous les messages et enregistra une nouvelle annonce d'une voix peu amène, guindée :

— Personne ne peut prendre votre appel.

Et elle s'en tint là.

Satisfaite, elle raccrocha, traversa la salle à manger, continua dans le hall d'entrée et alluma les lumières en passant. Lorsqu'elle leva les yeux sur l'escalier majestueux, elle eut l'impression d'avoir rapetissé, comme Alice après avoir goûté au champignon, ou alors c'était la maison qui s'était agrandie.

— Pourquoi tu me regardes comme ça ? demanda-t-elle à Bessie, la statue en bronze, qui, sur son pilastre, semblait la considérer avec une expression de reproche.

Au passage, elle attrapa le courrier glissé dans la fente de la porte d'entrée. Après avoir jeté les publicités et les petits mots écrits à la main par des journalistes, elle emporta le reste dans le salon.

Le journal de la veille était posé sur le canapé, avec les mots croisés auxquels David s'était attaqué. Elle souleva le couvercle de la banquette aménagée sous la fenêtre et les fourra à l'intérieur.

Une fois de plus, elle était gelée. Elle ferma bien les rideaux, attrapa le châle au crochet, se l'enroula autour du corps et s'assit sur la banquette en regardant sans les voir les lettres non ouvertes posées sur ses genoux.

Un mur de son, voilà ce dont elle avait besoin. Elle se leva et alluma la chaîne en montant le volume pour laisser les mélodies éthérées de Radiohead, clavier ponctué par le doux frottement de percussions, lui emplir la tête.

20 heures. David n'était toujours pas rentré. Elle composa sans succès son numéro de portable. La messagerie de Rose Gardens prenait le relais.

Elle se rendit ensuite dans son bureau et se connecta aux sites du *Boston Globe* et de Channel 7 pour voir s'il y avait du nouveau dans les informations locales. Rien. Elle consulta sa messagerie. Juste un mail de Jody. Était-elle bien rentrée ? Ivy lui répondit que oui.

Après quoi, elle descendit dans la cuisine et réchauffa un reste de pizza qu'elle mangea en s'efforçant de ne pas se demander ce qui retenait David.

À 21 heures, elle essaya de le rappeler.

22 heures. Assise au bord d'une chaise, dans la cuisine, le châle serré autour d'elle, nerveuse, elle guettait chaque bruit. Celui des voitures qui passaient semblait se répercuter tout le long de sa colonne vertébrale.

Le bébé lui donna ce qui devait être un coup de pied dans les côtes. Ivy posa la main à cet endroit et exerça une légère pression. *Coucou, Petite Pousse. Reste où tu es. Ne t'inquiète pas, on va régler tout ça.*

Enfin elle entendit gronder le camion de David et se leva d'un bond. Une minute plus tard, la clé tournait dans la serrure. La porte latérale s'ouvrit et David entra dans la cuisine avec, dans les bras, le carton qui contenait la poussette sophistiquée. Il le lâcha dans un coin.

— Où est-ce que tu étais ? J'ai essayé de t'appeler !

Ivy regretta aussitôt ces mots, qui sonnaient comme une accusation.

David ne parut rien remarquer. Il ouvrit son blouson, l'ôta d'un coup d'épaules et le lança sur le dossier d'une chaise. Puis il se débarrassa de ses chaussures de travail et sortit son portefeuille de sa poche arrière pour le jeter sur la paillasse.

Son haleine sentait le whisky. Il avait sans doute eu recours à la bouteille de Jack Daniel's qu'il gardait dans un tiroir de son bureau. Elle ne pouvait le lui reprocher. Il ouvrit le réfrigérateur et attrapa une bière.

— Tu as faim ? lui demanda-t-elle. Il reste une part de pizza. Ou on peut commander un plat chinois. Mme Bindel a apporté un gâteau à la banane.

David se laissa tomber sur un tabouret. Après avoir débouché la bouteille, il renversa la tête en arrière et but. Puis il ferma un instant les yeux, les rouvrit et regarda dans le vide.

— Alors ? demanda Ivy. Qu'est-ce qui s'est passé ?

— Des sacs en papier.

Il abattit la bouteille de bière sur la paillasse.

— Ils ont fouillé partout et ont emporté des trucs dans des fichus sacs en papier.

— Quels… trucs ?

— Ils ne l'ont pas fait devant moi. Theo m'a dit qu'ils l'aviseraient de la suite des événements, et qu'il m'en aviserait à son tour.

— Quand ?

— Plus tard.

— Quand, plus tard ?

— Comment veux-tu que je le sache, bon Dieu ?

David se massa le poing. Enfin, il la regarda.

— Excuse-moi, mais c'est la première fois qu'on me soupçonne de meurtre.

De meurtre ? Les larmes piquèrent les yeux d'Ivy quand elle les baissa sur David.

Sans un mot, il l'attira à lui et appuya la tête sur son ventre. Elle le sentait trembler même s'il essayait de se maîtriser.

— Ils croient…

Sa voix se brisa. Il s'éclaircit la gorge et regarda Ivy.

— Ils croient que j'ai quelque chose à voir avec la disparition de Melinda.

— Nous savons tous les deux que c'est ridicule.

— Et s'ils avaient découvert quelque chose ?

— Que veux-tu qu'ils aient découvert ?

— Merde, j'en sais rien. Nous ne pensions jamais qu'ils trouveraient quoi que ce soit dans cette vieille malle, et pourtant ! Et il semble qu'ils ne se soient pas vraiment préoccupés des gens que tu as vus dehors et qui ont pu déposer ces vêtements.

— David, tu te rappelles la femme que j'ai vue ? Mme Bindel aussi l'a vue. Elle a cru que c'était moi.

David s'écarta d'elle.

— Et elle l'a dit à la police ?

Il gémit.

— Super, maintenant ils vont penser que j'ai une complice... ma propre femme.

— Ils seraient vraiment idiots. Déposer des vêtements pleins de sang dans une malle sortie sur le trottoir, avec à côté une pancarte disant aux gens de se servir ? Une idée géniale. Non, si je voulais me débarrasser de vêtements compromettants, je les brûlerais, ou je les enterrerais, ou encore je les fourrerais dans un sac pour les jeter dans une poubelle sur une aire de repos de l'autoroute. Ou tiens, encore mieux, je les laverais et les plierais avec soin pour les ranger dans ma commode avec mes affaires. Je ne les aurais jamais mis dans cette malle en osier à moins de vouloir...

Cette pensée était glaçante.

— Exact, dit David. Tu ne l'aurais fait que si tu voulais que la police les trouve.

14

Le lendemain matin, une fois David parti au travail, Ivy appela un serrurier, un jeune homme poli, dont les tatouages couvraient les bras de l'épaule au poignet. Elle l'observa lorsqu'il perça des trous dans la porte en chêne centenaire. Autour du nouveau trou de serrure, le laiton étincelant constituait une profanation supplémentaire.

Des pênes dormants pour les deux accès ? C'était ridicule. Les anciennes serrures fonctionnaient à la perfection. Mais comme sa vie partait dans tous les sens, Ivy devait se débrouiller pour la canaliser.

Le serrurier lui laissa deux clés. Elle en passa une à son trousseau et suspendit l'autre au crochet du vestiaire, à côté de la porte, à l'intention de David. Pour plus de sécurité, elle en ferait faire une troisième.

S'activer, essayer de ne pas penser, c'était son programme de la journée. Quand elle ferma la maison avant de sortir, le bruit de la clé qui tournait dans les nouvelles serrures et les verrous en laiton la réconforta.

D'abord, elle passa à l'épicerie prendre du lait, du papier toilette et les ingrédients nécessaires à la préparation d'un poulet à la thaïlandaise et d'un chili. Elle en congèlerait des portions pour avoir des repas tout prêts après l'accouchement.

Vers midi, le magasin ne connaissait pas la ruée à laquelle elle était habituée le soir ou le week-end. Elle termina ses courses en moins d'une demi-heure et passa à la bibliothèque pour rendre un livre audio – un roman policier de Ruth Rendell qui lui avait tenu compagnie pendant ses trajets quotidiens.

Sur le chemin du retour, elle s'arrêta à Brush Hills Square, place où s'alignaient des immeubles commerciaux trapus, en granit, à un étage. Elle voulait demander la reproduction de sa clé dans la quincaillerie Three Brothers Hardware. Le magasin avait changé de propriétaire mais avait gardé son nom après le départ à la retraite, des années plus tôt, des trois frères qui l'avaient créé. Il y avait une éternité qu'elle n'y était pas venue car la chaîne de bricolage Home Depot avait ouvert une succursale à quinze cents mètres de chez elle.

Une fois garée, elle mettait des pièces dans le parcmètre quand elle remarqua une voiture de police qui ralentit en arrivant à sa hauteur. Elle eut le feu aux joues. La suivait-on ? Ne pouvait-elle faire ses courses sans être harcelée ?

En passant devant l'entrée d'un ancien bowling, elle hâta le pas. Une clochette tinta au-dessus de sa tête quand elle entra dans la quincaillerie. À travers la vitrine, elle vit que la voiture de police s'était arrêtée à l'emplacement des livraisons, presque au croisement. Elle détourna le regard.

Le magasin, qui rappelait le temps où les quincailleries faisaient office d'épicerie et de bazar, sentait la sciure, la transpiration et la térébenthine. Séparés par d'étroites allées, les rayonnages de mixeurs, ustensiles de cuisine et torchons côtoyaient tondeuses à gazon manuelles et pots de peinture. Encore vendus au poids, des clous à toiture remplissaient un tonneau sous une balance métallique.

Un homme aux cheveux gris émergea de l'arrière-boutique et s'assit sur un tabouret derrière un comptoir recouvert de linoléum abîmé. Son visage tavelé, pâle, rappelait le ventre d'un flet. Son regard tomba sur la taille gonflée de la cliente.

Ivy lui tendit la clé.

— S'il vous plaît, j'aurais besoin d'un double.

Il la prit et l'examina.

— Est-ce qu'il y avait un problème avec… (Il leva les yeux, cilla.) Excusez-moi. J'ai cru…

Il frotta son menton grisonnant, secoua la tête et haussa les épaules.

— Bien sûr. Il y en a pour une minute.

En sortant de sa place de parking, Ivy songeait toujours à l'embarras qu'il avait manifesté. La voiture de police était partie. Ivy était à mi-chemin de chez elle quand elle remarqua une grosse berline aux vitres teintées, qui emplissait tout son rétroviseur.

Elle tourna à droite. La berline l'imita. À gauche. Elle était toujours suivie. Au moment où elle se gara dans son allée, l'autre voiture s'arrêta derrière elle. Une portière claqua. Dans le rétroviseur extérieur, Ivy aperçut le sergent Blanchard qui venait vers elle.

Les mains crispées sur le volant, elle sentit son cœur s'affoler. Elle avait l'impression d'être cernée, piégée. Ses pensées se bousculaient. Y avait-il du nouveau ? Allait-il l'arrêter ?

Clic. Elle verrouilla les portières et, les doigts tremblants, sortit son téléphone pour appeler David à son travail.

Lillian Bailiss décrocha.

— Il n'est pas là, expliqua-t-elle après avoir laissé sonner dans son bureau et avoir diffusé un message pour le demander. Il est parti déjeuner à 11 h 30. D'habitude, il ne s'absente pas plus d'une heure sans prévenir. Je ne sais pas quoi vous dire. Vous avez essayé son portable ?

Détendu, sourire aux lèvres, Blanchard s'était approché de la portière. Il se raidit quand il s'aperçut qu'Ivy téléphonait.

Elle composa le numéro du portable de David. Après une seule sonnerie, la messagerie se déclencha. Ivy laissa un bref SOS quasi hystérique.

Appuyé à présent contre le capot de sa voiture, Blanchard sifflotait et se curait les ongles.

Elle appela Theo. Il n'était pas dans son bureau. Bon sang, où étaient-ils tous passés ?

Son assistante lui donna le numéro de son portable. Il décrocha aussitôt.

— Qu'est-ce qu'il veut ? Il ne te menace pas au moins ? demanda-t-il.

— Pour l'instant, il n'a rien dit. Il est juste planté là, à attendre que je descende de voiture. Je ne sais rien du tout. Combien de fois faudra-t-il le lui répéter ?

Ivy percevait la note hystérique qui se glissait dans sa voix.

Derrière le pare-brise, Blanchard l'observait. Le cœur d'Ivy cognait, son sang martelait ses oreilles.

— Reste calme. Tu m'entends ?

— Oui, souffla Ivy entre ses dents serrées.

— Respire un bon coup. Sors de ta voiture et écoute ce qu'il a à dire. Mais ne raccroche pas, hein ? Garde-moi en ligne.

— D'accord.

Agrippant le téléphone, elle ouvrit sa portière.

D'un bond, Blanchard s'approcha pour la lui maintenir. Ivy décolla du siège son dos trempé de sueur et descendit en ignorant la main tendue du policier.

— Madame Rose, je vous emmène au poste pour vous interroger.

— Demande-lui si tu es en état d'arrestation, conseilla Theo.

— Est-ce que je suis en état d'arrestation ?

— Je veux juste vous poser quelques questions. Ça ne vous ennuie pas de venir avec moi ?

— J'ai entendu, dit Theo. D'accord, va avec lui. Mais ne dis rien avant mon arrivée. Ne réponds à aucune question. N'oublie pas que tu n'as rien fait de mal. Je te retrouve là-bas.

Blanchard la laissa décharger ses courses, proposa même de l'aider, et patienta pendant qu'elle refermait la maison.

Ivy fit le trajet jusqu'au poste de police à l'arrière de la Crown Victoria, isolée du monde par les vitres teintées. De l'autre côté de la glace, les maisons de banlieue défilaient, et Ivy avait l'impression que la voiture était immobile et que c'étaient les maisons et les arbres qui se succédaient comme des paysages peints sur des draps accrochés à une corde à linge.

Ils s'engagèrent dans la longue allée du poste de police, un gros bâtiment en bardeaux blancs qui faisait penser à un country club. Ivy était souvent passée devant mais n'y était jamais entrée.

Blanchard négligea le panneau d'interdiction et s'arrêta derrière le bâtiment. On apercevait un vaste garage attenant. Le sergent descendit de voiture. Ivy chercha en vain une poignée. Rien ne permettait non plus d'actionner la vitre.

La porte du garage coulissa. Blanchard s'approcha de l'arrière du véhicule, se pencha vers la vitre et regarda Ivy.

Cette fois, quand il ouvrit la portière, il ne lui tendit pas la main et ne prononça pas un mot.

Ivy descendit et se laissa guider à l'intérieur. Sur la porte donnant accès au bâtiment principal, on lisait : ATTENTION : LA FERMETURE DES PORTES EST AUTOMATIQUE.

Blanchard appuya sur le bouton d'un interphone. Un bruissement se fit entendre au-dessus de leurs têtes. Ivy leva les yeux. Deux caméras pivotèrent dans leur direction et, un instant plus tard, l'ouverture de la porte se déclencha. Ivy entra, Blanchard sur ses talons. Avec un bruit sourd suivi d'un claquement sonore, le battant se referma derrière eux.

La première chose qui assaillit Ivy fut l'odeur – détergent parfumé au pin, transpiration et excréments. Elle suffoqua, puis ravala la bile qui lui était montée à la gorge. Derrière elle, loin de la pousser à avancer, Blanchard la laissa s'imprégner des lieux.

Il n'y avait pas de fenêtre, juste un espace impersonnel, murs préfabriqués passés à la chaux et sol en ciment. Sous un comptoir gris, deux paires de menottes oscillaient, pendues chacune à une chaîne de trente centimètres boulonnée au mur. Ça devait être là qu'on amenait les prisonniers. Dans un coin, Ivy aperçut des baskets d'homme et des chaussures de travail marron crottées.

Blanchard passa de l'autre côté du comptoir.

— Vous avez le droit de garder le silence et de refuser de répondre aux questions.

Il régla un écran vidéo installé près de lui. Le visage d'Ivy apparut, pris d'en haut. Elle aperçut la caméra montée sur le mur, juste au-dessus de l'épaule de Blanchard.

— Vous comprenez ?

— Je croyais vous avoir entendu dire que vous ne m'arrêtiez pas.

— Je ne vous arrête pas.

— Alors pourquoi…, commença-t-elle.

Mais Blanchard lui énonçait déjà ses droits, formule familière, qu'elle avait entendue cent fois à la télévision, et attendait sa réponse après chaque phrase.

N'oublie pas que tu n'as rien fait de mal. Se remémorer les mots de Theo et savoir qu'elle n'était pas en état d'arrestation ne firent pas grand-chose pour la rassurer.

Enfin :

— Maintenant que vous connaissez vos droits, êtes-vous disposée à répondre à mes questions sans qu'un avocat soit présent ?

Ivy prit une profonde inspiration.

— Non.

— Vous attendez donc M. Spyridis ?

Ivy le confirma.

— Parfait. Il est déjà là. Avec votre mari.

— Avec mon…

— Nous avons amené votre mari il y a quelques heures pour le questionner.

Les genoux d'Ivy commencèrent à flancher. *Quelques heures ?* Pourquoi David ne l'avait-il pas prévenue ? Pourquoi Theo n'avait-il pas dit qu'il était avec lui au poste de police ?

Ivy regarda les chaussures de travail. C'étaient celles de David. Elle s'avança vers une porte ouverte et jeta un coup d'œil dans ce qui ressemblait à un alignement de cellules. Les deux premières, qui étaient dans son champ de vision, étaient vides.

— Écoutez, d'après mon expérience, il n'est pas toujours recommandé que des époux aient le même avocat, dit Blanchard en prenant son ton d'oncle Bill. Il peut y avoir un conflit d'intérêts, si vous voyez ce que je veux dire.

Il se mordilla la lèvre inférieure.

— S'il vous plaît, informez M. Spyridis de ma présence, répliqua Ivy en choisissant ses mots avec soin et en veillant à construire une phrase complète pour donner l'impression que l'évolution de la situation ne l'effrayait pas le moins du monde. J'aimerais en terminer le plus vite possible.

15

Ivy suivit Blanchard. Ils montèrent un escalier, enfilèrent un couloir qui se terminait par une porte. Elle se demandait si David se trouvait derrière l'une de celles qu'ils avaient dépassées.

Le policier ouvrit et fit entrer Ivy.

Elle s'attendait à une salle d'interrogatoire, mais il s'agissait sans doute du bureau de Blanchard – à supposer que la femme d'un certain âge, au physique agréable, dont la photo encadrée était posée sur la table de travail, soit son épouse, et le jeune homme en tenue militaire son fils.

Une fois Blanchard installé, Ivy se jucha au bord d'une chaise en bois, face à lui. Il jeta un coup d'œil au téléphone, dont un voyant rouge était allumé.

La pièce était confortable, avec des rideaux à la fenêtre qui surplombait le parking. Le sous-main était vide. Des rayonnages tapissaient tout un côté et, sur le mur opposé, il y avait un miroir et un diplôme encadré de l'université de Boston, obtenu en 1970. Albert… c'était le prénom de Blanchard.

La sueur perlait sur le front et la lèvre supérieure d'Ivy. Elle ôta sa veste et l'accrocha au dossier de sa chaise. Il lui vint à l'esprit que la chaleur excessive était peut-être voulue.

— Je croyais vous avoir entendu dire que mon avocat était là.

— C'est exact. Je vais voir ce qui le retient.

Il sortit sans prendre la peine de refermer derrière lui. Ivy écouta ses pas qui s'éloignaient. Puis, un peu plus loin dans le couloir, il frappa à une porte et l'ouvrit.

— Où est-elle ? entendit Ivy. Je veux voir ma femme.

C'était la voix de David.

Ivy alla jeter un coup d'œil dans le couloir juste à temps pour voir Blanchard disparaître dans la pièce. Elle percevait un bruit de voix, mais ne saisissait pas les mots.

Elle hésita un instant. Comme il ne lui avait pas défendu de bouger, elle se risqua dans le couloir. Il avait laissé entrebâillée la porte qu'il venait de franchir. Elle s'en approcha.

— Salauds ! s'écriait David avec colère. Dis-moi, ils ont le droit de faire ça ?

Ivy entendit une autre voix, sans doute celle de Theo. Puis une voix féminine.

Par l'ouverture de la porte, elle aperçut une pièce plus ou moins de la même taille que celle qu'elle venait de quitter. La lumière était faible. En s'approchant un peu plus, elle en distingua les détails à toute vitesse : murs nus, table couverte de documents et de dossiers, téléphone, magnétophone, quelques chaises.

La femme était jeune et portait un tailleur-pantalon de couleur sombre. Pas un uniforme. Assis à la table, David et Theo étaient presque collés l'un à l'autre. En pleine discussion animée, ils ne se doutaient pas de la présence d'Ivy. Fournier, le flic de grande taille qui les avait questionnés au sujet de la malle déposée devant chez eux, était adossé au mur.

Ce qui porta un coup à Ivy fut le panneau vitré encastré dans le mur, à travers lequel elle vit un bureau et une chaise avec sa veste sur le dossier. Une glace sans tain.

La femme parlait.

— M. Blanchard va questionner votre femme en présence de son avocat. Vous pouvez rester ici pour regarder. Ou, si vous préférez, nous pouvons vous emmener dans une cellule de détention.

Ivy se rendit compte qu'elle était sans doute procureur. Ainsi donc, ils comptaient observer son interrogatoire sans l'en informer ?

— David, dit Theo à voix basse, si bien qu'Ivy put à peine le comprendre. Je te déconseille vivement de rester, ce n'est pas dans ton intérêt. Laisse-moi m'en occuper. Il faut que tu me fasses confiance.

— Il ne s'agit pas d'un manque de confiance, mais je dois rester ici pour aider Ivy.

— Mais tu ne l'aideras en rien. Tu ne pourras rien faire pour elle. Et je ne peux pas être à la fois avec toi et avec elle.

Ivy aperçut Blanchard qui levait les yeux au ciel en regardant la femme.

Theo et David continuèrent à discuter sans remarquer Ivy. Plus David s'obstinait, plus Theo était exaspéré.

— Madame Rose, je croyais vous avoir demandé d'attendre dans mon bureau, dit Blanchard d'une voix forte.

David se retourna. Quand il la vit, il parut consterné. Puis son regard se durcit lorsqu'il le tourna vers Blanchard.

— Bande de salauds !

L'inspecteur et la femme échangèrent un coup d'œil entendu, et Ivy comprit qu'ils voulaient l'attirer ici pour qu'elle voie David en train de se débattre avec ce choix difficile. Ils voulaient qu'elle sache que son interrogatoire était observé. Ils tiraient avantage du fait que David et elle avaient le même avocat, et voilà qu'Ivy était entrée dans leur jeu.

Diviser pour régner, jouer le mari contre la femme, c'était là une stratégie éprouvée.

Ayant l'impression d'être montée à bord d'un train qui déraillait, Ivy laissa Blanchard la ramener dans le bureau voisin. Une fois assise, elle entrelaça ses doigts, un pouce serré sur l'autre.

Une minute plus tard, Theo entra. Il avait recouvré son vernis d'assurance habituel.

— Le téléphone intérieur, dit-il en indiquant l'appareil avant de se tourner vers le policier. Pourriez-vous l'éteindre, s'il vous plaît, pendant que je m'entretiens avec ma cliente ?

Blanchard appuya sur un bouton, et le voyant rouge s'éteignit.

— Cinq minutes, pas plus, déclara-t-il avant de quitter la pièce.

Ivy en était malade. Une chose pareille ne pouvait pas leur arriver.

— David ? demanda-t-elle.

D'un mouvement de la tête, Theo indiqua la pièce voisine.

— Il est là. Il observe. Je n'ai pas pu le dissuader.

Ivy se leva et regarda son reflet dans le miroir, puis contourna le bureau pour approcher son visage de la glace et y appuyer les mains. Elle espérait que, de l'autre côté, David faisait la même chose.

— Ivy ! lâcha Theo tout bas, d'un ton sec. Il faut que nous parlions.

Il fit pivoter le siège d'Ivy pour qu'elle soit obligée de tourner le dos au miroir. Lorsqu'elle s'assit, il tira une autre chaise près d'elle. La main devant la bouche, il recommanda :

— Il est très important que tu te conformes à mes indications. Tu comprends ?

Ivy se força à incliner la tête.

— Ces types n'ont aucune idée de ce qui est arrivé à Melinda White, poursuivit Theo dans un murmure rauque. Pour l'instant, ils ne disposent que de vêtements et de sang pour toute pièce à conviction. S'ils avaient une preuve, ils auraient procédé à une mise en accusation. Ce n'est pas le cas. Ils essaient à tout hasard.

— À tout hasard, répéta Ivy.

— Tu n'as pas été arrêtée, et David non plus. Mais s'ils trouvent la plus petite faille, crois-moi, ils l'exploiteront. Ils vont tenter de te manipuler, de déformer les faits. Ça ne va pas être facile. Ils sont malins. Ils savent s'y prendre pour déstabiliser quelqu'un.

Ivy se sentait engourdie. Elle dut se forcer à se concentrer sur ce qu'il disait.

— Ils vont te poser des questions. Ils enregistreront les réponses et la procureur sera de l'autre côté de la glace sans tain pour écouter et observer en même temps que David. Quoi qu'il arrive, demande-moi conseil avant de parler. Et limite-toi aux faits. Ne te livre pas à des suppositions. Ne donne aucun renseignement qu'on ne te demande pas. Tu as bien compris ?

— Je crois.

— Il faut que tu en sois sûre.

Il exerça une pression sur sa main et ajouta :

— Tu vas y arriver ?

Ivy hocha la tête.

Un peu plus tard, on frappa à la porte et Blanchard revint. Il s'installa dans son fauteuil et appuya sur un bouton du téléphone. Le voyant rouge se ralluma. Puis il sortit un magnétophone d'un tiroir, y plaça une nouvelle cassette et mit l'appareil en marche.

— Sergent Albert Blanchard, police de Brush Hills, mercredi 5 novembre...

Les premières questions étaient assez anodines. Nom, âge. Où avait grandi Ivy ? Quand s'était-elle mariée avec David ? Depuis combien de temps habitaient-ils cette maison ? En répondant, Ivy avait l'impression que rien de tout cela n'était réel, que cette pièce était une scène de théâtre sur laquelle elle lisait des répliques écrites par Theo.

Y avait-il des problèmes dans leur couple ? Theo lui permit de répondre et elle répondit fermement qu'il n'y en avait pas.

Blanchard passa à leurs relations de voisinage. Enfin, il demanda s'ils connaissaient bien Melinda White.

Ivy répondit qu'ils avaient tous trois grandi dans la même ville, avaient fréquenté le même établissement scolaire, mais n'avaient jamais été amis.

— Alors, quand elle est venue à votre vide-grenier, il y avait combien de temps que vous ne l'aviez pas vue ?

Theo l'autorisa à répondre.

— Franchement, je ne me rappelle pas l'avoir vue depuis que nous avons obtenu notre diplôme d'études secondaires.

— Melinda White ne l'a pas obtenu. Elle a quitté l'école en cours d'année, dit Blanchard.

— Je l'ignorais.

— Un an plus tard, elle a rattrapé les cours qui lui manquaient et obtenu une équivalence, poursuivit-il, comme s'il livrait là une information dénuée d'importance.

Puis il demanda :

— Madame Rose, pouvez-vous me dire ce qui s'est passé le samedi 1er novembre, et quels contacts vous avez entretenus ce matin-là avec la vic… avec Melinda White ?

Theo hésita, puis lui donna le feu vert. Ivy fit son récit en donnant le plus de détails possible. Blanchard prit quelques notes, mais ne semblait pas l'écouter.

— Nous avons questionné vos voisins et certaines personnes venues à votre vide-grenier, et, si nous avons trouvé des gens pour dire qu'ils avaient vu Mme White entrer dans la maison avec votre mari, pas un seul ne l'a vue sortir. Avez-vous une explication ?

Ivy allait répondre, mais Theo secoua la tête. *Ne te livre pas à des suppositions.*

Blanchard reprit :

— Si nous arrivions à trouver une seule personne prête à confirmer que Melinda est repartie de chez vous ce matin-là, nous chercherions ailleurs. Mais pour l'instant, c'est votre parole… contre celle de tout le monde.

Ivy ne put se contenir.

— Elle est arrivée. Elle est repartie. C'est tout ce que je sais.

Blanchard haussa les épaules. Puis il passa à la malle en osier. Ivy lui dit qu'elle venait du garage de Mme Bindel et énuméra les objets qu'ils y avaient trouvés.

— Avant de la déposer dehors, est-ce que vous ou votre mari y avez mis quelque chose qui n'y était pas quand vous l'avez ouverte ?

Ivy n'attendit pas la permission de Theo.

— Non. Nous avons seulement remis à l'intérieur ce que nous y avions trouvé.

— Et après l'avoir déposée dehors, avez-vous ajouté quelque chose ?

— Non !

Theo s'éclaircit la gorge. Un reproche discret. *Garde ton calme.*

Blanchard se carra dans son fauteuil et considéra Ivy.

— Madame Rose, nous avons un témoin fiable qui vous a vue dehors ce soir-là, seule, en train de mettre quelque chose à l'intérieur.

Et voilà. Ivy savait que ça allait lui tomber dessus, mais elle n'en accusa pas moins le coup.

— Ce n'était pas moi. À vous entendre, on dirait…

Theo lui coupa la parole en s'écriant :

— Ivy !

Blanchard poursuivit :

— Ce témoin affirme que votre mari et vous avez traîné la malle dehors dimanche après-midi, que vous l'avez laissée sur le trottoir et que, ce soir-là, vers

22 heures, vous êtes sortie seule, vous avez ouvert la malle…

— Ça suffit, dit Theo. Mme Rose a déjà répondu à votre question. Passons.

Blanchard sortit un dossier d'un tiroir.

— Aucune importance. Nous avons déjà bien assez de preuves.

Il sortit une photographie et la posa sur le bureau devant Ivy. On y voyait la tunique de future maman à fleurs jaunes et bleues et le jean.

— Ce haut et ce pantalon ont été découverts dans la malle devant chez vous. Ces taches de sang correspondent au groupe sanguin de Melinda White.

Ivy n'avait pas besoin de voir Theo froncer les sourcils pour savoir qu'il valait mieux ne rien dire.

Blanchard ajouta une autre photo : la tête de cygne en verre.

— Vous la reconnaissez. Nous avons trouvé d'autres débris de verre à l'intérieur du sac d'aspirateur jeté dans votre poubelle. Je me demande ce que diront les jurés en apprenant que vous avez passé l'aspirateur après la disparition de la victime. Ou que le sac était fendu et qu'on avait fouillé dedans.

Theo affichait un air détendu, nullement impressionné, comme si ces éléments de preuve n'étaient pas décisifs. Mais le cœur d'Ivy s'emballa lorsque Blanchard continua à énoncer les éléments à charge comme le ferait un avocat de l'accusation devant des jurés. Elle se rendait compte que tout cela était accablant.

— Savez-vous ce que nous avons trouvé hier en perquisitionnant dans l'entreprise de votre mari ?

Il abattit sur le bureau une autre photo. Un sac en toile blanche, le même que celui que Melinda trimballait au vide-grenier. Dessus, on voyait un couteau au manche en bois et à la lame longue, large et effilée au bout. Ivy tressaillit et détourna les yeux.

— Vous reconnaissez ces objets ? Nous les avons retrouvés dans un bac de déchets derrière la grange de Rose Gardens. Et si je vous disais qu'il y a vos empreintes sur le manche ?

Le regard d'Ivy revint se poser sur la photo. Dans la cuisine, elle avait une série de couteaux alignés sur leur support en bois. L'un d'eux était exactement le même. Si c'était le sien, il était normal que le manche ait conservé ses empreintes. Et celles de David.

— Seriez-vous étonnée si je vous disais que nous avons trouvé des traces de sang humain sur ce couteau ?

La bouche de Blanchard formait une ligne dure trahissant la satisfaction.

— Nous avons aussi trouvé des traces de sang dans le camion de votre mari. Et le test ADN correspond à celui que nous avons effectué à partir de la brosse à dents récupérée dans l'appartement de Mme White. Qu'en dites-vous ?

Un test ADN ? À présent, elle savait qu'il mentait. Le couteau n'avait été retrouvé que la veille, dans l'après-midi. Ils n'avaient donc pas eu le temps de procéder à une analyse ADN. Mais si le sang de Melinda était sur la lame, c'était que quelqu'un l'y avait mis avant de cacher le couteau à Rose Gardens, sachant que la police fouillerait les lieux.

— Qui vous a suggéré d'effectuer cette perquisition ? demanda-t-elle. Voilà la personne qu'il faudrait interroger. C'est elle qui s'est arrangée pour que vous trouviez cette prétendue preuve.

— Prétendue preuve ? répéta Blanchard avec un regard apitoyé. Nous avons découvert d'autres éléments intéressants dans l'appartement de Mme White.

Il lâcha sur le bureau une pochette transparente.

— Vous le reconnaissez ?

À travers le plastique, Ivy distinguait un instantané montrant David en gros plan.

— Nous l'avons trouvée sur la porte du réfrigérateur. D'après ses collègues infirmières de l'hôpital de Neponset, c'est la photo que Melinda leur avait montrée l'année dernière avant de quitter son travail. Elle l'a aussi montrée à ses collègues de l'agence SoBo Realty en présentant M. Rose comme son fiancé.

Non. Ce n'était qu'une photo. Ivy enfonça les ongles dans sa paume. N'importe qui pouvait l'avoir prise. Il n'y avait pas de liaison. Il ne pouvait pas y en avoir.

— Quand vous êtes-vous aperçue que votre mari avait une aventure ? demanda Blanchard en la fixant de ses yeux perçants.

Il poussa la photo vers elle et baissa la voix.

— Melinda White a une sœur. Elle a une mère. Vous imaginez à quel point ne pas savoir ce qui lui est arrivé est douloureux.

Les entrailles nouées, Ivy ne sentit pas venir les sanglots.

— Qu'éprouveriez-vous si votre enfant, celui que vous portez, disparaissait ? S'évanouissait dans la nature ? s'obstina Blanchard. Si vous savez quelque chose qui pourrait les aider à accepter la situation, je vous en prie, c'est le moment de parler.

Ivy voûta les épaules et se détourna de la glace sans tain. Elle ne voulait pas que David la voie aussi angoissée.

Blanchard tambourina sur le bureau avec un stylo et patienta.

— Oh ! et ce n'est pas tout.

Il saisit une cassette.

— Voici le message que nous avons trouvé sur le répondeur de Melinda White. Je crois qu'il vous intéressera autant qu'il nous a intéressés.

Il glissa la cassette dans l'appareil. Une voix de synthèse annonça : « Samedi 1er novembre, 18 h 05. » Après un bip, on entendit : « Melin… Mindy ? Tu es là ? » C'était la voix de David. « Je t'en prie, décroche. » Il y eut un long silence. « Merde. Tu n'es pas là. Il faut qu'on parle. Je regrette ce qui s'est passé. Je t'assure. Je ne me rendais pas compte… Je ne me rappelais pas… Je sais que ça doit te paraître dément, mais… Est-ce qu'on peut au moins en discuter ? Je ne voudrais pas que les choses en restent là. »

Le téléphone sonna sur le bureau, tel un gong qui marque la fin d'un round dans un combat de boxe.

Blanchard attendit la deuxième sonnerie pour décrocher. Le visage impénétrable, il écouta, puis raccrocha, se leva et fixa sur Theo un regard placide.

— Je crois que votre autre client est prêt à passer aux aveux.

16

Ivy, abasourdie, vit Theo se lever d'un bond et quitter la pièce, Blanchard sur les talons. Titubante, elle les suivit jusqu'au seuil, puis les observa pendant qu'ils se disputaient dans le couloir.

— Rien de tout ça ne tiendra dans un procès, dit Theo. Vous employez l'intimidation. Ma cliente n'a pas eu la possibilité de me demander conseil. Vous n'avez aucune excuse…

— Épargnez-moi vos belles paroles, répliqua Blanchard. M. Rose avait le choix. Il a tenu à observer la scène.

— Vous parlez d'un choix ! Quoi qu'il ait pu dire, ça ne sera pas recevable devant un tribunal. N'importe quel juge le reconnaîtra. Mon boulot est de protéger mes clients, et vous rendez la chose impossible…

— Si vous faisiez correctement votre boulot, maître, vous auriez conseillé à vos clients de ne pas prendre le même avocat. Il y a là un conflit d'intérêts, et vous le savez fort bien.

Ivy leur passa devant pour courir dans la pièce voisine. David avait la tête dans les mains. Elle s'agenouilla à côté de lui.

— Qu'est-ce que tu fais ? demanda-t-elle.

Il la regarda d'un air épuisé.

— Excuse-moi. C'était une erreur. Je…

— David ! s'écria Theo sur le seuil. Tais-toi.

— Je ne peux pas. Si je me tais, ils feront passer ma femme pour une meurtrière. Je vais dire la vérité, tant pis. C'est la seule solution.

Il exerça une pression sur la main d'Ivy.

— Je regrette vraiment, souffla-t-il.

Ivy en fut glacée.

David se redressa et se tourna vers Blanchard.

— Oui, c'est moi qui ai jeté le sac en toile et le couteau à la poubelle. Je les avais trouvés hier matin à l'arrière de mon camion en allant au travail. Je le jure, ce n'est pas moi qui les avais mis là.

— Dans votre camion, répéta Blanchard.

— À l'arrière, sous une bâche en plastique.

L'inspecteur se leva et échangea quelques mots avec Fournier. Ce dernier sortit.

— Je sais que ça paraît insensé, mais je n'y peux rien, poursuivit David. J'ai reconnu le sac. Je me suis rendu compte que, si on le découvrait, j'aurais l'air d'avoir quelque chose à voir dans la disparition de Melinda. En revanche, j'ignorais qu'il y avait un couteau à l'intérieur, parce que je ne l'ai pas ouvert. Tout ce que je voulais, c'était m'en débarrasser.

— David !

Theo secoua la tête et voûta les épaules en signe de capitulation.

— Je sais, je sais, j'aurais dû appeler la police. Mais je me suis affolé. Et la vérité, c'est que je n'ai aucune idée de l'heure à laquelle Melinda est partie de chez nous, dit David d'une voix blanche, le visage inexpressif. Parce que je ne l'ai pas vue partir.

La procureur lança à Blanchard un coup d'œil surpris.

— Je lui ai fait visiter la maison, comme je l'ai dit, poursuivit David. Mais quand nous sommes montés au grenier, elle s'est mise à me raconter qu'elle avait été très malheureuse dans son enfance. On aurait dit que se retrouver là déclenchait quelque chose, lui faisait perdre l'esprit. Elle a fracassé le cygne en verre contre le mur.

» Je me suis contenté de l'observer. Je ne pouvais rien faire d'autre. Elle m'a demandé de la laisser seule pour qu'elle puisse se calmer. Quand je suis remonté un peu plus tard, elle n'était plus là.

— Qu'appelez-vous « un peu plus tard » ? demanda Blanchard.

— Dix minutes, peut-être. J'ai donc supposé qu'elle était partie. C'est pour ça que je l'ai appelée le soir. Je voulais m'assurer qu'elle allait bien.

— Selon vous, Melinda White serait donc partie toute seule ? répliqua Blanchard d'un ton sceptique. Et la dernière fois que vous l'avez vue, elle était vivante et en bonne santé dans votre grenier ?

— Disons plutôt en pleine crise. Mais oui, vivante et en bonne santé. C'est la vérité. Pourquoi l'aurais-je appelée si j'avais su qu'elle avait disparu ?

— Bonne question. Voilà ce que je pense. Vous l'avez appelée et vous avez laissé ce message parce que vous vouliez donner l'impression que vous la croyiez toujours en vie alors que vous saviez bien que ce n'était pas le cas.

« David Rose, je vous arrête pour avoir tenté de supprimer des pièces à conviction… »

Les mots résonnaient toujours aux oreilles d'Ivy lorsque Theo la raccompagna chez elle. Ils étaient sortis par l'arrière du poste de police et avaient échappé aux journalistes de radio et de télévision convoqués à la hâte pour une conférence de presse.

Pendant que la police les laissait seuls un instant avant d'emmener le prisonnier, David embrassa Ivy avec passion.

— Je ne sais pas ce que je ferais si je te perdais, dit-il en enfouissant le visage dans ses cheveux. Je ne lui ai fait aucun mal. Je ne l'ai pas touchée. Je ne la connaissais même pas. Ivy, il faut que tu me croies.

Te croire ? Chaque nouvelle version des événements avait un peu plus érodé la foi d'Ivy.

Theo conduisait vite, collait aux véhicules lents, accélérait pour passer à l'orange, ralentissait rarement aux stops. Les pneus crissèrent lorsqu'il prit un virage. Une petite croix en argent retenue par une chaîne au rétroviseur décrivit de grandes oscillations. Elle portait des inscriptions grecques – Ivy reconnut le cercle barré, la lettre phi.

— L'audition aura lieu demain matin. Nous allons demander la mise en liberté sous caution. Ne t'inquiète pas. David sera rentré à la maison dès demain après-midi.

Arrogant, rassurant. Tenant les propos qu'Ivy voulait entendre.

Elle tendit la main pour se retenir au tableau de bord au moment où la voiture pilait à un feu.

— Je t'appellerai dès que je saurai quelque chose, dit-il avant de lui recommander de ne parler ni aux journalistes, ni aux voisins, ni même aux amis, de ce qui était en train de se passer.

Ivy acquiesça, mais elle ne l'écoutait pas vraiment, ses mots glissaient comme du vif-argent.

Le feu passa au vert et Theo démarra comme une flèche.

— Étant ton avocat…

Ivy l'observait pendant qu'il parlait sans fin, abattait la main sur le volant pour souligner son propos, et se faufilait dans la circulation.

Peut-être avait-elle eu tort de ne pas écouter Blanchard quand il lui conseillait de prendre un autre avocat. Le lien amical était fort entre Theo et David, tissé par des dizaines d'années d'aventures partagées. D'ailleurs, était-il bon d'avoir un ami proche comme défenseur ? David lui aussi avait peut-être besoin que celui qui le représente soit capable d'une plus grande distance émotionnelle et ait davantage d'expérience en droit pénal.

Il faisait presque nuit quand Theo s'engagea dans Laurel Street.

— Allons bon ! lâcha-t-il.

Ivy eut la nausée en voyant les véhicules garés dans toute la rue. Une équipe de télévision installait son matériel sur le trottoir, devant la maison.

— Ne t'arrête pas devant chez nous, dit-elle. Ils vont me tomber dessus. Je descends ici.

Theo s'arrêta. La croix se balança au bout de sa chaîne comme un métronome. Ivy posa la main sur la poignée de la portière.

— Accroche-toi, lui dit Theo en lui effleurant l'épaule. N'oublie pas qu'ils n'ont ni victime, ni corps, ni témoins. David et toi n'avez jamais eu le moindre ennui avec la police. Ni le moindre problème avec Melinda White. Il y a des tas d'autres pistes à explorer.

Voulait-il la convaincre ou se convaincre lui-même ?

— C'est vous qui êtes les victimes, poursuivit Theo. Tout ce qu'ils ont trouvé peut s'expliquer. Nous n'aurons aucun mal à semer un doute raisonnable dans l'esprit des jurés.

Des jurés ? Mais David n'avait été arrêté que pour avoir tenté de supprimer des pièces à conviction.

— C'est vraiment un manque de pot que ce soit chez vous que cette femme ait été vue pour la dernière fois avant de disparaître. À moins que la malchance n'y soit pour rien. Je voudrais que tu te creuses la tête pour savoir si quelqu'un ne vous garderait pas rancune. Qui peut vous en vouloir, à David ou à toi ? Parce qu'une telle accumulation de preuves n'est pas le fruit du hasard.

» Pourtant, il y a une chose que je ne pige pas. Si quelqu'un essaie de monter un coup contre David, pourquoi cacher le corps ? Pourquoi ne pas donner à la police de quoi l'inculper de meurtre ?

17

Ivy remonta sa rue dans la pénombre du crépuscule. Difficile de passer inaperçue quand on était enceinte de presque neuf mois, mais elle réussit à se faufiler chez Mme Bindel et à entrer chez elle par-derrière sans dommage.

Abritée par le passage couvert, elle s'y reprit à plusieurs fois pour introduire la nouvelle clé dans la serrure. Elle avait tout juste réussi à ouvrir la porte quand la maison fut inondée d'une intense lumière blanche. Puis un second flash se déclencha. Ivy se sentit assaillie.

— Madame Rose, comment réagissez-vous à l'inculpation d'homicide de votre mari ? hurla un type.

Des micros furent brandis.

— Que pouvez-vous nous dire des preuves matérielles que les enquêteurs ont découvertes à Rose Gardens ? demanda une voix féminine.

— Étiez-vous les amis de Melinda White ?

Ivy parvint à se glisser à l'intérieur, claqua la porte et la ferma à clé. Haletante, tremblante, elle resta un instant dans le vestiaire. Elle entendait toujours les voix dehors. Ces gens essayaient de s'insinuer dans les murs de sa maison, dans les pores de sa peau.

C'était pourtant sa maison, un endroit où elle était censée se sentir en sécurité, aller et venir à poil si ça lui faisait plaisir, ou hurler comme une mégère et casser la vaisselle en toute impunité.

On frappa à la porte, puis la sonnette retentit. Ivy se boucha les oreilles et traversa la cuisine en courant. Le plus vite possible, elle alla fermer tous les rideaux et les stores du rez-de-chaussée.

En retournant dans la cuisine, elle vit la tasse préférée de David, restée sur la table. Elle l'attrapa et allait la poser dans l'évier quand elle remarqua que le support des couteaux, qui se trouvait d'ordinaire au fond du plan de travail, avait été déplacé. Elle ne se rappelait pas l'avoir mis là.

Le couteau à découper qui ressemblait à celui trouvé par la police dans le sac en toile blanche, à Rose Gardens, avait disparu.

De dehors lui parvint une voix de femme :

— … disparu depuis samedi…

Ivy lança la tasse de David contre le mur. Elle se brisa en laissant une trace marron. Ivy recula jusqu'au moment où elle heurta le mur. Ses jambes semblèrent se dérober sous elle et elle s'affaissa brutalement sur le sol.

Le bébé !

Le téléphone sonna. Qu'il sonne !

Ivy ne pouvait pas courir le risque de faire mal au bébé. Elle posa les mains sur son ventre, ignorant la douleur qui remontait du coccyx le long de la colonne vertébrale. Elle n'avait pas perdu les eaux, ne saignait pas.

Le téléphone sonna de nouveau. Le coup de pied ferme du bébé dans ses côtes la rassura.

Le téléphone sonna pour la troisième fois. Sans doute ces vautours, dehors. Ou alors Theo, qui voulait savoir si elle était bien rentrée chez elle.

Elle s'agenouilla. Le répondeur se déclencha. Sa voix disait au monde entier d'aller se faire voir. *Bip.*

— Zut alors ! Où tu es, bon sang ? fit Jody.

Ivy se releva péniblement et attrapa l'appareil.

— Jody !

— Dieu merci. Je t'ai laissé des messages toute la journée. Tu devais m'appeler, tu te rappelles ? Je suis passée chez toi et ta voisine m'a dit que tu avais été arrêtée.

En fond sonore, Ivy entendait les hurlements de Riker.

— Non, on ne m'a pas arrêtée, mais emmenée au poste pour me questionner. C'est David qui a été arrêté.

— Pour quelle raison ?

— Pour avoir tenté de supprimer des pièces à conviction.

— Tu es seule ?

— Seule ? J'aimerais bien. Il y a un million de journalistes devant la porte.

— Tu veux que je vienne te chercher ? Bien entendu. J'arrive.

Par pur réflexe, Ivy allait répondre : *Non, ça va.* Mais Jody la devança.

— Prépare ton sac. Tout de suite. Je serai là dans un quart d'heure au plus tard. Je t'appellerai une fois arrivée au coin de la rue.

Elle raccrocha.

Ivy fixa les yeux sur le téléphone. Jody tombait à pic. Grâce au ciel, il y avait encore quelqu'un de sain d'esprit en ce bas monde.

Elle appela Theo et laissa un message pour prévenir qu'elle allait chez Jody et serait joignable sur son portable. Dix minutes plus tard, elle était assise à la table de cuisine, tendue comme un ressort. Elle avait fourré dans un sac à provisions une brosse à dents, une chemise de nuit et des vêtements de rechange.

Dès que le téléphone sonna, elle se rua dessus.

— Je viens de traverser la place. J'arrive dans Elm Street.

Il y eut un long silence.

— Me voilà dans Laurel Street.

Un autre silence.

— Ça y est, j'arrive devant chez toi. C'est pas vrai ! D'où sortent tous ces gens ?

— Ne t'arrête pas. Ils ne te laisseraient pas passer…

Jody l'interrompit.

— Qui a parlé de s'arrêter ? Écoute-moi : voilà ce que tu vas faire. Tu m'écoutes ?

— Oui, vas-y.

— Tu es dans la cuisine ?

— Oui.

— Éteins les lumières et regarde s'il y a quelqu'un devant cette porte-là.

Ivy s'exécuta.

— Non, personne.

— Bon. Alors, raccroche et sors. Je compte jusqu'à vingt et j'arrive à toute vitesse. Toi, tu sors en courant et tu sautes dans la voiture.

Courir, sauter ? Ouais, d'accord.

— Ça rappellera le bon vieux temps, reprit Jody. On se secoue, les filles !

Maintenant, ça semblait peu convaincant, mais c'était le cri de guerre que lançait leur équipe de relais en se mettant en place avant chaque course à l'université.

— Bon, commence à compter avec moi. Un, deux, trois…

— Trois, quatre…

Ivy se régla sur elle et raccrocha le téléphone.

Cinq, six… Elle baissa les yeux sur son ventre. Cette petite allait devoir s'accrocher. *Huit, neuf…* Elle attrapa son sac à main et ses affaires, franchit la porte de la cuisine et la ferma à clé. Puis elle se faufila au bout du passage couvert.

Apparemment, aucun de ceux qui poireautaient devant l'entrée principale ne l'avait remarquée. Au coin de la rue, elle ne distinguait que des phares, mais elle savait que c'était la Coccinelle de Jody qui patientait.

Quand elle arriva à vingt, elle se dissimula le visage derrière le sac à provisions et se précipita dehors, puis avança sur le trottoir, surprise de courir aussi vite.

— Madame Rose ! hurla une voix.

Mais la voiture de Jody était déjà là, arrivant comme une flèche, et la portière s'ouvrait. Ivy grimpa sur le siège. Les pneus crissèrent lorsque son amie accéléra. La portière claqua.

— Hou, là, là ! Attache ta ceinture, dit Jody lorsqu'elles prirent le tournant sur les chapeaux de roue.

L'ivresse ne dura que dix secondes.

— Donc, la comparution de David aura lieu demain matin ? demanda Jody un peu plus tard.

Ivy et Jody – qui faisait sauter Ricker sur ses genoux – étaient installées à la table de cuisine de cette dernière, dans sa maison de plain-pied. Devant elles, il restait un peu de nouilles sautées aux crevettes, de poulet *gong bao* et de porc *mu shu* provenant d'un restaurant chinois.

La « comparution de David », c'étaient là des mots qu'Ivy n'aurait jamais cru possible d'associer.

— Theo assure qu'il sera libéré sous caution dès demain après-midi.

Ivy tâta son téléphone portable dans sa poche et vérifia qu'il était bien allumé. Il n'y avait pas dc message.

Jody attrapa la tasse de bébé et les serviettes en papier froissées sur la chaise haute de Riker et les déposa sur le plan de travail. Le haut large de son survêtement bleu marine était parsemé de ce qui ressemblait à des flocons d'avoine.

Ça faisait du bien de se trouver dans cette maison bordélique, avec de la vaisselle sale dans l'évier, des jouets par terre, et des céréales qui craquaient sous les pieds. Riker se frottait l'oreille et faisait l'intéressant.

Zach, le mari de Jody, entra. Vêtu d'un pantalon poussiéreux et d'un pull bordeaux aux poignets effilochés, il sentait la sciure, le vernis et le tabac. Il était menuisier spécialisé dans la finition, ce qui expliquait pourquoi, disait volontiers Jody pour plaisanter, leur maison regorgeait de projets laissés en plan : bibliothèque murale inachevée dans le bureau, creux dans le sol de la cuisine à l'endroit où il avait abattu la cloison de l'ancien vestiaire. Il se consacrait à ces travaux lorsqu'il avait un peu de répit et les abandonnait dès qu'on lui passait une commande. Comme Jody n'avait pas encore repris son emploi d'enseignante, toute rentrée d'argent était bonne à prendre.

— Salut, Ivy. Jody m'a mis au courant de la situation, dit-il avec gravité. Un vrai cauchemar ! Tu sais que tu es la bienvenue si tu veux rester chez nous. Et David aussi. Quand vous voudrez et tant que vous voudrez.

Riker tendit vers lui ses bras courtauds.

— Allez, viens, boule puante.

Zach arracha le bambin aux genoux de Jody, le souleva au-dessus de sa tête et réussit tout juste à éviter la bave qu'il lâcha en gloussant.

— Il est l'heure d'aller au lit, mon coco.

Coinçant sous son bras, comme un ballon, le gamin qui gigotait, il sortit de la cuisine.

— Tu ne sais pas à quoi je pense ? dit Jody en piochant une crevette perdue dans le reste de nouilles sautées. Melinda faisait une fixette sur vous. David et toi, tous les deux.

— Quoi ?

— C'était une véritable obsession.

— Mais non.

— Si.

— La police a trouvé une photo de David collée à son frigo, expliqua Ivy. Il paraît qu'elle la montrait depuis plus d'un an à ses amis en leur disant que David était son copain.

— C'est ça. Et moi, je sors avec Brad Pitt.

Jody s'essuya les mains sur un torchon.

— Attends-moi une seconde.

Elle sortit de la pièce, revint avec l'annuaire de leur année de terminale et se mit à le feuilleter.

— Merde, où c'était ?

Au bout d'un moment, elle s'écria :

— Tiens, regarde !

Elle posa l'album ouvert sur la table et montra la photo d'une réunion d'élèves destinée à encourager l'équipe du lycée. Un grand sourire aux lèvres, quelques footballeurs étaient en maillot, le casque sous le bras. David avait le numéro 7 inscrit sur la poitrine – le numéro de Doug Flutie, son héros, la raison essentielle pour laquelle il avait voulu entrer à l'université de Boston.

— C'est toi, là, hein ?

Jody montra une fille qui tournait le dos à l'appareil photo et agitait la main vers l'équipe.

— Je me rappelle ce blouson ridicule que tu ne quittais jamais.

C'était bien Ivy, et elle portait le blouson de football de David, en épais lainage rouge, avec les manches en cuir blanc, pas encore jauni par le temps.

— C'est vrai, j'adorais ce truc.

— Tu étais amoureuse, ça te ramollissait le cerveau. Et regarde un peu qui est là.

Jody indiqua une fille qui se trouvait à l'écart. Ses cheveux frisottaient sur son crâne et elle portait des lunettes.

— Tu vois un peu comment elle te regarde ?

Ivy reconnut Melinda, vêtue d'un grand pull sur une robe, et la robe sur un pantalon informe, ou des jambières, peut-être. En effet, elle semblait dévisager Ivy.

— Seigneur, d'où sortait-elle ces fringues ? s'écria Jody.

— Ne sois pas si vache. Nous sommes adultes à présent.

— Tu te rappelles où elle habitait ? Dans une petite rue qui partait de la place. Attends…

Jody glissa de sa chaise et s'approcha de l'ordinateur qui se trouvait sur un bureau de fortune – un plateau en Formica posé sur des tréteaux. Ivy regarda par-dessus son épaule lorsqu'elle se connecta aux Pages jaunes et tapa « White » et « Brush Hills, Massachusetts ».

— Melinda. Gannett Street, dit Jody. Mais c'est à l'autre bout de la ville !

— C'est sûrement son appartement actuel, suggéra Ivy.

Jody fit défiler la liste de tous les White.

— Tu ne trouveras pas, reprit Ivy. Melinda m'a dit que sa mère avait vendu la maison pour aller s'installer en Floride.

Jody persista quand même.

— Tu as raison. Je déteste faire chou blanc.

Elle arrêta sa recherche et réfléchit un moment.

— Peut-être que…

Soudain, elle se leva d'un bond et ouvrit un placard du bas, dans la cuisine. Il contenait une pile d'annuaires.

— Voilà ! dit-elle en sortant celui de 2004. Zach ne veut jamais rien jeter et, de temps en temps…

Elle feuilleta les dernières pages.

— White, White, White… Belcher Street. Ça me paraît coller. Gereda White. Il s'agit sans doute de sa mère.

Jody arracha le feuillet et le tendit à Ivy.

Gereda White, 6, Belcher Street. Juste de l'autre côté de la place.

— Dis donc, peut-être que Melinda est restée garée devant chez toi pour aller voir la maison dans laquelle elle a grandi.

— Et alors ?

— J'en sais rien. Elle a pu se faire renverser par un bus. Tomber dans un trou et se casser les deux jambes. À moins qu'elle ait pris feu tout d'un coup, sans raison ?

Jody lança un coup d'œil à Ivy.

— On pourrait se pointer là-bas…

— Calme-toi, ma fille. Il n'en est pas question.

— Hé, où est passé ton sens de l'aventure ?

— Jody, David est en prison. Ça n'a rien d'un jeu.

L'empressement déserta les traits de Jody.

— Excuse-moi. Je ne sais pas où j'avais la tête.

— D'ailleurs, ça ne marcherait pas forcément. Est-ce que tu es sûre qu'elles habitaient bien dans Belcher Street ? Te connaissant, je me dis que ce n'est sans doute pas la bonne adresse. Tu te rappelles la fois où…

Jody rougit. Quand elles étaient au lycée, elles avaient collé du papier hygiénique sur une maison qui, d'après Jody, appartenait à un de leurs entraîneurs, M. Reiner. En fait, c'était celle d'une famille coréenne récemment installée à Brush Hills. La police y avait vu un acte raciste jusqu'au moment où elles s'étaient présentées pour avouer leur méfait.

— Je t'assure que, cette fois, c'est la bonne adresse, répliqua Jody en plissant les yeux. Belcher Street. Je crois même y être allée un jour. Pour l'anniversaire de Melinda, quand on était encore en primaire, il me semble. C'est drôle, les trucs qu'on garde en mémoire. Il y avait des rideaux vert foncé dans la salle de séjour, et l'un était déchiré. Ça puait, on aurait dit qu'elles n'ouvraient jamais les fenêtres. Et Melinda avait une chambre minuscule dans une ancienne véranda qu'on avait fermée. Je me rappelle que les murs étaient roses. Rose bonbon. Le socle de sa lampe de chevet était une figurine en céramique qui faisait penser à Kate Winslet déguisée en Cendrillon. Tu l'aurais adorée.

— Non, maintenant, je l'adorerais. À l'époque, j'aurais trouvé ça hideux.

— La haie, devant, était énorme et fichait la trouille.

Belcher Street ? Avec une énorme haie qui fichait la trouille ?

— Écoute, Jody, j'ai l'impression que, pour Halloween, je suis allée sonner à la porte d'une maison de ce genre. Je devais être en sixième. Nous étions déjà un peu trop âgées pour continuer à quémander des bonbons. Jan Zylstra nous a dit « Chiche ? » Et alors, Randy… tu te rappelles Randy ?

— Bien sûr. Il était partant pour tous les coups foireux.

— Randy s'est faufilé jusqu'à la porte, a sonné, puis a filé. La mère de Melinda, je suppose, est arrivée avec un saladier plein de bonbons. Randy a bombardé la maison avec des œufs. Mme White a lâché son saladier et s'est mise à hurler.

Ivy ferma les yeux et frémit au souvenir du jaune d'œuf qui dégoulinait sur le visage de la malheureuse.

— Comment pouvions-nous faire des choses pareilles ?

— Les gosses sont des monstres, affirma Jody. Le plus étonnant, c'est que certains survivent à la période d'adolescence sans avoir l'esprit définitivement tordu.

18

Ivy garda son portable près de son lit pour dormir, dans la chambre d'amis de Jody. Ou plutôt pour essayer de dormir. Elle se tournait et se retournait, ne cessait d'entendre les questions en boucle des journalistes : *Étiez-vous les amis de Melinda White ? Comment réagissez-vous à l'inculpation d'homicide de votre mari ?*

David n'avait pas été inculpé de meurtre, bon sang ! Et la manière dont ils réagissaient, eux, comment la trouvaient-ils ?

Elle enfouit son visage dans l'oreiller. David avait vraiment été idiot de dire à la police qu'il avait vu Melinda repartir alors que ce n'était pas vrai. Pourquoi mentir ? En plus, il avait appelé Melinda et laissé un message. Son explication était plausible, mais les policiers ne semblaient pas l'écouter. Enfin, il avait aggravé son cas en tentant de se débarrasser du couteau et du sac en toile qu'il avait trouvés dans son camion.

En visualisant la photo du couteau et du sac en toile maculé, Ivy avait un arrière-goût de sang dans la bouche. Elle entendait encore le ton suffisant de Blanchard : *Nous avons déjà bien assez de preuves.* Tout d'abord, la police avait déformé les faits pour la compromettre, puis elle les avait déformés pour compromettre David. Toutes ces prétendues preuves pouvaient avoir été truquées.

Ivy sentit une vibration dans son ventre. Si seulement elle pouvait remonter le temps ! Elle perçut une autre vibration, aiguë, rapide. Lorsqu'elle mit la main sur l'endroit douloureux, il y en eut une troisième. Est-ce que les fœtus avaient parfois le hoquet ? Cette pensée lui arracha un sourire.

« Dans une vieille maison… » Elle se récita les premières lignes de *Madeline* comme si elle déroulait un ruban de satin dans sa tête et essaya d'apaiser son tumulte intérieur par le rythme incantatoire de ce livre d'enfant. Un jour, elle prendrait sa fille sur ses genoux et lui ferait partager l'histoire de cette petite fille au drôle de chapeau et au drôle de tablier, une Madeline courageuse qui n'avait peur de rien.

Quand Riker se mit à pleurer à 3 heures du matin, elle ne dormait toujours pas. Elle entendit Zach marmonner en sortant dans le couloir. Puis le sommeil la gagna sans doute car elle sursauta en entendant la porte d'entrée claquer. Une odeur de café et de saucisses lui parvint. Il était 7 heures et son oreiller était trempé.

Bientôt, elle se rappela où elle était et pour quelle raison. Lorsqu'elle attrapa son portable, une douleur dans le bas du dos et aux fesses lui rappela qu'elle était tombée sur le coccyx.

Pas de message.

L'esprit embrumé, tremblante, elle se leva et s'habilla. Elle voulait pouvoir partir aussitôt que Theo l'appellerait pour lui dire où et à quelle heure aurait lieu l'audition de David au cours de laquelle serait décidée sa libération sous caution ou non.

Assise à la table de cuisine, Jody lisait le journal. En voyant entrer Ivy, elle le replia et posa sa tasse de café dessus.

— Coucou ! Bonjour. Tu as bien dormi ?

Son sourire paraissait un peu trop éclatant.

— Qu'est-ce que je peux te servir ? Du café ? Des œufs ? Des saucisses ? Des muffins ? Ou le tout ?

Elle se leva pour s'approcher du plan de travail.

Ivy poussa la tasse de Jody. Avant qu'elle n'ait le temps d'ouvrir le journal, Jody se précipita pour le lui prendre des mains.

— J'étais en train de lire un article qui expliquait pourquoi les femmes enceintes ne basculent pas. La recherche a été menée par une femme, bien entendu. C'est à cause de la courbure de la colonne vertébrale, du centre de gravité plus bas…

Ivy ôta les doigts repliés de Jody sur le journal, qu'elle prit et étala sur la table. Au milieu de la page, on voyait une photo de David et d'Ivy, tout jeunes, l'air très heureux. C'était celle qu'ils avaient envoyée des années plus tôt au quotidien local pour annoncer leurs fiançailles. Ivy se rappela le vertige qui s'était emparé d'elle ce jour-là quand ils avaient installé l'appareil sur un trépied, avaient couru s'asseoir sur le canapé et avaient posé enlacés, un grand sourire aux lèvres. David avait mis la chemise habillée et la cravate que sa mère l'avait obligé à porter pour la photo. Ce qu'on ne voyait pas, c'était son jean déchiré.

Ivy lut le titre :

LA JEUNE FEMME DE BRUSH HILLS
PORTÉE DISPARUE AURAIT ÉTÉ ASSASSINÉE

Puis venait :

« David Rose, paysagiste à Brush Hills, a été placé en détention provisoire à la suite de la disparition de Melinda White. »

Ivy se laissa tomber sur une chaise et parcourut le reste :

« Selon une source policière, M. Rose aurait joué un rôle déterminant dans ce qui pourrait bien devenir une enquête criminelle. »

— Arrête, dit Jody en lui prenant doucement le journal des mains. Fais-moi confiance. Tu n'as vraiment pas besoin de lire ça. Ils écrivent n'importe quoi.

Le portable d'Ivy sonna. Elle l'arracha de sa poche.

— Tu as pu dormir un peu ? demanda Theo.

— Un peu. Quand va avoir lieu l'audition ?

— Dis-moi, tu peux apporter des vêtements de rechange à David ?

— Bien sûr, mais… tu disais que l'audition était prévue aujourd'hui.

Il y eut un silence au bout de la ligne.

— Elle est retardée.

L'estomac d'Ivy se noua.

— Retardée ?

Elle sentait le regard de Jody posé sur elle.

— Il n'y a pas de quoi s'inquiéter. Ça nous laissera le week-end pour…

— Le week-end ? répéta Ivy avant de mettre sa main en coupe sur le téléphone. Mais on n'est que jeudi !

Jody traversa la cuisine, ouvrit le robinet et se mit à faire la vaisselle.

— Il y a certaines questions à régler, c'est tout, expliqua Theo.

— Quelles questions ?

— Eh bien, c'est là le problème.

Le silence dura un moment.

Ivy alla dans la salle de séjour.

— Theo, pour l'amour du ciel, tu vas te décider à parler ? Je suis enceinte, pas invalide.

— Tu comprends, la liberté sous caution est accordée quand le juge estime que le détenu ne risque pas de prendre la fuite.

— Comment peuvent-ils croire David capable de prendre la fuite alors que nous allons avoir un bébé d'un jour à l'autre ? Où est-ce qu'il ficherait le camp, bordel ?

— C'est un peu compliqué. Tu es sûre…

— Merde, oui ! Vas-y, explique.

Mais au moment où elle le lui demandait, elle comprit qu'elle ne voulait pas le savoir.

— La procureur a demandé un relevé de vos cartes de crédit. Un aller simple pour les îles Caïmans a été acheté mardi au nom de David.

Un aller simple ? Jamais au grand jamais David ne la laisserait en plan. L'abandonner avec le bébé ? C'était insensé.

— Le billet était pour un vol qui partait hier soir, poursuivit Theo. À l'évidence, David ne l'a pas pris.

— Tu es en train de me dire que David a retenu avant-hier un billet pour les îles Caïmans ?

— Non, ce n'est pas ce que j'ai dit. Il en est le premier surpris.

— Alors, qui…

— Je l'ignore. Tout ce que je sais, c'est que la réservation a été faite par Internet, et que la personne qui l'a effectuée a payé avec votre MasterCard.

19

— Tu es sûre que ça va aller ? demanda Jody en arrêtant sa voiture devant la maison d'Ivy.

Pas un seul journaliste n'était en vue.

Ivy en avait par-dessus la tête d'entendre cette question. D'ailleurs, elle n'allait pas bien du tout.

— D'accord, d'accord, je me tais. Mais tu sais, je pourrais rester un moment avec toi. Zach s'occupe de Riker.

Une feuille parcheminée s'écrasa sur le pare-brise.

— Je ne comprends pas pourquoi tu t'entêtes à vouloir rentrer chez toi, poursuivit Jody. Tu aurais au moins pu me laisser te servir autre chose qu'un malheureux toast pour le petit déjeuner. En fait, je préférerais que tu restes chez nous jusqu'à ce que tout ça soit fini.

Ivy lui avait dit que l'audition était retardée, qu'elle devait apporter des vêtements de rechange à David, mais elle n'avait pu se résoudre à évoquer l'aller simple pour les îles Caïmans. Elle aurait été incapable de faire face à la pitié qu'elle aurait lue sur le visage de son amie.

Elle se força à sourire.

— Je ne pourrais pas rêver meilleure amie que toi, tu sais que je t'aime beaucoup. Et c'est formidable de savoir que je peux toujours compter sur toi. Mais pour l'instant, j'ai besoin de me retrouver. Je veux être chez moi. La prochaine fois, je n'hésiterai pas.

— La prochaine fois, dit Jody en faisant la grimace, comme si cette idée avait mauvais goût. Écoute-moi. Je ne t'impose rien, rien du tout. Mais si tu changes d'avis, appelle-moi.

— Entendu.

Ivy attrapa son sac et descendit de la voiture.

— C'est promis.

Elle claqua la portière et se dirigea vers sa maison. Un chien aboyait.

Jody baissa la vitre du côté passager pour lui lancer :

— Et si tu commences à avoir des contractions…

Ivy sourit et se retourna.

— Je n'en ai pas. L'accouchement n'est prévu que dans plusieurs semaines.

— Je n'aimerais pas que tu te retrouves seule pendant les douleurs. Tu comprends ? Quand ce sera le moment…

— Ouais, ouais. Tu seras la première à être au courant. De toute façon, ce bébé n'a pas le droit de venir avant…

— Tu parles ! Parce que les enfants écoutent toujours leurs parents, peut-être ? Bon, je vais attendre que tu sois entrée, on ne sait jamais, si tu perdais les eaux !

Devant la porte, Ivy sortit son trousseau de son sac. La clé ne voulait pas s'introduire complètement dans la serrure. Ivy jura et essaya de forcer avant de se rendre compte qu'elle avait utilisé l'ancienne. La nouvelle était à côté de la première, toute luisante. Une ancienne vie, une nouvelle vie.

Cette fois, il n'y eut pas de problème. Ivy entra et enjamba le courrier qui s'était accumulé sous la fente. Après avoir agité la main, elle referma la porte, puis posa ses deux sacs sur la petite table du vestibule et monta à l'étage, bien décidée à vérifier si la réservation du billet pour les îles Caïmans avait été faite sur leur ordinateur.

Un raclement et un bruit sourd l'arrêtèrent au milieu des marches. Elle pivota en s'attendant à trouver quelqu'un au pied de l'escalier ou sur le seuil de la salle de séjour. Il n'y avait personne.

Une épaule appuyée au mur, elle posa les mains sur son ventre gonflé, ferma les yeux et tâcha de ralentir sa respiration, d'empêcher son cœur de cogner contre sa cage thoracique.

Ressaisis-toi. Elle avait changé les serrures. Elle était la seule à posséder les nouvelles clés. Si elle devait accoucher toute seule, elle avait intérêt à s'endurcir. Un juge pouvait peut-être retarder une audition, mais personne ne pourrait retarder la naissance de ce bébé. Quand ce petit bout déboulerait dans le monde, il aurait besoin d'une mère qui ne se recroqueville pas dans un coin en ayant peur de son ombre.

Ivy ouvrit les yeux. Bessie, la statue en bronze juchée au pied de l'escalier, avait été retournée et se trouvait maintenant face à elle.

Puis Ivy remarqua l'odeur. Bois de santal et clou de girofle. *Opium*, son parfum. Elle haleta pendant que l'odeur se muait en relents écœurants de barbe à papa et de patchouli, et une bouffée d'affolement aveugle monta en elle.

À toute vitesse, elle dégringola les marches, traversa le vestibule comme si une main invisible la poussait, et ouvrit la porte.

La Volkswagen de Jody était toujours là. Dieu merci ! Une seconde plus tard, Jody en descendait et accourait dans l'allée.

— Qu'est-ce qui s'est passé ? demanda-t-elle. Tu es blanche comme un linge. Je savais bien qu'il valait mieux ne pas te laisser seule.

— Il ne s'est rien passé, répondit Ivy d'une voix haletante. C'est juste que je… j'ai eu la frousse. J'ai cru entendre un bruit. En plus, il y a cette odeur.

— Quelle odeur ?

— Un parfum. Et la statue, en bas de l'escalier, est dans le mauvais sens.

— Bon, tu reviens chez moi.

Jody lui attrapa le bras.

— Non !

— Alors, j'entre avec toi.

Jody la précéda sur les marches du perron. Plantée devant la porte, les bras croisés, elle tapotait du pied avec impatience.

— Allez, viens.

En voyant Ivy hésiter, elle ajouta :

— Je ne compte pas m'en aller, et tu ne pourras pas m'y obliger.

Elle redescendit quelques marches pour s'approcher de son amie.

— Ivy, s'il te plaît ! Fais-moi plaisir ! Nous allons tout fouiller de fond en comble. Ensuite, mais seulement ensuite, tu pourras peut-être me demander de partir.

Lorsqu'elles entrèrent, la maison parut les écraser de son poids. La fenêtre cintrée ressemblait à un œil lourd qui les scrutait sous le toit pentu.

— Tu sens cette odeur ? demanda Ivy.

Jody leva la tête et renifla.

— Non.

Elle renifla une nouvelle fois.

— Peut-être. Je n'en suis pas certaine.

Dans le vestibule, Jody ouvrit la porte du placard.

— Autant commencer par ici.

Elle repoussa les manteaux et sortit une à une les valises rangées au fond.

— *Nada.*

Ivy la suivit dans le salon. Les stores étaient relevés. Ivy ramassa sur la table les mots croisés que David n'avait pas terminés.

— Je croyais…

— Quoi donc ?

— Rien.

Jody la fusilla du regard.

— J'étais sûre d'avoir baissé les stores. Et rangé ce journal de mots croisés dans le coffre de la banquette.

— Peut-être que David les a ressortis, suggéra Jody.

— Peut-être. (Ivy suivit le regard que son amie fixait sur la banquette. Il y avait assez de place pour s'y cacher.) Oui, c'est sûrement ça, ajouta-t-elle.

— Ouais, fit Jody en s'approchant de la banquette. Tu dois avoir raison.

Elles échangèrent un regard.

Parvenue à quelques centimètres, Jody souleva le couvercle d'un geste rapide et toutes deux risquèrent un coup d'œil. Rien.

Ivy jeta le journal de mots croisés à l'intérieur et Jody referma la banquette.

Ensuite, elles vérifièrent le bureau et la salle à manger, puis la cuisine et le vestiaire, et s'assurèrent que personne ne se dissimulait parmi les manteaux accrochés près de la porte.

— Rien, là non plus.

Puis Jody ouvrit tous les placards de cuisine et souleva le panneau du monte-plats. En la voyant passer tranquillement la tête dans l'ouverture et regarder en haut et en bas, Ivy sentit son estomac faire une embardée.

Elle aussi, elle se força à jeter un œil. Rien d'autre que le câble. Une odeur d'huile montait de la chaudière. Ivy referma le panneau et, du dos de la main, essuya la sueur qui perlait à son front.

— Le sous-sol, maintenant, dit Jody.

Elle alluma en haut de l'escalier et commença à descendre. Ivy lui emboîta le pas.

Le sol était en terre battue. Une faible lumière grise se glissait par les étroites fenêtres percées juste sous le plafond, où canalisations et câbles électriques s'entrecroisaient. Des ampoules se balançaient à des cordons noirs.

À mesure qu'elle avançait, Jody les allumait les unes après les autres, comme si elle reliait des points par un trait pour compléter un dessin. La toile de verre que David avait agrafée entre les poutres pour empêcher le froid et l'humidité de s'insinuer dans la maison s'affaissait par endroits. Des colonnes en acier indiquaient les murs porteurs.

Ivy avait mal au dos tant elle était tendue en suivant Jody. Celle-ci fit le tour complet du sous-sol : elle longea un mur, passa devant le réservoir de fioul, un engin sur pieds qui avait la taille de sa Coccinelle, parcourut le fond, passa devant la boîte à outils que David et Ivy avaient achetée chez Sears – un coffre en métal rouge rutilant monté sur roulettes comprenant cinq tiroirs, avec, sur le dessus, le mot PROFESSIONNEL écrit en lettres argentées. Dans la mesure où ils s'étaient débarrassés de la plupart des vieilleries à l'occasion du vide-grenier, il n'y avait plus beaucoup de cachettes possibles.

En longeant le mur opposé, Jody écarta de vieux lambris appuyés au bas du monte-plats, qui ressemblait à un conduit de cheminée ou à un simple cube ouvert, au repos, comme il l'avait sans doute été depuis des dizaines d'années.

Le mur de façade était aveugle. Une fenêtre aurait donné sous la véranda.

Jody et Ivy remontèrent au rez-de-chaussée. En passant dans le vestibule, Ivy remit Bessie à l'endroit, puis suivit Jody au premier étage.

Elles vérifièrent la chambre du bébé et son étroit placard. Les petits voiliers qu'Ivy avait peints au pochoir sur le mur paraissaient flotter avec sérénité sur le fond jaune.

Ivy regarda la maison voisine. Derrière la fenêtre de la salle de séjour, le fauteuil à oreilles de Mme Bindel n'était pas occupé. Dehors, elle entendait des oiseaux, le rugissement étouffé d'une souffleuse et les aboiements d'un chien.

Sur les talons de Jody, elle traversa le palier pour entrer dans la chambre d'amis dont elle avait fait son bureau. Tout semblait normal. Le mobilier en acajou qui lui venait de ses parents et le dessus-de-lit en patchwork rose et jaune des années trente qu'elle avait déniché dans un vide-grenier avaient une familiarité rassurante. L'autre pièce d'appoint ne contenait qu'un berceau démonté, une table à langer, des paquets de couches, et assez de layette et de jouets pour des triplés.

Dans la salle de bains, le lavabo était sec, une serviette pliée avec soin et une autre froissée sur le panier à linge, où David l'avait laissée.

Du seuil, toutes deux jetèrent un coup d'œil dans la chambre du couple. Les oreillers étaient joliment disposés sur le lit. Lui était-il arrivé de les arranger de cette façon ? Au moins, les stores étaient toujours baissés.

— Maintenant, je sens, dit Jody en fronçant le nez. Du parfum.

Ivy alluma le plafonnier et observa Jody pendant qu'elle entrait, attrapait le flacon d'*Opium* sur la commode et ôtait le bouchon.

— C'est ça, dit Jody en l'agitant en direction d'Ivy. Sans le moindre doute.

Une bouffée de parfum flotta jusqu'à Ivy.

Jody reboucha le flacon, puis regarda sous le lit et fouilla dans tous les placards.

Sur le palier, tout était calme. Trop calme, songea Ivy en suivant Jody dans l'escalier qui menait au grenier. Elle se mit à chanter :

— Rame, rame, rame…

Jody grimpait les marches devant elle et joignit sa voix à la sienne, tout en frappant dans ses mains et en allumant les lampes au passage. La grande chambre s'emplit de bruits et Jody vérifia là aussi sous le lit et dans le placard.

— Sur ton bateau gaiement…

— Rame, rame, rame…

Quand elles arrivèrent à la partie non aménagée, Ivy beugla comme une gamine qui joue à cache-cache :

— Sortez de votre cachette !

L'endroit lui parut inchangé, tel qu'il était lorsqu'elle y était montée la dernière fois pour passer l'aspirateur.

— Et voilà ! dit Jody. (Elle se tourna vers Ivy, les mains sur les hanches.) Je crois que nous avons tout passé au peigne fin. Il n'y a pas le moindre monstre velu.

Le soulagement fit tourner la tête à Ivy lorsque Jody lui frappa dans la main. Avant de redescendre, elle jeta un dernier coup d'œil autour d'elle et aperçut le carton de livres sur le palier.

David n'avait-il pas dit que quelqu'un s'y intéressait le jour du vide-grenier ? Ne devait-il pas aller le chercher, de sorte que faire visiter rapidement la maison à Melinda ne posait pas de problème ?

Alors, pourquoi ce carton était-il toujours là ?

20

Hébétée, Ivy redescendit l'escalier.

David avait dit qu'il avait sorti ces livres que lui réclamait un acheteur, mais, à l'évidence, il ne l'avait pas fait. Il avait dit qu'il avait vu Melinda quitter la maison, mais ce n'était pas vrai. Il avait dit qu'il n'avait pas réservé un billet pour les îles Caïmans…

— Qu'y a-t-il ? Tu as l'air de souffrir, dit Jody en l'attendant au pied de l'escalier.

Ivy posa une main sur son ventre.

— C'est une fausse alerte. Ça m'a prise au dépourvu, voilà tout.

— Tu es sûre que ce n'est pas le début du travail ?

— Sûre et certaine.

— Alors si on allait déjeuner ou…

Ivy l'interrompit.

— Écoute, tu as été fantastique. Merci. Je t'assure, je te remercie mille fois. Ça va beaucoup mieux. Je me sens en sécurité, et je n'ai pas de contractions. Je vais très bien.

— Tant mieux, répliqua Jody en haussant les sourcils.

— En tout cas, aussi bien que possible.
— Et tu veux que je m'en aille.
— Oui. Je t'aime beaucoup, mais…
— Tu me le paieras, dit Jody en se dirigeant vers la porte qu'elle ouvrit avant de se retourner.
— Allez, fit Ivy en agitant la main, file !
— Envoie-moi des mails. Et n'oublie pas de manger quelque chose.

Jody regagna sa voiture. Plantée sur le seuil, Ivy suivit des yeux la Volkswagen qui démarrait. La jeune femme qu'Ivy avait aperçue de sa véranda le dimanche matin avançait de nouveau sur le trottoir d'en face avec sa poussette double. Elle s'arrêta et jeta à Ivy un regard ouvertement curieux et fort peu aimable.

Ivy frissonna et referma la porte à double tour.

Les valises que Jody avait sorties du placard étaient restées dans le vestibule. Il y avait aussi le sac marin de David. Ivy le mit de côté et rangea les autres bagages.

Parmi eux se trouvait celui qu'elle avait préparé quelques semaines plus tôt en suivant à la lettre les indications données dans les cours de préparation à l'accouchement. À l'intérieur, il y avait une chemise de nuit qui se boutonnait devant, une brosse à dents, des sucettes pour se détendre entre les contractions et un soutien-gorge d'allaitement. Il avait été décidé qu'elle appellerait David dès qu'elle perdrait les eaux ou que les contractions se feraient régulières. Elle avait compté sur sa présence pour qu'il surveille ses douleurs, appelle le médecin, la conduise à l'hôpital, lui tienne la main durant toute l'épreuve, l'incite à se détendre, à se concentrer, à ne pas oublier de bien respirer. Elle avait compté sur lui pour jouer le rôle du père avec la mère de leur petite fille.

David et elle…

Du dos de la main, Ivy essuya une larme avant de lancer son sac dans le placard et de pousser les manteaux sur la tringle. Elle allait claquer la porte quand elle remarqua, pendu là, le blouson de football que David portait au lycée. Les manches en cuir jadis souple s'écaillaient et la doublure en satin s'était presque désintégrée, mais Ivy avait refusé qu'il la jette.

Attrapant le cintre, elle serra le vêtement dans ses bras et huma l'odeur qu'elle associait intimement à la personne dont elle était tombée amoureuse. Elle l'avait mis pour assister à tant de matchs ! Après avoir fait l'amour pour la première fois avec David, elle l'avait jeté sur ses épaules nues.

Elle s'imaginait dans six mois en train de traîner partout ce blouson bicolore comme un doudou pendant que le bébé sucerait sa tétine.

Après l'avoir rangé, elle emporta le sac de David au premier étage et le déposa sur le palier. Puis elle alla dans son bureau et bougea la souris de l'ordinateur. Avec un craquement d'électricité statique, l'écran s'éclaira.

Une fois sur Internet, elle cliqua sur « historique ». Une fenêtre s'ouvrit sur le côté avec la liste des sites récemment visités. Elle précisa « mardi » et fit défiler la liste. Gmail. Google. Le *Boston Globe*. La météo. Des sites sur lesquels elle allait presque tous les jours. MapQuest – le site auquel elle avait eu recours pour trouver le chemin de la maison de retraite de M. Vlaskovic.

Soudain, elle le vit. Elle s'efforça de reprendre son souffle, de se résoudre à accepter la preuve qu'elle avait sous les yeux. Là, juste au milieu de la liste, il y avait ce qu'elle espérait bien ne pas trouver : Caymanislands.com. Et juste après, Travelocity.

Ivy referma l'historique et s'écarta de son bureau. Sur leur ordinateur, David avait acheté un billet pour se sortir de ce cauchemar. Il n'avait même pas pris la peine d'effacer ses traces.

À sa place, elle aurait acheté deux billets.

Presque aveuglée par les larmes, Ivy retourna dans sa chambre et ignora l'odeur résiduelle de parfum. Elle jeta le sac marin sur le lit, ouvrit la fermeture à glissière et fourra dedans des sous-vêtements, des chaussettes, un pantalon et un pull, puis alla chercher la brosse à dents de David dans la salle de bains.

La main devant la bouche pour mieux ravaler ses sanglots, Ivy se demandait qui était cet homme qu'elle avait aimé de façon inconditionnelle depuis le lycée. Elle chercha des indices dans le passé, mais n'en trouva pas. *Celui-là, il vaut le coup*, voilà comment grand-mère Fay avait jugé David.

Avaient-elles pu se tromper toutes les deux sur son compte ?

Bon sang ! Qu'est-ce qu'il s'imaginait ? Qu'il pouvait abandonner le bébé et la laisser se débrouiller toute seule ? Le désespoir et la confusion qui l'habitaient furent balayés, laissant place à une boule de colère. Elle fourra le rasoir et la brosse à dents de David dans sa trousse, qu'elle lâcha dans le sac avant de le refermer.

Puis elle se hâta de se changer, se lava le visage et se brossa les cheveux avec tant de force que son cuir chevelu en fut irrité. Le visage qui la regardait dans la glace était tendu et déterminé.

Elle attrapa le sac et le jeta par-dessus la rampe. Il atterrit au milieu de l'escalier avec un bruit mat.

N'oublie pas de manger quelque chose. Elle se remémora les derniers mots de Jody. Il lui faudrait des forces pour affronter ce que cette journée lui réservait.

Une fois dans la cuisine, elle avala un jus d'orange qui lui laissa un goût de médicament dans la bouche. Avec une poignée de noix, elle chassa l'amertume.

Après avoir vérifié que la porte d'entrée était bien fermée à double tour, elle sortit de l'autre côté, ouvrit sa voiture, jeta le sac marin sur la banquette arrière et allait monter devant quand un crissement de pneus la fit sursauter.

Un chien aboya comme un fou, puis hurla. Une voiture klaxonna.

Une semaine plus tôt, en entendant ces bruits, elle se serait précipitée dans la rue pour voir ce qui se passait. À présent, elle lutta contre l'envie de retourner se cacher dans la maison. Elle s'obligea à avancer jusqu'au passage couvert.

Au milieu de la rue, elle vit Phoebe, la chienne de Mme Bindel, assise sur son arrière-train. Elle grondait et jappait, les babines retroussées, les oreilles couchées, les yeux fixés sur l'avant d'une Range Rover noire. Le conducteur baissa sa vitre et, en remarquant son expression furieuse et sa casquette des Yankees – sur le territoire des Red Sox, porter la casquette de l'équipe de New York était une provocation –, Ivy comprit qu'il n'allait pas caresser la chienne ni lui donner un biscuit.

Dès qu'il aperçut la jeune femme, il se mit à beugler :

— Il est cinglé, votre chien, il va se faire tuer ! Ils sont vraiment pas bien, les gens d'ici !

— Ce n'est pas mon chien. Et vous n'avez pas besoin de crier.

Prudemment, elle s'approcha de Phoebe. Arrivée à quelques pas, elle se pencha – vu son état, s'accroupir ne lui était pas possible – pour tendre la main.

— Chut, tout va bien, je suis une amie. Tu te souviens de moi ?

Ivy ne savait pas si c'était comme ça qu'il fallait faire avec un chien effrayé, mais cette technique sembla marcher. Phoebe releva un peu les oreilles.

— Bon chien ! Gentille petite chienne ! dit Ivy en s'approchant peu à peu.

La chienne glapit, gémit et recula, la queue entre les pattes.

Ivy tendit la main.

— Viens, Phoebe !

En entendant son nom, la chienne releva davantage les oreilles.

— C'est bien, tu es une bonne fille.

Phoebe vint flairer la main d'Ivy, la lécha. Puis elle sembla s'effondrer, ses pattes se dérobant sous elle.

Ivy l'attrapa par son collier et l'entraîna vers le trottoir. Phoebe jappa d'un ton plaintif. La malheureuse, qui devait peser au moins vingt kilos, tremblait. De détresse, son poil se rassemblait en petites touffes au-dessus de ses yeux marron expressifs, et elle souffla une chaude haleine canine au visage d'Ivy.

— Idiote ! s'écria l'homme en secouant la tête, écœuré. Achetez donc une laisse.

Les pneus crissèrent lorsqu'il démarra.

— C'est toi qui devrais t'en acheter une, marmonna Ivy. Ou plutôt une muselière.

Elle tapota la tête de la chienne et essaya de calmer ses tremblements. Elle ne se rappelait pas l'avoir jamais vue sortir seule. Où était passée Mme Bindel ?

Entraînant Phoebe, elle parvint à la porte de sa voisine, sonna et patienta. Rien. Elle frappa. Toujours rien.

Peut-être Mme Bindel était-elle dans le jardin. Ivy s'y dirigea, la chienne sur les talons. Elles avaient contourné la moitié de la maison quand Phoebe aboya et courut en jappant.

La jeune femme la suivit. Derrière la maison, les forsythias, cognassiers et rhododendrons de Mme Bindel étaient taillés en boules serrées. Ivy se baissa pour passer sous la corde à linge tendue sur la pelouse bien entretenue dont pas un pissenlit n'aurait osé émerger.

Phoebe grogna en direction des marches en béton qui menaient à la porte de derrière et s'effondra dans l'herbe en gémissant. Mme Bindel était étendue sur la pelouse, petite et fragile, la tête sur la marche du bas.

Ivy se précipita vers elle et hésita, prise de vertige, en voyant l'angle grotesque que formait la tête. On aurait dit une tête de poupée dévissée.

Elle dut prendre sur elle pour tâter le cou de Mme Bindel. La chair parcheminée était fraîche, mais pas froide. Le visage était humide, et pourtant il avait cessé de bruiner. Le pouls était nettement perceptible.

Le soulagement gagna Ivy quand elle se rendit compte que la tête de la vieille dame n'était pas tordue. Sa perruque avait glissé sur le côté et lui couvrait une partie du visage.

Avec délicatesse, Ivy souleva le postiche. Quelques rares cheveux blancs pointaient du crâne, et on apercevait une vilaine ecchymose violacée. Le visage blême ressemblait presque à celui d'un bébé au repos.

Ivy redressa la perruque. Sa voisine serait mortifiée si de parfaits étrangers la voyaient tête nue, même s'il s'agissait d'ambulanciers.

Car il fallait appeler une ambulance. Ivy avait laissé son portable dans la voiture. Lorsqu'elle se releva, Phoebe glapit et l'imita.

— Phoebe, couchée !

À sa grande surprise, la chienne obéit.

— Bon chien. Tu m'attends ici.

Phoebe renifla et posa la tête sur ses pattes, restant allongée à côté de sa maîtresse.

Ce fut à ce moment-là qu'Ivy remarqua l'odeur. Une fois de plus. Bois de santal et épices.

Elle se pencha pour soulever l'une des mains inertes de Mme Bindel. L'odeur semblait provenir de ses doigts.

21

Une voiture de police et une ambulance arrivèrent quelques minutes à peine après l'appel d'Ivy. Les infirmiers vérifièrent aussitôt l'état de Mme Bindel et posèrent un masque à oxygène sur son visage blême. Elle semblait tellement petite et fragile qu'on avait l'impression qu'un coup de vent aurait pu l'emporter.

— Elle va se remettre ? demanda Ivy à l'un des infirmiers.

— Vous êtes une parente ?

— J'habite à côté. C'est moi qui l'ai trouvée et qui vous ai appelés.

— Son pouls est régulier.

Il n'avait pas l'air convaincu et ajouta :

— Bon, elle n'est pas jeune.

Peut-être, mais elle est coriace, avait envie de répliquer Ivy.

L'homme et son collègue emportèrent la civière.

Assise jambes croisées dans l'herbe, près de Phoebe, Ivy les vit installer Mme Bindel à l'arrière de l'ambulance. La chienne regarda Ivy avec de grands yeux sombres angoissés, puis posa une patte sur son genou. Ivy la gratta derrière les oreilles.

Blanchard arriva dans sa Crown Victoria beige métallisé juste avant que les infirmiers ne referment les portes arrière de l'ambulance. Il descendit et, après un signe de tête à Ivy, alla s'entretenir avec l'un des infirmiers. Ce dernier indiqua les marches de l'entrée de derrière, puis le haut de son propre crâne, l'endroit où Mme Bindel avait une ecchymose.

Blanchard s'approcha ensuite d'Ivy et sortit calepin et stylo.

— Alors, qu'est-ce qui vous a amenée ici ?

— J'habite à côté, vous l'avez oublié ?

Ivy se rendit compte qu'elle était agressive, mais elle s'en fichait.

— Je montais dans ma voiture quand…

Blanchard l'interrompit.

— Où alliez-vous ?

Ça ne vous regarde pas, bon Dieu !

— J'allais voir mon mari. Pour autant que je sache, il n'y a pas de loi qui l'interdise.

— Je vois.

Il contre-attaqua en jouant l'amabilité.

— Apparemment, votre voisine est mal en point.

— Je sais, c'est moi qui l'ai trouvée.

Ivy observa le départ de l'ambulance, sirène en action. Le stylo en l'air, Blanchard attendit qu'elle poursuive.

— J'ai entendu un bruit d'enfer dans la rue. Un type en 4 × 4 klaxonnait comme un malade, et la chienne de Mme Bindel aboyait. Je savais qu'elle ne sortait jamais sans sa maîtresse et j'ai compris que quelque chose ne tournait pas rond.

Phoebe avait à présent posé sa truffe sur les genoux d'Ivy.

— Quelqu'un d'autre a vu ce conducteur ?

— Je n'en sais rien. Je ne crois pas.

— Avez-vous remarqué un passant ? Ou quoi que ce soit d'inhabituel ? À ce moment-là, ou au début de la matinée ?

Ivy essaya de se rappeler. Quand Jody l'avait raccompagnée, la rue était déserte. Elle parla à Blanchard de la jeune femme qui était passée sur le trottoir d'en face avec sa poussette double.

— C'est la seule personne que j'ai remarquée, et je la vois souvent.

Blanchard voulait savoir son nom, mais Ivy dut reconnaître qu'elle l'ignorait. Elle ne savait même pas où elle habitait.

— Bref, elle n'a pas pu voir le conducteur de la Range Rover, résuma le policier.

— Il portait une casquette des Yankees.

— Ça prouve un certain courage.

Blanchard prit des notes et plissa les yeux.

— Je suppose que vous n'avez pas relevé son numéro d'immatriculation ?

— Pourquoi l'aurais-je fait ? Et d'abord, pourquoi serait-il…

Ivy allait lui demander pourquoi l'agresseur de Mme Bindel serait resté sur les lieux et aurait attiré l'attention sur lui en klaxonnant quand elle se rendit compte que Blanchard ne la croyait pas. Pour lui, elle avait inventé ce type à la Range Rover tout comme elle avait inventé la femme qui s'était arrêtée dans la rue devant la malle en osier.

— Ne me dites pas que vous croyez que j'ai…

Quoi ? Attaqué Mme Bindel ?

— Il y avait bel et bien un homme. Je ne l'ai pas inventé.

— Il y a en effet des traces de freinage plus larges que celles qu'aurait laissées votre voiture. Cet homme a peut-être vu quelque chose qui nous aidera à découvrir ce qui est arrivé à votre voisine.

Un raisonnement assez logique.

— Écoutez, je n'ai pas fait attention à la plaque d'immatriculation. J'étais loin de m'en soucier parce qu'il fallait que je déloge Phoebe du milieu de la rue.

La chienne leva la tête.

— Je supposais que Mme Bindel était dans sa maison ou dans son jardin.

— Vous dites qu'elle ne laisse pas sortir sa chienne toute seule ?

— Jamais.

Les pattes-d'oie de Blanchard se creusèrent lorsqu'il scruta l'endroit où Mme Bindel était tombée.

— Quand avez-vous commencé à entendre les aboiements ?

— En montant dans ma voiture, juste avant…

Ivy s'interrompit.

— Non, je les entendais depuis une vingtaine de minutes, rectifia-t-elle avant de se reprendre une nouvelle fois. En fait, la chienne aboyait peut-être déjà au moment où je suis revenue chez moi. Oui, j'en suis presque sûre.

Blanchard eut l'air agacé.

— Depuis combien de temps êtes-vous presque sûre que la chienne aboyait quand vous avez trouvé votre voisine sans connaissance ?

— Une heure, une heure et demie. Mon amie était avec moi. Elle l'a peut-être entendue.

— Votre amie ?

— Elle est restée garée un moment devant la maison. Ensuite, elle est entrée.

À présent, Blanchard paraissait exaspéré.

— Qu'est-ce qu'elle a comme voiture ?

— Une Coccinelle. Vous pouvez toujours lui demander si elle n'aurait pas vu quelque chose.

Le policier nota lc nom et le numéro de téléphone de Jody.

— Bon, à quel endroit précis avez-vous découvert votre voisine ?

Ivy le lui montra et expliqua la position de Mme Bindel. Blanchard s'accroupit et passa la main dans l'herbe. Puis il se releva et, lentement, arpenta les lieux en décrivant des cercles de plus en plus larges. Enfin, il s'arrêta, sortit un mouchoir de sa poche et s'en servit pour ramasser une pierre grosse comme le poing. Un doute passa sur ses traits.

— Vous ne croyez pas à un accident, c'est ça? demanda Ivy.

— Et vous, qu'en pensez-vous ? Votre voisine aurait-elle pu tomber et se cogner la tête sur une pierre ?

L'air méditatif, il se frotta le menton en attendant sa réponse.

Mme Bindel était allongée sur le côté, la tête sur la marche du bas, réfléchissait Ivy.

— Je ne suis sûre de rien, finit-elle par dire, mais je ne vois pas comment elle aurait pu se retrouver dans cette position si elle avait buté contre une pierre.

— Je suis bien d'accord, concéda Blanchard, ses lèvres serrées formant une ligne sévère. Je crois que votre voisine a eu beaucoup de chance. Sa perruque lui a évité une blessure bien plus grave.

Ivy approcha sa joue du museau de Phoebe. Elle avait peine à imaginer pourquoi quelqu'un aurait voulu faire du mal à Mme Bindel.

— Pensez-vous à autre chose ? demanda Blanchard.

Quelle serait sa réaction si elle lui disait que Bessie était à l'envers, ou que sa maison sentait le parfum ? Au pire, il la prendrait pour une bonne femme que la grossesse rendait cinglée.

— Ça n'a sans doute aucune importance…, commença-t-elle.

— Permettez-moi d'en juger.

Ivy s'exécuta donc et ajouta :

— Il y a des mois que je n'ai pas utilisé mon parfum. Pourtant, quand j'ai trouvé Mme Bindel, j'ai cru en sentir l'odeur sur sa main.

Au lieu d'écarter sa remarque, comme elle s'y attendait, il s'assombrit.

— Vous fermez vos portes à clé quand vous partez ?

— Toujours.

— Et vous l'avez fait ce matin ?

— Oui.

Le policier regarda en direction de la maison.

— Peut-être avez-vous donné une clé à votre voisine au cas où il arriverait quelque chose ? À moins que le précédent propriétaire lui en ait donné une ?

Ivy secoua la tête.

— Vous n'en gardez pas un double caché dehors ? Beaucoup de gens le font.

— Je viens de faire changer la serrure, et personne d'autre que nous n'a cette nouvelle clé.

Blanchard inscrivit une dernière chose dans son calepin, le referma et le rempocha.

— Voilà ce que je pense. Nous n'avons pas beaucoup de criminalité à Brush Hills. La plupart du temps, il s'agit de conduite en état d'ivresse et de cambriolages. À l'occasion, un peu de vandalisme. Alors, une femme qui disparaît, ce n'est pas courant. Et une autre, juste à côté, qui se fait attaquer dans son jardin, ça ne l'est pas davantage. Si on rapproche ces deux cas, on se retrouve avec une drôle de coïncidence. J'ai comme l'impression qu'il y a un rapport. Je cherche donc ce qui pourrait les relier.

— Les relier…, répéta Ivy, abasourdie. Vous ne pensez tout de même pas que je…

— Alors, aidez-moi. Donnez-moi quelque chose d'autre à me mettre sous la dent.

Blanchard la considéra de son faux air bienveillant d'oncle Bill.

22

Après le départ de Blanchard, Ivy s'en voulut de ne pas lui être rentrée dedans. Malheureusement, elle le comprenait. Il n'était pas illogique de voir un lien entre la disparition de Melinda et l'agression de Mme Bindel.

Un frisson la saisit. Sa voisine frappée à la tête avec une pierre de la taille d'une balle de tennis. Avait-elle vu son agresseur ? Serait-elle en mesure de l'identifier en reprenant connaissance ? Si toutefois elle reprenait connaissance. Blanchard avait dit que la blessure aurait pu être beaucoup plus grave, et Ivy voyait là une raison d'espérer.

Après avoir trouvé un bout de ficelle, elle attacha Phoebe à la corde à linge. L'œil torve, la chienne se laissa faire. Ivy posa près d'elle une bassine en plastique pleine d'eau. Un peu plus tard, elle irait acheter de la nourriture pour chiens.

Enfin, elle retourna à sa voiture. Le sac marin de David était tassé sur le siège du passager. Ivy enclencha la fermeture automatique des portes et sortit en marche arrière de l'allée. Sur le chemin, elle répéta ce qu'elle voulait dire à son mari. Il faudrait qu'il réponde sans détour.

Le temps qu'elle arrive au poste de police, elle avait mal à la mâchoire à force de grincer des dents. Elle se gara sur le parking réservé aux visiteurs et descendit.

Lorsqu'elle attrapa le sac, elle ressentit un pincement au ventre. Ce n'était pas douloureux, même pas gênant. Mais elle avait la nausée. Elle posa une main sur son ventre et ferma les yeux.

Un, deux, trois… Quand elle arriva à dix, la contraction était passée. Encore une fausse alerte.

Un policier qu'elle n'avait encore jamais vu l'emmena dans une salle inhospitalière du sous-sol, aux murs en préfabriqué. Une odeur d'humidité flottait dans l'air. Pour tout mobilier, il y avait quelques tables de jeu et des chaises en plastique moulé. Une jeune femme était installée à l'une des tables avec un homme en costume, son avocat, peut-être. D'après l'horloge qui avait l'air récupérée dans une école primaire, il était 13 h 10.

Ivy s'assit et attendit, bras et jambes croisés. Quelques minutes plus tard, un autre policier amena David.

— Hé, Stretch.

Il était pâle et fatigué… Ce n'était pas là un criminel, mais un homme vidé de son énergie.

Ivy s'agrippa aux bras de son siège pour essayer de garder son calme. Ses yeux s'emplirent de larmes et une bouffée de colère la prit à la gorge. Tous les discours qu'elle avait répétés lui sortirent de la tête. Elle faillit se jeter sur David, lui frapper la poitrine en hurlant, lui demander comment il avait pu se fourrer dans un merdier pareil. Ne voyait-il donc pas qu'il les mettait en danger ?

— Tu tiens le coup ? demanda-t-il sans oser la regarder en face. Tu vas bien ?

Il se laissa tomber sur une chaise, se pencha en avant et posa une main sur le ventre d'Ivy.

— Coucou, Petite Pousse. Je t'ai manqué ?

Ivy ne se risqua pas à parler. Elle s'était préparée à une confrontation, comptait exiger une explication. Mais il avait l'air tellement à plat qu'elle aurait eu l'impression de se battre contre de la gélatine.

Il leva la tête et croisa son regard.

— Qu'est-ce qu'il y a ?

Ivy sentait que sa lèvre inférieure tremblait. Par où commencer ? Elle écarta les bras dans un geste d'impuissance.

— Le message sur son répondeur, le couteau, le billet d'avion…

— Ivy, s'il te plaît… ne me dis pas que tu crois…

— Le billet d'avion a été réservé sur notre ordinateur.

— Quoi ?

Pendant que le mot explosait, les yeux de David flamboyèrent et son visage s'empourpra.

— L'historique mentionne un site Web sur les îles Caïmans et une connexion à l'agence Travelocity.

— Non… ça, non.

Les mots sortaient goutte à goutte, comme un robinet qui fuit lentement. David regardait de gauche à droite.

— C'est impossible. Quand ?

— Mardi. En plus, tu m'as raconté que tu montais chercher un carton de livres. Il est toujours dans le grenier.

Sa voix n'était plus qu'un murmure rauque.

Le visage de David se voila.

— Quels livres ?

— Bonne question. Personne n'était intéressé par des bouquins le jour du vide-grenier, hein ? (Les mots s'échappaient de sa bouche avant qu'elle ne puisse les arrêter.) C'est le prétexte que tu as trouvé pour emmener Melinda dans la maison.

Les yeux de David lançaient des éclairs.

— L'emmener dans la maison ? Pour quoi faire ?

— Pour…

La voix d'Ivy se perdit.

— Écoute-moi bien, dit David en lui agrippant le bras avec force.

— Arrête, tu me fais mal.

Il desserra sa prise.

— Je n'ai pas acheté de billet pour les îles Caïmans, ajouta-t-il tout bas, avec insistance. J'ignore complètement où se trouvent ces fichues îles et je n'en avais jamais entendu parler quand les flics m'ont sorti cette histoire de billet d'avion. Je n'ai jamais touché Melinda White, ni pendant ni après le vide-grenier, et je ne comprends pas qu'il faille te l'expliquer. Même à supposer que j'aie eu envie de me tirer de ce merdier, tu crois que je ne t'aurais pas emmenée ?

Sa voix se brisa.

Ivy s'efforça de déglutir. Le silence s'installa, et elle entendit les tubes au néon bourdonner au plafond.

— Je voudrais te croire. Mais on dirait que tu enchaînes les mensonges. J'ai le moral à zéro. Et comme si ça ne suffisait pas…

— Il s'est passé quelque chose ? Quoi ?

David parut de plus en plus affolé lorsqu'elle lui raconta qu'elle avait trouvé Mme Bindel sans connaissance dans son jardin.

— Melinda disparaît. Et Mme Bindel se fait agresser. Bon sang, Ivy, quelle histoire !

Elle croisa les bras sur son ventre.

— Blanchard cherche le rapport. Voilà ce qu'il a dit. Sauf qu'il pense que le lien, c'est moi.

— Ce type est un parfait idiot. On doit pouvoir trouver une explication rationnelle aux trucs insensés qui nous sont tombés dessus. Bon, quels sont les faits dont nous sommes sûrs ?

Il compta sur ses doigts.

— Et d'un, Melinda est venue à notre vide-grenier. Je l'ai laissée là-haut désemparée, mais vivante et entière. Et de deux, manque de chance, personne ne l'a vue partir. Mais ça ne prouve rien. Bon, je l'avoue, elle m'a fait flipper. Et j'ai dû en oublier ces fichus bouquins.

— La tunique tachée de sang, rappela Ivy.

— Et de trois. Plus le pantalon. Que ni toi ni moi n'avons mis dans la malle. Et de quatre, le sac en toile avec le couteau. On a dû les planquer dans mon camion lundi, une fois que j'étais rentré du boulot.

— Le billet pour les îles Caïmans, retenu sur notre ordinateur.

David serra le poing.

— Là, j'ai du mal à comprendre. La seule chose qui me semble claire, c'est que quelqu'un veut se débarrasser de Melinda White et essaie de faire croire que je l'ai tuée. Et voilà que, par-dessus le marché, la voisine reçoit un coup sur la tête. Je voudrais bien voir qu'ils me collent ça aussi sur le dos.

— Qui a reçu un coup sur la tête ?

C'était la voix de Theo.

David leva les yeux. Ivy se retourna. Theo n'avait pas l'air joyeux.

— Notre voisine, répondit Ivy. Cet après-midi, quelqu'un l'a agressée dans son jardin. On l'a frappée avec une pierre. La police pense qu'il y a un lien avec la disparition de Melinda.

Un raclement se fit entendre. Theo approchait un siège. Il s'assit et, les coudes sur la table, parla tout bas.

— Ils ont reçu le résultat des premières analyses : le sang qui se trouvait sur la tunique de future maman et sur le sac en toile est du même groupe que celui de Melinda White. Et ce n'est pas tout.

Son visage s'allongea.

— Ils ont trouvé du tissu fœtal.

La nouvelle terrassa Ivy, qui sentit son dos se bloquer. Elle ferma les yeux, puis se força à les rouvrir car des images de ce qui avait pu arriver à Melinda et à son bébé défilèrent dans son esprit.

— Il va falloir qu'ils effectuent d'autres tests, poursuivit Theo. Ils ont déjà l'ADN de Melinda et ils ont demandé l'autorisation de prélever le tien, David.

— Tant mieux, dit-il. Comme ça, ils se mettront à chercher le père du bébé. C'est pas trop tôt.

23

— Madame Rose, avez-vous une sœur ? demanda plus tard Blanchard en la raccompagnant dans le hall.

— Je…

Ivy faillit rater une marche.

Blanchard la rattrapa par le coude.

— La sœur de Melinda, Ruth, m'appelle tous les jours pour savoir si nous avons trouvé quelque chose et, tous les jours, je dois lui répondre que nous continuons à chercher. Saviez-vous que Melinda et elle s'entendaient à la perfection ? Qu'elles se téléphonaient quotidiennement pour se raconter leur vie ?

Ils étaient à présent devant la sortie.

— Le plus usant, c'est cette attente, et se demander ce qui est arrivé à sa sœur, dit-il en maintenant la porte fermée.

Ivy lui tourna le dos.

— Je suis persuadée qu'elle tient à retrouver Melinda. Moi aussi. Alors, au lieu de perdre votre temps à vous acharner sur moi, pourquoi ne pas essayer de découvrir ce qui lui est arrivé ?

— Je crois que nous le savons déjà. Nous pourrons bientôt procéder à une mise en accusation.

Ivy poussa la porte et passa devant lui.

— Les preuves s'accumulent, et toutes accablent votre mari. Combien de temps allez-vous encore le protéger ? lança-t-il pendant qu'elle s'éloignait.

Aveuglée par les larmes, Ivy regagna sa voiture en titubant. *Salaud !* Ses talons claquaient sur le béton. Le froid piquait et un banc de nuages denses donnait l'impression que le soir tombait déjà.

Ivy monta dans sa voiture, claqua la portière et serra tant le volant que ses jointures blanchirent. Puis elle tourna la clé de contact et la radio s'alluma aussi. Elle l'éteignit d'un geste violent.

Les pneus crissèrent quand elle s'engagea dans la rue. En se rendant compte qu'elle passait devant un terrain de football à plus de quatre-vingts kilomètres à l'heure, elle freina, s'arrêta et, adossée à son siège, essaya de ralentir sa respiration.

Quel sale arrogant, ce Blanchard ! Le pire, c'était qu'il avait raison. Plus les preuves s'accumulaient contre David, plus la possibilité que Melinda se soit simplement égarée devenait improbable.

Du tissu fœtal… Le ventre noué, Ivy baissa sa vitre pour respirer à grandes goulées l'air froid et humide. Imaginer ce qui avait pu se passer était trop horrible. Mais David avait raison : les résultats de la recherche de paternité prouveraient au moins à la police qu'il fallait suivre une autre piste.

Ivy s'obligea à se secouer. Elle remit la voiture en prise et démarra. Comme un automate, elle alla au supermarché, acheta de la nourriture pour chiens et reprit la route en pleine heure de pointe. Elle regrettait de ne pas avoir rangé dans le coffre le sac de cinq kilos de croquettes. La nausée la gagnait et cette odeur n'arrangeait rien.

Bloquée dans les embouteillages, à quelques rues à peine de chez elle, elle garda sa vitre ouverte. Chaque fois que le bus avançait de quelques centimètres devant elle, il crachait des gaz d'échappement. Une pub pour une compagnie aérienne affirmait : « Vous êtes maintenant libre de vous déplacer. » Si seulement c'était vrai !

Quelques mètres plus loin, il y avait des travaux, et le bruit d'un marteau-piqueur envahit la voiture. Un klaxon retentit, et Ivy accéléra pour combler la brèche d'un mètre cinquante qui s'était ouverte devant elle.

Le flot de véhicules progressa de quelques mètres et Ivy arriva à la hauteur d'une rue perpendiculaire. Belcher Street était inscrit sur la plaque. C'était la rue où habitait la mère de Melinda, où Melinda avait grandi. Elle avait dû se rendre sur la place, acheter des bonbons à l'épicerie, jouer au bowling à présent désaffecté, le Kezey's.

Melinda est morte. Pourquoi était-ce aussi difficile à accepter ?

Ivy effleura son ventre à l'endroit où Melinda avait posé la main. Cette familiarité qu'elle s'était permise sans y avoir été invitée avait déplu à Ivy. Mais Melinda avait toujours été bizarre, elle avait détonné dans ses relations avec les autres, lâchant parfois des propos incongrus. Ivy se rappelait que les gamins levaient les yeux au ciel en voyant Mme White escorter sa fille à l'école.

Ivy faisait partie du comité qui rédigeait l'annuaire de l'établissement, mais ce n'était pas elle qui avait eu l'idée de nommer Melinda l'élève la plus sympa, une blague hilarante aux dépens d'une fille que tout le monde appelait la Sangsue. Bien sûr, Ivy aurait pu essayer d'empêcher ça, mais cette possibilité ne lui était même pas venue à l'esprit. À la vérité, elle n'avait jamais éprouvé quoi que ce soit vis-à-vis de Melinda. Elle s'était montrée aussi irréfléchie et méchante que ses camarades, juste un peu plus passive.

Et pourtant, Melinda avait survécu, terminé ses études secondaires, trouvé du travail dans un hôpital, puis dans une agence immobilière. Elle s'était transformée. Ivy la revoyait dans leur allée, les doigts refermés sur le col de ce cygne vert, en train de parler de sa mère qui avait travaillé pour M. Vlaskovic, de souligner l'importance d'une nourriture saine pour elles deux, d'évoquer avec nostalgie les Doc Martens et les fuseaux à sous-pieds qu'elle n'avait jamais portés.

Le véhicule qui suivait Ivy klaxonna de nouveau. *Connard!* Lorsqu'un piéton la dévisagea, elle tressaillit en se rendant compte qu'elle avait juré tout haut.

Une soudaine impulsion la fit s'engager dans Belcher Street.

Cette rue tranquille flanquée de pavillons modestes tous construits sur le même modèle, très près les uns des autres, lui disait vaguement quelque chose. L'un était peint en jaune, un autre en vert menthe, un troisième en beige avec des décorations vert bouteille. La plupart étaient entourés des haies habituelles, ifs ou rhododendrons.

Aucun, cependant, n'avait cette haie mal taillée et sauvage qu'Ivy se rappelait avoir aperçue le soir de Halloween où elle avait sonné aux portes de la rue. Elle revoyait Mme White, qui se découpait en ombre chinoise sur le seuil, de l'œuf dégoulinant sur son visage. Ce souvenir s'accompagna d'une bouffée d'horreur et de honte – d'accord, elle n'avait pas jeté un seul œuf, mais elle en avait apporté et, dans l'obscurité, s'était autant esclaffée que ses amis.

Elle ralentit devant une construction grise, au milieu du pâté de maisons. L'entrée ressemblait à celle qu'elle avait gardée en mémoire. Le numéro 15 était fixé à côté de la porte. Elle n'avait pas conservé la page que Jody avait arrachée à l'ancien annuaire, mais elle se rappelait que l'adresse de Gereda White était le 6, ou le 9, mais pas le 15.

Avançant toujours, elle passa devant le n° 9. L'entrée se trouvait sur le côté. Ça ne pouvait pas être la bonne adresse.

En face, une maison avait une entrée au milieu de la façade et une haie bien entretenue qui devait arriver à la taille. De part et d'autre du perron, des ifs n'étaient pas taillés et leurs branches formaient un enchevêtrement atteignant la porte. Celle-ci semblait ne pas avoir servi depuis des années. Sur une poubelle, dehors, un 6 était peint en blanc.

Ivy la dépassa, s'arrêta devant la maison voisine et régla son rétroviseur extérieur.

Il y avait une petite pièce qui pouvait bien être une véranda fermée sur le côté du 6, Belcher Street. D'après Jody, Melinda avait eu une chambre de ce genre.

Les mains d'Ivy se crispèrent sur le volant et le moteur rugit. Il lui fallut un moment pour se rendre compte qu'elle appuyait sur l'accélérateur. Elle leva le pied et coupa le contact.

Avant même de l'avoir décidé, elle descendit de sa voiture et se dirigea vers la maison.

Lorsqu'elle souleva le couvercle, elle constata que la poubelle était vide. C'était curieux. La plupart des autres bacs débordaient, ceux des ordures ménagères comme ceux des déchets recyclables.

Plus Ivy la regardait et plus elle était convaincue qu'il s'agissait bien de la maison que Melinda avait habitée. Le soleil se couchait et des lambeaux de peinture écaillée projetaient sur les murs des ombres qui faisaient penser à des entailles. Était-il terrifiant ou juste affreusement triste d'avoir grandi là ?

Quand un coup de vent lui rabattit les cheveux sur le visage, elle serra davantage sa veste. Elle remarqua que le store de ce qui avait dû être la chambre de Melinda n'était pas baissé jusqu'en bas et qu'une lampe était allumée.

Ivy regarda autour d'elle. Puisqu'elle était venue jusqu'ici, autant jeter un rapide coup d'œil.

À grandes enjambées, elle traversa la pelouse, se glissa derrière un cognassier tout hérissé, s'accroupit et scruta l'intérieur de la pièce.

Sa respiration se bloqua dans sa gorge. La couleur des murs. « Rose bonbon », avait précisé Jody. Juste sous la fenêtre, à quelques centimètres de l'endroit où se trouvait Ivy, un lit étroit, à la tête en érable, était recouvert avec soin d'un jeté en vichy rose et blanc. La lumière provenait d'une lampe posée sur un petit bureau placé contre le mur opposé. Le socle était une femme en robe de bal jaune tourbillonnante – Kate Winslet déguisée en Cendrillon.

C'était la chambre de Melinda, telle que Jody l'avait décrite. Mme White n'avait-elle pas vendu la maison pour aller s'installer ailleurs ?

Le bureau était encombré de bougies à moitié consumées. Ivy frissonna et chassa un insecte qui rampait sur son cou.

Au-dessus des bougies, il y avait des photos et des coupures de journaux collées au mur, serrées les unes contre les autres. Si elles étaient trop loin et trop enchevêtrées pour qu'on parvienne à les distinguer, quelque chose sauta néanmoins aux yeux d'Ivy : une coupure de presse avec la photo d'un footballeur qui reculait, le bras levé, s'apprêtant à lancer le ballon. Un n° 7 se détachait à merveille en blanc sur son maillot sombre.

Sept. Le numéro de David.

— Salope !

C'était elle qui avait lâché ce cri soudain. Ivy avait envie d'arracher la photo du mur, de fouiller la chambre. Car Melinda pouvait avoir conservé d'autres souvenirs de David et, pour la police, ils attesteraient leur relation. Ivy connaissait le raisonnement : en général, les femmes se faisaient tuer par leur amant, non par une vague connaissance.

Elle pourrait s'introduire dans la maison, juste le temps de vérifier qu'il s'agissait bien d'une obsession et non d'une liaison… Ivy sentait la présence de Jody qui, tel un esprit diabolique juché sur son épaule, la poussait à agir.

La fenêtre était bien fermée. Tant mieux, d'ailleurs, car l'escalader n'était pas possible dans l'état d'Ivy. Entrer par la porte semblait plus prudent. À condition qu'il n'y ait personne.

Ivy avança avec précaution à cause du sol inégal. La pelouse regorgeait de chiendent et autres mauvaises herbes, et présentait des plaques dénudées. Les stores de toutes les autres fenêtres étaient baissés. Il n'y avait pas de voiture garée dans l'allée.

Un coup d'œil dans la rue. Pas de circulation. Pas de voisins en train d'observer d'une maison voisine.

Elle grimpa les marches en brique esquintées du perron. Derrière les branches des ifs envahissants, la porte était recouverte d'épaisses couches de peinture blanche – un glaçage sur du pain d'épice. « La maison de la sorcière », voilà comment les gosses appelaient cet endroit. La fente du courrier était bouchée par du ruban adhésif, tout comme la sonnette. Ivy scruta par le petit panneau vitré de la porte. Elle distingua vaguement une entrée sombre donnant dans une autre pièce obscure. Qui vivait là-dedans, et pourquoi les affaires de Melinda s'y trouvaient-elles toujours, comme si on voulait les conserver dans un mausolée ?

Ivy frappa à la porte. Les secondes s'écoulèrent pendant qu'elle frissonnait dans la pénombre. Aucune lampe ne s'alluma. Pas un bruit ne se fit entendre. Elle frappa plus fort, attendit un instant, puis ramena le bas de sa manche sur sa main pour manœuvrer la poignée tout en essayant de pousser pour ouvrir, mais en vain.

Il y avait sans doute une autre entrée derrière ou sur le côté.

Après avoir traversé de nouveau la pelouse, Ivy remonta vivement l'allée en passant devant un jardin de fines herbes à l'abandon – de la menthe, un plant de ciboulette étique et un carré de fleurs jaunes qui faisaient penser à des chrysanthèmes miniatures. Et là, il y avait en effet une porte.

Ivy grimpa deux marches en béton. Quelques lettres et un carton postal dont un côté commençait à s'ouvrir étaient coincés derrière une moustiquaire. Un signe rassurant. Si quelqu'un était entré récemment, il aurait ramassé le courrier.

Lorsqu'elle se baissa, Ivy distingua le nom du destinataire : Elaine Gallagher. À supposer que cette Elaine Gallagher ait acheté la maison de Mme White, pourquoi la petite chambre était-elle restée en l'état, comme si Melinda y vivait toujours ?

Une nouvelle fois, Ivy tira sa manche sur sa main et ouvrit la moustiquaire. Le courrier dégringola sur la marche du haut. À travers le petit panneau vitré de l'autre porte, elle apercevait une cuisine sombre.

Quand Ivy tendit la main pour tourner le bouton, elle ne pensait pas réussir à ouvrir, mais pourtant elle y parvint. Elle sursauta et claqua la porte, retirant sa main comme si elle s'était ébouillantée. Le bruit fit trembler les vitres et se répercuta du haut en bas de la rue. La moustiquaire se referma elle aussi par la même occasion.

En reculant, Ivy trébucha sur un tas de bidons en plastique empilés près de l'entrée et les envoya rouler dans l'herbe.

N'entendait-elle pas marcher dans la maison ? Le cœur battant, elle s'attendait à voir une lampe s'allumer.

Des phares éclairèrent alors la rue, et une berline sombre passa. Dieu merci, ce n'était pas la Crown Victoria beige métallisé. Bon sang, où avait-elle donc la tête ? Elle savait pourtant que la police la surveillait. Sa présence ne ferait qu'attirer l'attention sur cette maison.

Avec maladresse, Ivy rassembla les récipients épars. C'étaient des bidons vides d'environ vingt litres d'Ice Melt[1] – une provision suffisante pour dix ans, à en juger par la taille modeste de l'allée. Ivy les empila sur la marche.

Elle passa ensuite au courrier éparpillé. La fente du carton postal s'était agrandie et des enveloppes en étaient sorties. Du courrier réexpédié à Elaine Gallagher ?

Un relevé bancaire. Une facture de carte de crédit. Ce qui ressemblait à un chèque des services sociaux. Lorsqu'elle les remit dans le carton, son œil fut attiré par le nom du destinataire : Gereda White, B. P. 519, Naples, Floride.

Si Mme White habitait en Floride chez Ruth, la sœur de Melinda, pourquoi sa facture de carte de crédit, son relevé bancaire et son allocation vieillesse lui étaient-ils réexpédiés ici ?

Ivy tourna le carton. Qui pouvait bien être cette fichue Elaine Gallagher ?

---

1. Cristaux de potassium et de sodium destinés à faire fondre neige et glace.

24

Ivy s'arma de courage pour pousser le battant. Une odeur aigre, presque rance, lui monta aux narines. Respirant à peine, elle entra dans la cuisine sombre. La maison était silencieuse et froide. Plans de travail vides et placards fermés l'accueillirent. Dans l'entrebâillement d'une porte, Ivy aperçut vaguement une chambre donnant sur l'arrière.

Il lui fallut lutter contre l'envie de prendre ses jambes à son cou pour s'enfuir le plus vite possible. Mais non, il n'y avait personne, se dit-elle. Le bruit de la porte claquée aurait réveillé un mort. D'ailleurs, il ne lui faudrait qu'une ou deux minutes pour retirer la photo et tout souvenir de David.

Elle se força à traverser la cuisine et une petite salle à manger, puis l'entrée principale et la salle de séjour qu'elle s'empressa de quitter. Couvert de poussière, un ancien établi en érable servait à exposer des figurines naïves en porcelaine et, devant, il y avait un canapé écossais marron et noir. Tout cela ne ressemblait vraiment pas à une maison dans laquelle une nouvelle propriétaire s'était installée un an plus tôt. On avait au contraire l'impression qu'elle était inhabitée depuis des années.

Ivy avança sur le seuil de la véranda qui avait été la chambre de Melinda. À sa droite, elle vit une bibliothèque haute et étroite, près du bureau qu'elle avait aperçu par la fenêtre.

Elle entra. Un picotement lui parcourut le crâne lorsqu'elle examina les photos collées au mur : celle de David en tenue de footballeur, qu'elle avait remarquée par la vitre, mais aussi des instantanés de Melinda et de sa mère, avant que Melinda n'ait perdu tout ce poids et ne se soit transformée ; et d'autres de David, encore et toujours.

Il y avait la photo prise, le jour où il avait obtenu son diplôme de fin d'études secondaires, par le *Brush Hills Times*, qui publiait chaque année le portrait de tous les élèves de terminale. Il y avait une coupure de presse qui le montrait posant, tout fier, à côté du panneau flambant neuf de Rose Gardens. D'autres instantanés étaient pris à l'improviste. David devant leur maison. David descendant du camion qu'il avait vendu deux ans plus tôt. David assis sur leur véranda, portant le sweat-shirt qu'Ivy lui avait offert pour le Noël précédent. Sur tous ces clichés, il ne semblait pas savoir qu'on le photographiait.

Gagnée par une nausée qui enflait en elle tel un champignon atomique, Ivy se raccrocha au bord du bureau, puis s'assit dans le fauteuil, baissa la tête et s'efforça de continuer à respirer. Elle avait l'impression qu'un soufflet s'actionnait dans son crâne, et que la pièce bougeait et se tortillait. Persuadée qu'elle allait vomir, elle attrapa la corbeille à papier sous le bureau.

Par chance, son malaise se dissipa. Ivy put se redresser, inspira profondément et se leva.

Sur le point de saisir la coupure de presse montrant David en train de lancer le ballon, elle arrêta son geste. Les empreintes digitales. Tirant les manches de sa veste sur ses mains, elle frotta le bord du bureau qu'elle avait touché. Quant aux photos de David, illustrations d'articles ou instantanés, elle les déchira et mit les morceaux dans la poche de son pantalon.

Deux séries de portraits réalisées dans un Photomaton étaient épinglées côte à côte. Ivy les arracha. La première montrait Melinda en lycéenne, à quinze ou seize ans, avec des cheveux frisottés et des lunettes. L'autre, plus récente, la représentait telle qu'elle était apparue au vide-grenier, plus âgée, plus mince, mais ses yeux, son front large et son visage rond n'avaient pas changé.

Saleté ! Ivy froissa les deux séries et les empocha aussi.

Sous les photos, il y avait un morceau de papier. Un score de bowling daté du 9 mars 1992 avec, en haut, le tampon du Kezey's. C'était la salle de bowling qui avait occupé le sous-sol de la quincaillerie, à Brush Hills Square.

Ivy allait laisser ce feuillet sur le panneau quand elle remarqua les noms de certains joueurs, inscrits dans la colonne de gauche en majuscules enfantines : EDDIE, DAVID, JAKE, THEO.

Eddie Walsh et Jake O'Connor faisaient partie de l'équipe de football, tout comme David et Theo. Il devait s'agir d'un souvenir d'une des nombreuses fois où ils avaient joué au bowling là-bas.

Ivy fourra cette feuille de scores dans sa poche à présent gonflée.

D'un geste brusque, elle ouvrit un tiroir du bureau, puis un autre, pour chercher ce qui pourrait attester un lien entre Melinda et David. Elle vérifia si un album de photos ou un journal intime ne se trouvait pas dans la bibliothèque. Les étagères du haut étaient occupées par des manuels. *Techniques élémentaires de laboratoire médical. Les Bases de l'analyse d'urine et de sécrétions.* Un ouvrage pour préparer l'examen d'agent immobilier dans le Massachusetts, et un autre intitulé *Comment acheter et vendre rapidement des maisons.*

Les trois étagères du milieu contenaient des livres de poche, en majorité des romans sentimentaux. Sur celle du bas, des vidéos dont le titre était écrit à la main : *Sex and the City*, *Les Maçons du cœur*, *The Swan*[1]. Cette dernière lui remémora les cygnes en verre que la mère de Melinda était censée collectionner. Pourtant, Ivy n'en avait pas vu un seul dans la maison.

Elle fouilla dans une petite commode pleine de vêtements féminins qui empestaient la naphtaline. Au fond du tiroir du bas, elle trouva une autre coupure de presse, froissée et jaunie par le temps. C'était l'annonce des fiançailles d'Ivy et David, avec la même photo que celle qui avait été publiée ce matin-là dans le journal. Sauf que, à l'endroit où aurait dû se trouver la tête d'Ivy, il y avait un gros trou.

« Elle faisait une fixette sur vous. David et toi, tous les deux. »

1. « Le cygne », en français. Autre série montrant comment, chirurgie esthétique et conseils psychologiques aidant, quelqu'un qui ressemble à un vilain petit canard peut devenir un cygne.

Jody s'était trompée. David seul obsédait Melinda. Quant à Ivy, elle voulait la supprimer du cadre.

La coupure mutilée rejoignit les autres photos dans la poche d'Ivy qui, d'un grand geste, balaya les bouts de chandelle sur le bureau.

Au moment où elle allait regarder dans le placard, elle entendit un raclement au-dessus de sa tête. Son cœur s'emballa et, instinctivement, elle baissa la tête. Un coup sourd suivit.

Ivy prit la fuite. Elle sortit de la chambre et traversa la salle de séjour au pas de course.

Il ne pouvait y avoir personne au-dessus, se dit-elle. La chambre de Melinda était juste sous le toit ; quant au reste de la maison, peut-être y avait-il un espace de quelques centimètres entre le plafond et la toiture. Mais ce raisonnement ne parvint pas à lui faire ralentir l'allure. Dans l'entrée, elle courait toujours.

Les bruits qu'elle avait entendus étaient sans doute imputables à des écureuils ou à des oiseaux, ou encore au vent, qui poussait des détritus sur le toit plat de la chambre. Elle n'en ralentit pas l'allure pour autant. Elle n'avait qu'une envie : sortir dans l'obscurité froide et claire, s'éloigner de cette maison aux miasmes délétères et aux pièces moites.

Quand elle arriva à la porte de la cuisine, une nausée la submergea tandis qu'une douleur intestinale la pliait en deux. La sueur perla sur son front et sa lèvre supérieure. Il fallait qu'elle aille aux toilettes. *Tout de suite !*

Titubante, elle entra dans la chambre envahie par la pénombre, passa devant le lit et une fenêtre qui devait donner sur le jardin de derrière.

Par une porte entrebâillée, Ivy aperçut un sol carrelé. Elle se précipita dans la pièce. Jamais rien ne lui avait paru plus désirable que ce W.-C. à l'abattant recouvert de peluche. Elle y arriva juste à temps.

Assise sur le siège, Ivy se tordait de douleur. Peut-être avait-elle mangé quelque chose qui ne passait pas ? Pourtant, elle n'avait avalé que du jus d'orange et des noix. Elle avait refusé les saucisses, les œufs et le café que Jody lui avait proposés, et il suffisait qu'elle y repense pour avoir envie de vomir.

Il ne manquait plus que ça, se vider par le haut et par le bas.

Elle ferma les yeux. La dernière fois qu'elle s'était sentie aussi mal, c'était à l'aéroport de Mexico. Tout ce qu'elle voulait alors, c'était se retrouver en sécurité chez elle, avec ses serviettes qui sentaient le propre, son lit, et des draps frais entre lesquels se glisser.

À présent, elle avait l'impression que cet endroit sûr avait cessé d'exister.

Ivy attendit. Une éternité. Enfin, la douleur céda. Au moins, il y avait du papier hygiénique.

Puis, le dos inondé de transpiration, elle se lava les mains en utilisant une savonnette fendillée. Elle distinguait à peine son reflet dans le miroir de la salle de bains sombre. Son teint était cireux et sa frange lui collait au front. Elle aspergea d'eau son visage.

Une serviette était posée au bord de la baignoire. En la touchant, Ivy eut un mouvement de recul car elle était presque aussi raide que du carton. Elle se servit de son bras pour s'essuyer le front.

Son ventre se noua de nouveau. *Par pitié, non !* Penchée sur la baignoire qu'elle agrippa, elle sentit la nausée monter, puis, lentement, refluer.

Ce fut alors qu'elle remarqua que la baignoire était pleine, juste derrière un rideau de douche vert pâle. Qu'y avait-il donc à l'intérieur ? Du sable ? La surface était plate et lisse.

Le rideau craqua lorsqu'elle le tira. Ce qui remplissait la baignoire était blanc et ressemblait à des cristaux. D'un côté, quelque chose pointait.

Ivy actionna le commutateur. Au-dessus du miroir, un tube fluorescent cliqueta et s'alluma en palpitant. Cette lueur vive la fit tressaillir, mais, même une fois ses yeux accoutumés à la lumière, elle mit un certain temps à identifier ce qu'elle voyait.

Des orteils aux ongles vernis roses pointaient, à peine visibles au-dessus du sable blanc qui emplissait la baignoire.

25

Ivy hurla sans pouvoir s'arrêter. Puis elle se couvrit le visage de ses doigts écartés et resta la bouche ouverte sans qu'aucun son n'en sorte.

À reculons, elle quitta la salle de bains. *Fiche le camp d'ici !*

Elle traversa la chambre et la cuisine en courant. La moustiquaire crissa et claqua derrière elle. Le courrier qu'elle avait laissé sur les marches et les bidons vides qu'elle avait remis en place s'envolèrent et atterrirent dans l'herbe.

Toujours en courant, elle sortit de l'allée et regagna sa voiture. D'une main tremblante, elle réussit à ouvrir la portière.

Ce n'était pas du sable. La baignoire était pleine à ras bord de cristaux blancs. De l'Ice Melt, un dessiccateur, avait-elle appris en cours de chimie au lycée. Une sorte de sel grossier qu'on utilisait sur les routes enneigées ou verglacées, mais qui servait aussi à traiter les viandes, le jambon, par exemple. Son ventre se serra quand elle monta en voiture.

Des ongles roses. Cette image lui tournait dans la tête. Bien sûr, le corps pouvait être celui d'Elaine Gallagher, la femme dont le courrier était acheminé à cette adresse. Mais la couleur du vernis plaidait en faveur d'une autre hypothèse. Celui de Melinda était du même rose irisé.

Appelle la police. Ivy attrapa son portable posé sur le siège du passager et l'ouvrit. Elle savait fort bien que les policiers retraceraient sans difficulté l'appel. Ils viendraient la cueillir et voudraient savoir ce qu'elle fabriquait dans cette maison.

Elle referma son portable.

Pourtant, elle ne pouvait pas rester les bras croisés. Car, s'il s'agissait bien de Melinda, l'énigme de sa disparition serait résolue et les policiers tâcheraient alors de découvrir ce qui s'était vraiment passé. Et, à ce moment-là, ne relâcheraient-ils pas David ?

Mais Ivy ne pouvait se résoudre à retourner dans cette maison pour téléphoner. Il devait y avoir une autre solution. Peut-être pourrait-elle appeler d'une maison voisine ? Non, ce n'était pas mieux. On la reconnaîtrait trop facilement.

À proximité, il y avait une station-service. En général, on y trouvait des cabines téléphoniques. Ivy se dépêcherait de transmettre son message en gardant l'anonymat. *Je voudrais signaler la présence d'un cadavre.*

Dès qu'elle tourna la clé de contact, une douleur se manifesta dans ses reins et son bas-ventre. *Pitié, non !* Elle haleta lorsque la nausée la submergea de nouveau.

Les yeux fermés, elle renversa la tête en arrière. Son ventre avait durci. *Concentre-toi sur ta respiration.* Ivy compta – *un, deux* –, essaya de ne pas s'affoler. *Sept, huit.*

La douleur ne reflua qu'à vingt. Ensuite, Ivy inspira profondément, expira, et ouvrit les yeux.

Nausée, diarrhée et crampes qui arrivaient par vagues. Non, il ne s'agissait pas d'une intoxication alimentaire. Et Ivy ne couvait pas davantage une grippe. Bien que ses fausses couches n'aient ressemblé en rien à ces symptômes, elle comprit que les douleurs avaient commencé.

Depuis combien de temps... ? Elle essaya de réfléchir. Elle s'était sentie très mal par périodes, dès l'instant où elle était partie de chez elle, trois heures plus tôt.

Elle repensa aux instructions du docteur Shapiro : quand les contractions devenaient régulières et duraient au moins trente secondes, il fallait alerter David et foncer à l'hôpital. Ce moment était arrivé.

Ne t'affole pas. Sarah le leur avait répété cent fois pendant la préparation à l'accouchement. Les premières douleurs duraient entre six et vingt heures. Au pire, il y avait à présent trois heures qu'elles avaient commencé.

Ivy démarra. Pas question qu'elle prenne le moindre risque avec ce bébé. L'hôpital n'était qu'à vingt minutes en voiture.

S'accrochant au volant comme à une planche de salut, elle retourna dans la rue principale. Les bouchons qui avaient bloqué Brush Hills Square s'étaient résorbés. Après une courte attente au feu, elle put avancer.

Les kilomètres défilaient. En pensée, elle voyait se rapprocher le panneau de l'hôpital signalant l'entrée des urgences.

Quand un malaise commença à se manifester, elle s'arrêta. Déjà, les symptômes lui devenaient familiers. Ils prenaient naissance dans les reins, presque comme des règles douloureuses, puis la nausée lui montait à la gorge. Ivy haleta lorsque ses muscles se contractèrent.

« Fixez votre attention sur quelque chose, ça vous aidera à vous relaxer. » Elle effleura son cou. Le porte-bonheur de sa grand-mère, c'était là-dessus qu'elle avait eu l'intention de se focaliser. Elle avait répété la scène avec David. Elle frottait la pierre lisse et ronde entre le pouce et l'index tout en inspirant par le nez et en expirant par la bouche, pendant que David comptait et lui tenait la main. Respirer était beaucoup plus facile quand les contractions étaient imaginaires.

Lorsque cette contraction bien réelle céda, une larme roula sur sa joue. Bon Dieu, comment allait-elle se débrouiller sans David ?

Elle attrapa son portable et composa le numéro de Jody. *S'il te plaît, réponds.*

Au bout d'une seule sonnerie, Jody décrocha et lança aussitôt :

— C'est pas trop tôt. La police est venue me poser des questions sur ta voisine. J'essayais de…

— Jody !

— … t'appeler et…

— Jody ! Arrête.

Le silence se fit au bout du fil.

— Écoute-moi. Je vais à l'hôpital. Les douleurs ont commencé.

— Tu…

Dans le blanc qui suivit, Ivy entendit que son amie reprenait son souffle avant de demander :

— Qui est-ce qui conduit ?

— Moi.

— Ivy, c'est de la folie. Attends-moi. Je viens te chercher. Où es-tu ?

— Je ne suis pas loin de l'hôpital. Tout va bien. Retrouve-moi plutôt là-bas. Mais d'abord, je voudrais te demander quelque chose de très important.

— Ivy, tu ne devrais pas conduire.

— Tais-toi et écoute-moi.

Ivy percevait l'affolcment dans sa propre voix.

— Trouve une cabine téléphonique, dans une station-service, par exemple. Appelle la police et dis qu'il y a un cadavre dans la baignoire du 6, Belcher Street.

— Ce n'est pas le…

— Et raccroche aussitôt.

— Comment t'es-tu débrouillée…

— Ne donne pas ton nom. Précise simplement l'endroit où se trouve le corps. Je t'en prie, Jody. Je t'expliquerai tout à l'hôpital.

Ivy raccrocha et éteignit son portable.

Quelques minutes plus tard, elle empruntait l'entrée des urgences de l'hôpital de Neponset.

— Je vais accoucher, expliqua-t-elle à l'employé en blanc qui sortit par les portes coulissantes et s'approcha de sa voiture.

Non, elle ne saignait pas et ne perdait pas les eaux. Elle énuméra ses symptômes comme si elle lisait un bulletin météo.

Puis elle décolla ses doigts du volant. Un aide-soignant alla chercher un fauteuil roulant et l'aida à descendre de sa voiture. On lui fit traverser une salle d'attente gaie, à la lumière vive, et on la poussa devant le bureau des admissions, un espace situé à l'écart du bourdonnement tranquille des salles d'urgence. Une dame âgée aux cheveux orange portait sur sa blouse un petit carton sur lequel on lisait : JE VOUS RENSEIGNE. Elle lui sourit et procéda aux formalités d'admission pendant qu'une nouvelle contraction se déclarait, puis cédait. D'après son badge, l'employée s'appelait Patricia Kennedy et, sur la photo, elle était brune.

Ivy aurait dû trouver quelque apaisement à être prise en charge, à franchir les étapes administratives de l'hospitalisation. Mais elle ne se sentait pas du tout rassurée pendant qu'on la poussait dans le couloir, puis dans l'ascenseur. Elle repensait à son dernier séjour.

Ça s'était passé par une nuit chaude de juillet, un an et demi plus tôt. Elle était enceinte de cinq mois et commençait enfin à croire que, cette fois, sa grossesse allait arriver à terme, quand contractions et pertes de sang s'étaient déclenchées. Le temps que David la conduise aux urgences, le sang lui coulait entre les cuisses. On l'avait aussitôt allongée sur un lit roulant, mise sous perfusion et reliée à un moniteur.

Les médecins avaient fait leur possible pour arrêter ses contractions, mais le jour avait succédé à la nuit, et les crampes douloureuses continuaient.

Elle se rappelait que le docteur Shapiro avait plissé le front en lui appuyant un stéthoscope sur le ventre. Le tracé plat du moniteur était éloquent.

Ivy n'était même pas sortie des urgences. Tout son corps tremblait quand une infirmière, dont elle voyait les yeux pleins de bonté au-dessus du masque chirurgical, avait recueilli les restes de son enfant mort et avait expliqué que le « fœtus » – quel mot horrible ! – devait être envoyé au labo.

Durant toute l'épreuve, David lui avait tenu la main. Melinda travaillait dans cet hôpital comme technicienne de laboratoire. Peut-être même était-elle de service la nuit où le bébé d'Ivy était mort.

Cette fois, tout était différent, songea Ivy lorsque les portes de l'ascenseur s'ouvrirent à l'étage de la maternité. Elle était presque arrivée à terme.

Alors, même si elle n'avait plus son porte-bonheur, même si David n'était pas à ses côtés, elle allait mettre au monde une petite fille en pleine santé.

26

Ivy se trouvait sur un lit relevé aux deux extrémités. Elle portait une chemise d'hôpital et on l'avait reliée à un moniteur. L'infirmière avait laissé le manchon du tensiomètre desserré sur son bras.

Les mains sur le ventre, Ivy attendait la prochaine contraction. Deux lignes vert vif apparurent et clignotèrent sur l'écran du moniteur. Elle entendait les gémissements d'une femme qui accouchait dans la chambre voisine.

On frappa tout doucement à la porte et Jody apparut. Elle se précipita pour serrer Ivy dans ses bras.

— Alors ? Ça va ?

Elle s'écarta en gardant la main d'Ivy entre ses deux paumes chaudes. Elle était au bord des larmes.

Ivy réussit à sourire.

— On est en superforme, le bébé et moi.

— Le grand moment est arrivé, dit Jody avec un sourire tendu. Tu fais bien sagement tes exercices de respiration ?

— J'essaie.

— À quand remonte ta dernière contraction ?

— À un petit moment. Vingt minutes. Peut-être même un peu plus.

— Et celle d'avant ?

— J'en avais presque toutes les dix minutes. En venant ici, j'en ai eu trois.

— Tu te rappelles que l'hôpital m'a renvoyée deux fois chez moi quand j'allais accoucher de Riker ?

— Tu crois qu'ils vont me renvoyer à la maison ?

— Ne m'écoute pas. Qu'est-ce que j'y connais ? Comme aurait dit ma grand-mère, *que será será* ; c'est bien ce que chantait Doris Day, hein ?

Jody approcha du lit le fauteuil et s'y assit.

— Tu as appelé ? lui demanda Ivy.

Jody le confirma.

— Quelle a été leur réaction ?

Jody regarda autour d'elle pour vérifier que personne ne pouvait l'entendre.

— Je ne leur ai pas laissé le temps de réagir. J'ai dit au standardiste qu'il y avait un cadavre à telle adresse et j'ai raccroché.

Ivy imaginait l'arrivée des policiers. Ils frapperaient, puis, comme Ivy, trouveraient la porte ouverte, à l'arrière. Ils entreraient et dégageraient le corps de Melinda des cristaux de sel. Enfin, ils chercheraient la preuve qu'ils auraient dû chercher depuis le début, la preuve qui disculperait David ou établirait sans le moindre doute, même aux yeux d'Ivy, qu'il était un assassin.

— Tu crois que c'est Melinda ? demanda Jody.

— C'est probable.

— Raconte.

Ivy expliqua qu'elle avait eu envie de passer dans la rue où habitait Melinda.

— La place était bloquée par des embouteillages. Sinon, je n'aurais jamais tourné dans cette rue.

Elle parla du carton de réexpédition adressé à Elaine Gallagher, dans lequel se trouvait du courrier destiné à la mère de Melinda. Et évoqua l'ancienne chambre de celle-ci.

— Jody, elle est toujours telle que tu l'as décrite. Des murs roses. Cette lampe incroyable. Dans les tiroirs, des vêtements qui devaient être les siens, tout comme les livres sur les étagères… on aurait dit qu'elle vivait encore là. Et elle avait des photos de David. Celle de nos fiançailles, qui avait été publiée dans le journal, sauf qu'elle avait découpé… découpé mon visage.

Ivy se mit à sangloter.

Du couloir parvenaient un bruit de pas étouffé par des semelles en caoutchouc et un cliquetis de chariot métallique. Jody se leva pour aller fermer la porte.

— Je n'avais qu'une envie : déchirer les photos de David et filer le plus vite possible.

Ivy raconta qu'elle venait de prendre les photos quand elle avait eu mal au ventre et qu'elle était arrivée juste à temps aux toilettes.

— C'est là que je l'ai trouvée, précisa-t-elle avant d'évoquer la baignoire pleine de sel et les orteils aux ongles vernis.

Toutes deux gardèrent un instant le silence.

— Je déteste le rose, dit Jody.

— La police doit déjà être arrivée.

— En venant, j'ai croisé deux voitures de police toutes sirènes hurlantes. Qu'est-ce que tu as fait des photos ?

— Elles sont dans la… poche de mon pantalon.

Ivy sentit son ventre durcir. Enfin une nouvelle contraction.

Jody se leva, ouvrit l'étroit placard, prit le pantalon plié sur une étagère et sortit les photos.

— Je t'avais bien dit qu'elle faisait une fixette sur vous. Tu ne me croyais pas, hein ?

— Maintenant, je te… crois.

Ivy serra les dents et put à peine expulser le dernier mot.

Jody lâcha le pantalon et se précipita vers Ivy.

— Ça y est ! Détends-toi, dit-elle en lui caressant le front. Respire. Laisse tes muscles faire le boulot. Ne résiste pas.

Quand la douleur augmenta, Ivy se concentra sur les doigts légers de Jody. Sur le son de sa voix.

— C'est bien, c'est bien. Tu t'en sors comme un chef. Accroche-toi.

Cette fois, ça n'était pas aussi terrible… ou alors, c'était plus facile à supporter avec Jody à ses côtés. Déjà la contraction commençait à céder.

— Elle a duré au moins quinze secondes, estima Jody.

Ivy inspira à fond et expira.

Une infirmière ouvrit la porte et entra. Elle était jeune, avait de longs cheveux raides, encore plus foncés que ceux d'Ivy, noués sur la nuque. Elle examina le moniteur et prit sa tension.

Avant de partir, elle laissa pendre le cordon de la sonnette au-dessus du lit.

— Si vous avez besoin de quoi que ce soit, n'hésitez pas à sonner.

Jody ramassa le pantalon et les photos qu'elle avait fait tomber. Elle repêcha quelques morceaux de papier au fond de la poche et étala le tout au pied du lit.

— On dirait que celle-ci est assez récente, remarqua-t-elle en lissant la photo montrant David devant Rose Gardens. Melinda l'a suivi pour le photographier. David s'en est-il douté ? Tu le sais ?

— Aucune idée.

— C'est à vous flanquer la frousse.

Jody saisit la feuille de scores du bowling.

— Le Kezey's. Seigneur ! Tu te souviens ? Ce nom suffit à me rappeler l'odeur qu'il y avait là-dedans. Chaussettes trempées de sueur, craie et tabac froid, dit-elle en fronçant le nez. Et le vieux Kezey !

Ivy se souvenait de lui. Le patron du bowling était un type aux cheveux gras, qui demandait leurs papiers aux gosses non accompagnés d'un adulte. Tous ceux qui ne pouvaient pas sortir un permis de conduire prouvant qu'ils avaient au moins dix-huit ans devaient payer un dollar de plus pour avoir le droit de jouer. Mais le bowling était le seul endroit où on pouvait s'amuser en ville, le seul où les jeunes qui n'avaient pas de voiture pouvaient traîner.

— Melinda y a travaillé, ajouta Jody. Je me rappelle l'avoir vue là après les cours. Et… mince alors, tiens, la voilà.

Jody tendit la série de photos d'identité la plus ancienne.

— Il y en a une autre série, expliqua Ivy.

Jody la trouva et mit les deux côte à côte.

— Qu'en dis-tu ? C'est la sœur de Melinda, Ruth ?

— Sa sœur ? répéta lentement Ivy, n'ayant pas envisagé cette possibilité.

Jody examina la photo de fiançailles avec un trou à la place de la tête d'Ivy.

— Il faut vraiment être malade !

— À qui le dis-tu !

— Qu'est-ce que tu veux en faire ? demanda Jody en empilant photos et coupures de presse au pied du lit.

— Brûle-les.

— Ça m'a l'air d'un bon plan. Alors Melinda White est morte. Pourtant, je pensais qu'on allait la retrouver d'une minute à l'autre. Je me demande si on en parle déjà aux infos.

Elle saisit une télécommande sur le rebord de la fenêtre et la dirigea vers le téléviseur.

— Ça ne te dérange pas ?

— Non, vas-y.

Jody alluma le poste et trouva une chaîne qui diffusait un journal du soir. Un incendie s'était déclaré dans un immeuble de deux étages à Southie. Une tentative de vol de voiture avec prise d'otage avait échoué sur l'autoroute. Un ballon de volley abandonné dans un sac en papier avait paralysé les contrôles de sécurité au terminal de Delta Air Lines à Logan, l'aéroport international de Boston.

Mais rien sur une femme portée disparue et retrouvée morte dans une maison de Brush Hills.

Soudain épuisée, Ivy avait du mal à lever la tête. Une publicité montrait un papillon blanc qui voletait dans un paysage bucolique au son d'une harpe. Ivy ferma les yeux et se laissa submerger par la musique. Les doigts entrelacés sur son ventre, elle se demandait dans combien de temps il allait recommencer à durcir.

En se réveillant en sursaut, elle se rendit compte qu'elle s'était endormie. Le docteur Shapiro était penchée au-dessus d'elle. Jody, qui semblait avoir somnolé dans le fauteuil, bâilla et s'étira. Le téléviseur était éteint. Il était plus de minuit.

Le docteur Shapiro tira le rideau autour du lit et examina Ivy, puis approcha le moniteur et montra une ligne assez plate en haut de l'écran.

— Ce tracé correspond à vos contractions, et celui-ci, ajouta-t-elle en indiquant une courbe, en bas, qui montait et descendait, c'est votre bébé. Vous voyez ? Tout va bien, sauf qu'il n'est pas encore prêt à venir voir comment va le monde.

— Je ne suis pas en plein travail ?

— Ça arrive tout le temps, surtout pour le premier.

— Mais les douleurs, la diarrhée… j'étais sûre…

— Vous aviez de fortes contractions quand vous avez été admise à l'hôpital. Mais, depuis une heure, il ne se passe plus rien. Si le travail ne se précise pas avant demain matin, nous vous laisserons sortir. Vous serez plus à l'aise chez vous. Les bébés ont leur propre emploi du temps. Rassurez-vous, ils finissent toujours par sortir.

Après le départ du médecin, Ivy dit à Jody :

— Ne te crois pas obligée de rester. C'est une fausse alerte, on dirait.

— Je partirai dans un moment. Et je repasserai demain matin pour te raccompagner chez toi.

— Mais ma voiture…

— Ah ! j'avais oublié qu'elle était ici.

— Je peux très bien conduire.

— Tu arrêtes, un peu ? Surtout pas. Je vais demander à quelqu'un de m'accompagner, et l'un de nous deux ramènera ta voiture chez toi. Je m'en occupe.

Les bras croisés, Jody toisait Ivy.

— Rendors-toi, ajouta-t-elle.

La journée avait été longue. Ivy s'était réveillée chez son amie, était retournée dans sa propre maison où elle avait été surprise de sentir son parfum, Jody l'avait aidée à fouiller les lieux sans rien trouver, sauf le carton de livres qui attestait un nouveau mensonge de David. Quant à l'ordinateur et son historique de sites de voyages, il en révélait un autre encore.

Ensuite, Ivy avait trouvé Mme Bindel sans connaissance. L'ambulance l'avait sans doute amenée dans un hôpital proche. Dès le lendemain matin, si les douleurs n'avaient pas repris, Ivy essaierait de savoir où. Peut-être sa voisine se rappellerait-elle ce qui s'était passé au moment où elle et sa chienne…

La chienne ! Pauvre Phoebe. Elle devait toujours être attachée à la corde à linge, abandonnée, en train d'attendre le retour d'Ivy.

— Jody, il y a encore autre chose…, commença-t-elle.

Mais, pelotonnée dans son fauteuil, Jody dormait déjà.

Dehors, une sirène hurla de plus en plus fort, puis se tut en arrivant aux urgences. Ivy imaginait la maison de Belcher Street entourée du ruban jaune de la police pour en interdire l'accès. Les véhicules de télévision, installés auparavant devant chez elle, étaient sûrement garés du haut en bas de la rue. Des enquêteurs devaient chercher des preuves matérielles et relever des empreintes.

Ivy espérait qu'elle n'avait pas laissé de traces de son passage. Dans la chambre de Melinda, elle avait couvert ses mains, d'accord, mais dans la salle de bains ? Avait-elle touché le bord de la baignoire ? De toute façon, il était trop tard pour y changer quoi que ce soit.

Elle frissonna en revoyant ces ongles d'orteils vernis. Combien de temps après le vide-grenier Melinda avait-elle été tuée ? Où le crime avait-il eu lieu et quand son corps avait-il été placé dans la baignoire ? Ces questions allaient enfin inciter les investigateurs à envisager de nouvelles hypothèses.

Tournée sur le côté, Ivy observa l'écran. Le tracé de ses contractions était plat, mais le cœur du bébé battait avec régularité. *Bip. Bip. Bip. Bip*… Ses yeux se fermèrent tout seuls.

Quelque chose la réveilla en sursaut. Elle venait d'apercevoir une infirmière en blouse violette qui sortait de sa chambre. Lorsqu'elle disparut dans le couloir, sa queue-de-cheval se balança, rappelant à Ivy Cindy Goodwin, la nouvelle collaboratrice de David, que Jody avait qualifiée de Barbie style pom pom girl. Le fauteuil dans lequel son amie s'était endormie était vide et la lumière de la chambre éteinte.

Toujours régulier et rassurant, le tracé du bébé projetait une lumière vert pâle sur les murs et le plafond.

Ivy ferma les yeux et s'imagina en train de feuilleter les illustrations à la plume de *Madeline* pendant qu'elle se récitait mentalement les vers qui les accompagnaient.

Plus tard, sans savoir combien de temps s'était écoulé, elle sentit une main sur son ventre. Une silhouette plongée dans l'ombre se profila au pied du lit.

— Nous savions bien que vous étiez là.

Elle reconnut la voix rauque de Blanchard.

Que faisait-il à l'hôpital en pleine nuit ? Pourquoi ne voyait-elle pas son visage ? Comment pouvait-il la toucher alors qu'il se trouvait loin d'elle ? Pourtant, elle sentait sa main. Elle essaya de bouger pour la déloger, mais elle était paralysée.

Ça n'arrive pas en vrai, se dit-elle.

Elle se força à se réveiller, haletante, comme si elle remontait à la surface après avoir été frappée et roulée par une vague. Une femme en tenue d'infirmière rose se tenait près du lit. Un masque chirurgical lui couvrait la moitié du visage. La main sur le ventre d'Ivy, elle observait l'écran. Ce n'était pas Blanchard.

La tête d'Ivy retomba sur l'oreiller. Une infirmière, voilà tout. Le badge qui se balançait sur sa poche de poitrine renvoyait le reflet vert du moniteur.

— Tout va bien. Très bien. Détendez-vous. Je vérifie l'état du bébé.

Puis, sans un mot de plus, elle sortit. La seule trace de sa présence était l'odeur insistante de latex et une légère bouffée d'*Opium*.

27

Incapable de se sortir ces odeurs de l'esprit, Ivy dormit par à-coups pendant le reste de la nuit. Toutes les demi-heures, lui semblait-il, une nouvelle infirmière venait voir si tout allait bien. Le lendemain, à 7 h 30, le docteur Shapiro était passée, l'avait débranchée du moniteur et déclarée apte à la sortie.

— Ne vous éloignez pas trop tout de même, avait-elle recommandé.

Ça, pas de danger. Une fois rentrée, Ivy avait l'intention de se coucher aussitôt.

Jody appela. Theo viendrait avec elle à 10 heures. Ivy regarda les journaux télévisés. Aucun ne signalait la découverte d'un cadavre dans une maison située à Brush Hills.

Ivy prit une douche brûlante et laissa l'eau frapper son dos douloureux. Après quoi, elle remit les vêtements de la veille, débarrassés des photos et des coupures de presse prises dans la chambre de Melinda. Elle espérait que Jody les avait brûlées.

Une nouvelle fois, elle vérifia les informations télévisées. Toujours rien.

Inquiète, Ivy décrocha le téléphone de l'hôpital.

— Corinne Bindel. B-I-N-D-E-L, épela-t-elle.

Oui, Mme Bindel se trouvait dans cet hôpital. Son état, grave au moment de son admission, était désormais assez satisfaisant. C'était tout ce que la standardiste pouvait dire.

Ivy raccrocha, grignota le dernier morceau de toast qui restait sur le plateau de son petit déjeuner et résista à l'envie d'allumer de nouveau la télévision.

Les cheveux encore humides, elle sortit de sa chambre. Un plan était affiché à côté des ascenseurs. Ivy ignorait dans quel service pouvait bien être Mme Bindel, mais l'hôpital n'était pas très grand, contrairement à ces énormes centres hospitaliers de Boston, qui constituaient de vraies petites villes.

Ivy consulta la liste des services. Accueil et administration au rez-de-chaussée. Réanimation au deuxième étage est. Maternité au premier ouest, là où elle se trouvait en ce moment. Médecine/chirurgie au premier est – c'était peut-être le bon service.

Suivant la flèche du premier étage est, elle avança dans un couloir, passa une porte à double battant, puis une autre. Elle arriva devant un vaste poste d'infirmières. Un médecin y téléphonait. Ivy se dépêcha de passer en faisant mine de savoir où elle allait.

Ici, toutes les chambres avaient sur la porte un bristol avec le nom du patient écrit au gros feutre noir. Ivy avança dans le long couloir jusqu'à ce qu'elle trouve la chambre qu'elle cherchait.

Par la porte ouverte, elle aperçut Mme Bindel allongée sur le lit placé près de l'entrée et elle s'approcha. La femme qui occupait le lit voisin jeta un coup d'œil dans sa direction, puis se tourna face à la fenêtre.

La tête bandée, les yeux fermés, Mme Bindel était allongée sur le dos. Elle avait les lèvres sèches et fendillées. Ivy tira un fauteuil pour s'asseoir à son chevet et lui prit la main. Une perfusion était fixée à son bras et le tuyau ondulait au bord du lit. Sa poitrine se soulevait et s'affaissait. Un état « assez satisfaisant ». Qu'est-ce que ça voulait dire au juste ?

Ivy se souvint alors de la dernière visite qu'elle avait rendue à grand-mère Fay, quelques mois après son mariage. Cet après-midi-là, elle avait trouvé sa grand-mère effondrée dans son fauteuil, le journal encore sur ses genoux. Sans sa personnalité vive pour l'animer, elle paraissait rapetissée par la mort, simple sac de peau et d'os délicats.

Ivy était officiellement la parente à contacter pour toute décision médicale, mais, comme d'habitude, grand-mère Fay n'avait eu besoin de personne pour choisir le moment et la façon de tirer sa révérence. Elle se rendait encore à pied au supermarché avec son chariot et régentait son monde. Et puis elle avait eu une petite indigestion, une douleur dans la poitrine. À peine quelques heures plus tard, elle n'était plus là. C'était une mort parfaite pour quelqu'un qui affirmait « ne pas vouloir embêter les autres ».

« Si seulement les gens avaient un bouton "stop", avait-elle dit un jour à Ivy. Dans mon cas, je l'appellerais plutôt le bouton du "ça suffit, merci". »

La main qui bougeait dans la sienne ramena soudain Ivy au présent. Les paupières de Mme Bindel s'ouvrirent en papillotant et son regard erra dans la chambre avant de se fixer sur la jeune femme. En la reconnaissant, elle parut troublée et toucha sa tête bandée.

— Oui, dit Ivy. Vous vous êtes fait mal à la tête. Vous vous rappelez ?

— Je… Vous…

Les yeux de Mme Bindel se firent vifs et angoissés.

— Oui, c'est moi qui vous ai trouvée et qui ai appelé l'ambulance.

— Et Phoebe ?

— Elle va très bien.

Ivy éprouva un pincement de culpabilité. Aussitôt rentrée, elle amènerait la pauvre chienne chez elle et lui donnerait à manger. Au moins, elle lui avait laissé de l'eau à proximité.

— Madame Bindel, vous souvenez-vous de ce qui s'est passé ?

— Le jardin, répondit Mme Bindel, le regard dans le vague. Les hémérocalles.

— Ces lis étaient très beaux cette année. Est-ce que vous étiez en train de vous en occuper ?

Mme Bindel la dévisagea.

— Je vous ai trouvée dans l'herbe près des marches de votre porte de derrière. Aviez-vous aperçu quelqu'un ? demanda Ivy. Quelqu'un vous a-t-il fait mal ?

Le regard de Mme Bindel glissa au-dessus de l'épaule d'Ivy. Ses yeux s'écarquillèrent et, avec une force étonnante, elle libéra sa main.

— Est-ce que…

Des coups secs frappés à la porte interrompirent la question d'Ivy. Cette dernière se retourna, pour découvrir le sergent Blanchard sur le seuil.

— Madame Rose… que faites-vous ici ?

Il entra.

Ivy réprima l'envie de rétorquer : *Ça ne vous regarde pas.*

— J'ai été admise à l'hôpital hier soir pour accoucher.

Blanchard baissa les yeux sur son ventre.

— Les douleurs ont cessé, ajouta-t-elle.

— Vous avez donc passé la nuit ici ?

— Je sortirai dans la matinée.

— Alors, vous n'êtes pas au courant ?

Le cœur d'Ivy s'emballa.

— Au courant de quoi ?

D'un geste, le sergent lui demanda de le suivre dans le couloir.

— Il y a eu du nouveau.

Ivy sentait qu'il l'observait avec attention tout en parlant. Elle essaya de paraître surprise. En fait, elle savourait déjà l'expression innocente qu'elle pourrait enfin afficher quand il lui révélerait qu'on avait retrouvé Melinda morte dans sa maison natale.

— Nous avons découvert le corps de Gereda White, la mère de Melinda White.

La *mère* de Melinda ? Ivy était trop abasourdie pour prononcer un mot.

— Dans une maison qui lui appartenait autrefois. Apparemment, il y a un certain temps qu'elle est morte.

— Je… Je ne sais pas quoi dire. Comment…

— Nous ne saurons pas quelle est la cause du décès avant l'autopsie.

— Mais…, commença Ivy.

Comment formuler sa question sans se trahir ?

— Je croyais que Mme White vivait en Floride avec la sœur de Melinda, Ruth ?

Blanchard prit l'air dépité qui s'imposait.

— Nous aussi. Il semble que nous nous soyons tous trompés. La police de Naples s'est rendue dans l'appartement de Ruth White et l'a trouvé inhabité. Les voisins n'ont vu personne entrer ni sortir depuis plusieurs semaines.

Il baissa les yeux.

— Nous sommes en train d'analyser les appels passés sur le téléphone portable de Ruth White pour savoir où elle se trouvait quand elle nous a appelés. C'est bien un numéro de Floride, mais elle a pu téléphoner de n'importe où.

— Est-ce que Melinda a au moins une sœur qui s'appelle Ruth ?

— Bien sûr. Ça, nous avons pu le vérifier, répondit Blanchard en fronçant encore davantage les sourcils. Nous continuons à chercher. Les autres faits demeurent inchangés.

— Mais…

Il leva une main.

— Je vous en ai déjà dit plus que je n'aurais dû. Faites-moi confiance, l'enquête avance.

— Vous faire confiance ? répéta Ivy d'un ton incrédule. Alors, quand allez-vous relâcher mon mari ?

28

— Ça ne me fait pas plaisir de le reconnaître, mais il a raison, dit Theo.

Il était venu chercher Ivy à l'hôpital et allait la raccompagner chez elle. L'intérieur de sa Lexus sentait le cuir et le cigare.

— La découverte du corps de Mme White ne change rien au fait qu'une femme a disparu juste après avoir été vue chez vous. David et elle se sont disputés. Les flics ont trouvé des traces de sang, et un couteau que David a essayé de cacher, il l'admet lui-même. Et il y a aussi cet aller simple pour les îles Caïmans. Ils ont donc le droit de garder David, ne serait-ce que pour dissimulation de pièces à conviction.

Percutants, les mots de Theo paraissaient sortir d'un brouillard épais. Le pare-brise était embué et le ciel chargé donnait l'impression qu'on était en fin d'après-midi et non au milieu de la matinée.

— Et toi, comment vas-tu ? demanda Theo en évitant de regarder le ventre d'Ivy.

— Physiquement ? Très bien.

Ivy attacha sa ceinture très bas, sous le renflement de son abdomen.

Theo mit les essuie-glaces en marche et emprunta lentement la sortie de l'hôpital. Au loin, Ivy distingua Jody sur le parking, en train de chercher la voiture de son amie.

— C'est vraiment rageant, dit Theo en regardant à droite et à gauche avant de franchir un croisement. Ils ne veulent pas expliquer comment ils se sont débrouillés pour trouver Mme White ni de quoi elle est morte.

Les essuie-glaces claquaient d'un côté, puis de l'autre.

— Le sergent m'a dit que son décès devait remonter à un certain temps, confia Ivy.

— Un certain temps? répéta Theo en lui jetant un regard en coin.

— Je sais. C'est plutôt vague. Et puis, où est passée la femme qui était censée habiter là? Est-ce que Mme White n'avait pas vendu sa maison?

— Si. Il y a huit mois. Nous avons trouvé trace de la vente au cadastre. La nouvelle propriétaire s'appelle Elaine Gallagher. J'ai chargé un détective privé de la rechercher. Je me demande bien comment la police a eu l'idée de fouiller cette maison. Quelqu'un a dû leur filer le tuyau.

— Sûrement.

Ivy regarda par la vitre. Elle n'avait pas l'intention de raconter à Theo qu'elle s'était introduite dans la maison de Belcher Street, avait trouvé la baignoire remplie d'Ice Melt et que l'informateur anonyme était Jody. Et elle allait encore moins parler des photos de David trouvées dans l'ancienne chambre de Melinda.

Theo abattit la main sur le volant et s'écria :

— Alors où est passée cette fichue Ruth White qui devait s'occuper d'une Mme White folle, mais en réalité décédée ?

— Il est évident que David n'a rien à voir avec le meurtre de la mère.

— C'est sûr. Rien ne prouve cependant qu'elle ait été tuée. D'ailleurs, David n'est pas inculpé de meurtre.

Ivy sentit le « pas encore » qu'il avait tu.

— Pour l'instant, faisons-nous tout petits et attendons l'audience de lundi.

La croix en argent suspendue au rétroviseur se balançait d'avant en arrière.

— Reste à expliquer ce billet pour les îles Caïmans. Si ce n'est pas David qui l'a acheté, c'est quelqu'un d'autre.

— Et s'il avait été réservé sur notre ordinateur ?

Theo lâcha l'accélérateur.

— C'est le cas ?

— Je l'ignore. Mais que se passerait-il ?

La voiture ralentit sur un tronçon sinueux, puis s'arrêta à un feu.

— Dans ce cas, c'est que quelqu'un a pu s'introduire chez vous. Qui ? Et comment prouver que ce n'est ni David ni toi qui avez pris ce billet ? Vous n'avez pas de caméra de surveillance chez vous.

— Un témoin a peut-être remarqué que quelqu'un essayait d'entrer chez nous.

— Et il n'aurait rien dit ?

— Il aurait pu en être empêché. Je pense à notre voisine. Si Mme Bindel avait vu quelqu'un essayer d'utiliser l'ancienne clé une fois que j'avais fait changer la serrure ? Qui sait si ce n'est pas pour cette raison qu'on l'a assommée ? Pour l'instant, elle ne se rappelle rien. Mais ça pourrait lui revenir.

Ivy se remémora l'expression de la vieille dame quand elle s'était réveillée à l'hôpital et avait vu Ivy à son chevet. Le trouble initial avait fait place à autre chose. De la peur ? L'arrivée de Blanchard avait empêché Ivy de lui poser la question.

— La police a perquisitionné chez nous et a peut-être fait faire un double de la clé. Un policier aurait pu revenir plus tard au moment où il n'y avait personne. L'un de ceux que j'ai vus en train de fouiller dans la malle en osier était un homme. Grand et mince.

Malgré ses efforts, Ivy avait seulement gardé une silhouette en mémoire.

— Il s'agirait donc d'une conspiration policière ? Le juge va se tordre de rire. Espérons que ce n'est pas le cas, parce que ce genre de chose est presque impossible à prouver.

Le feu passa au vert. Les pneus tournèrent à vide avant d'adhérer à la route. La voiture traversa la place, roula devant la quincaillerie Three Brothers et le Kezey's. La feuille de scores retrouvée dans la chambre de Melinda provenait de ce bowling.

— Tu te souviens de l'ancien bowling ? demanda Ivy.

— Bien sûr, répondit Theo en jetant un bref coup d'œil au bâtiment. Je me demande s'ils vont retirer un jour cette enseigne.

— Vous y étiez toujours fourrés après l'entraînement de foot, David et toi.

Theo hocha la tête et quitta la rue principale. Ivy insista :

— Avec Eddie et Jake, hein ?

Theo lui lança un regard surpris.

— Ouais. Toute l'équipe y allait.

Il s'engagea dans Laurel Street.

— Melinda White y travaillait après les cours, poursuivit-elle.

La voiture s'arrêta devant la maison. Theo ne répondit pas tout de suite.

— C'est possible. Je ne me souviens pas.

— Comme tu disais, toute l'équipe allait jouer là-bas.

Theo serra le volant.

— Ivy, est-ce que tu en as parlé à la police ?

— Parlé de quoi ?

Il se tourna pour lui faire face.

— Du bowling.

— Pourquoi veux-tu que j'en aie parlé ?

Il la scruta.

— Bonne question. Pourquoi ?

Ivy ne répondit pas.

— Alors, s'il te plaît, n'en parle à personne.

La frayeur se nicha dans le ventre d'Ivy.

— Que s'est-il passé ?

— C'est de l'histoire ancienne.

Pas si ancienne que ça s'il tenait à ce qu'elle n'en parle pas.

Theo tira le frein à main.

— Il ne s'est rien passé, je t'assure.

Il pivota de nouveau pour lui faire face. Ivy soutint son regard.

— Il s'est forcément passé quelque chose, Theo.

— Ivy…

— Réponds-moi.

Il soupira.

— Écoute, ça n'a vraiment rien à voir avec le problème actuel.

— Theo !

— D'accord, d'accord. Elle… Melinda… a cru que David…

Il semblait chercher ses mots.

— Nous sommes allés là-bas après l'entraînement, un jour, et elle a cru que David lui faisait du gringue.

Ivy fixa les yeux sur la croix en argent qui oscillait, pendue au rétroviseur. « Lui faisait du gringue. » Qu'est-ce que ça voulait dire, bon sang ?

— Je suis sûr qu'elle en était persuadée, poursuivit Theo. Persuadée qu'il avait un faible pour elle. Mais elle se trompait.

— Comment tu le sais ?

— Comment je… Parce que j'étais là.

Le moteur cliqueta en refroidissant.

— Non, ce n'est pas ce que je te demandais. Comment peux-tu savoir ce que Melinda s'est imaginé ?

— Je… Merde.

Theo détourna le regard. Sa mâchoire se contracta.

— David me l'a dit. C'est pour ça qu'il a emmené Melinda dans la maison le jour du vide-grenier. Elle s'était mise à ressasser ce qui était arrivé au bowling. Il y a des années. Elle donnait sa version. Il s'est dit qu'il valait mieux en parler… en tête à tête.

Theo ôta la clé de contact.

— Mais je t'assure qu'elle se faisait des illusions.

— Et elle est grave, sa version ?

— Il… Elle…

Theo se passa la langue sur les lèvres.

— Merde, tu as vraiment besoin de le savoir ? Écoute, il y a franchement rien eu de bien terrible.

Ivy arrêta le mouvement de la croix en argent et patienta.

— C'était après l'entraînement, au début de l'année de terminale. Nous sommes descendus dans la salle du bowling. Il n'y avait personne. M. Kezey était sorti, alors quelqu'un est allé prendre une caisse de bière, on s'est mis à boire et à jouer au bowling, et… tu sais bien, on a fait les idiots.

— Les idiots ?

— On s'est pintés. Tous. Et on a saccagé les lieux, dit-il avec un petit sourire entendu. J'admets que la situation a un peu dérapé.

— Un peu ?

— Beaucoup, je suppose.

— Et Melinda ?

— Elle a bu, elle aussi. Elle s'amusait comme une folle. Et puis…

Theo se passa une nouvelle fois la langue sur les lèvres.

— Et puis quoi ? demanda Ivy.

— Tu veux savoir si nous… s'il y a eu… Eh bien, non. Mais pas grâce à elle, parce que, crois-moi, elle ne demandait que ça.

Ivy tressaillit. Ce ton suffisant lui retournait l'estomac. Melinda ne s'était sans doute jamais soûlée auparavant. Pour la première fois de sa vie, des garçons faisaient attention à elle. Aux yeux d'une bande de footballeurs, ça n'avait pas grande importance, mais aux siens, ça comptait énormément.

Theo lâcha un soupir sonore.

— Elle en pinçait pour David, ça crevait les yeux. Et il a eu le tort de se montrer gentil avec elle.

— Alors, selon toi, le jour du vide-grenier, David l'a fait entrer dans la maison parce qu'elle voulait lui parler de ce qui s'était passé à l'époque du lycée ?

— Exactement. C'est dément, non ? Sauf que… il ne s'était rien passé.

Theo s'avança sur son siège pour se regarder dans le rétroviseur. Il se passa la main dans les cheveux, puis observa par-dessus son épaule Jody qui garait la voiture d'Ivy dans l'allée, et se tourna vers sa passagère.

— Écoute, Ivy, David a bien dit qu'elle avait l'air cinglée, qu'elle perdait les pédales. Il t'a raconté qu'elle jouait à la petite fille et a fracassé cet objet en verre. Elle était furieuse quand il lui a dit qu'elle… se trompait sur ce qui s'était passé. C'est assez drôle, d'ailleurs, parce qu'il était soûl au point d'être inconscient. J'ai presque dû le porter jusque chez lui. Et elle, elle était tellement bourrée qu'elle…

Il lâcha un petit rire.

— Bref, je suis étonné que l'un ou l'autre puisse se rappeler quoi que ce soit, à part la gueule de bois qu'ils ont dû avoir en se réveillant. Une gueule de bois carabinée.

Theo descendit et contourna la voiture. Pendant qu'il s'approchait de sa portière, Ivy avait l'impression qu'on l'avait bombardée dans le dos avec un sac de sable. Oui, David lui avait parlé de l'effondrement de Melinda dans le grenier, mais il était loin de lui avoir tout raconté. Il avait glissé sur les accusations de Melinda, exactement comme Theo le faisait à présent.

Celui-ci ouvrit la portière. La pluie avait cessé.

— Tu ne sais pas ce que j'ai pensé en apprenant qu'on avait découvert un corps ?

Ivy lutta contre la répulsion qu'elle éprouvait à prendre la main que lui tendait Theo et s'extirpa de son siège.

— J'ai cru que c'était celui de Melinda, et qu'elle s'était suicidée, poursuivit-il. Et j'irai même plus loin. J'espère qu'elle est morte. Parce que, si elle ne l'est pas, c'est qu'elle a pété les plombs, et ça signifie de gros ennuis en prévision.

Pour qui ? Que se passerait-il, en effet, si Melinda refaisait surface, bien vivante et bien décidée à raconter à la police ce qui s'était passé au Kezey's ? À leur donner sa version. Même s'il y avait désormais prescription, l'histoire ferait des vagues. David se retrouverait au centre d'un scandale. On se poserait des questions sur le rôle joué par Theo. Lui qui ambitionnait de devenir sénateur aurait une réputation salie par des insinuations dont il ne parviendrait peut-être jamais à démontrer la fausseté. Il pourrait dire adieu à sa carrière politique.

Jody avançait dans l'allée vers Ivy.

— J'ai ouvert la porte qui se trouve sur le côté et j'ai laissé tes clés dans la cuisine. Ça va ? Tu n'as plus de douleurs ?

— Pas l'ombre d'une. Je vais très bien.

— Ce n'est pas l'impression que tu donnes. Tu veux qu'on reste un peu avec toi avant que Theo me raccompagne chez moi ?

De ses deux mains levées, Ivy repoussa cette proposition et celles qui pourraient suivre.

— Non, merci.

Si Ivy aurait pu se laisser tenter par la compagnie de Jody, elle ne tenait pas à passer une seule minute de plus avec Theo.

— Je t'assure. Je n'ai qu'une envie : me mettre au lit et dormir.

Elle s'engagea dans l'allée.

— Je vais laisser mon portable allumé, dit la voix de Jody dans son dos.

Ivy allait monter les marches quand des aboiements poussés derrière la maison de Mme Bindel l'arrêtèrent. Mince. Une fois de plus, elle avait oublié cette fichue chienne.

Elle se retourna et appela :

— Jody !

Celle-ci remonta la moitié de l'allée au pas de course.

— Tu veux que je te borde ?

— Est-ce que tu pourrais me rendre un grand service en sortant de ma voiture le gros sac de nourriture pour chiens ? Laisse-le dans la cuisine. J'ai promis à Mme Bindel de m'occuper de sa chienne.

Puis Ivy passa dans le jardin de sa voisine. À son approche, les aboiements se muèrent en jappements plaintifs navrants. La chienne s'était entortillée dans la ficelle qui l'attachait à la corde à linge et ne parvenait même pas à atteindre la bassine d'eau déposée à côté d'elle.

Ivy la détacha et s'assit jambes croisées dans l'herbe près de la bassine. Phoebe remua sa courte queue avec une telle énergie que tout son arrière-train en fut agité. Elle lécha les joues d'Ivy, but un peu d'eau, et se remit à lécher Ivy. Après avoir démêlé la ficelle, Ivy prit

Phoebe dans ses bras et enfouit le visage dans la fourrure tiède et humide. Les chiens étaient vraiment doués pour vous amuser.

Ivy passa à genoux pour se relever. Phoebe essaya de l'attirer vers la maison de sa maîtresse mais, après une brève lutte, la chienne céda et se laissa emmener chez Ivy. Une fois à l'intérieur, la jeune femme détacha la ficelle du collier et l'enroula sur un bouton de porte dans le vestiaire. Elle lâcha son sac sur la paillasse à côté des clés puis, pendant que Phoebe flairait tout dans la cuisine, elle lui versa des croquettes dans un bol. Ignorant s'il fallait les mélanger à de l'eau, elle en ajouta, remua la pâtée et posa le bol par terre.

Phoebe s'approcha et se mit aussitôt à manger. Au bout d'un instant, elle regarda Ivy avec des yeux anxieux surmontés de bourrelets de chair veloutée, avant de se remettre à manger.

Ivy retourna dans le vestiaire. *Clic, clic, clic.* Le bruit des griffes sur le sol la suivit. Elle ferma la porte à double tour, puis se pencha pour gratter la chienne derrière les oreilles.

À la vérité, elle était contente de ne pas être seule. Et contente d'avoir une compagne à qui il ne fallait pas faire la conversation.

Après s'être versé un verre de jus d'orange, elle le but pendant que Phoebe retournait à ses croquettes. Alors qu'elle avait vidé la moitié du verre, elle remarqua un arrière-goût amer. Elle jeta le reste, rinça le verre et le mit dans l'évier.

Phoebe sur les talons, elle vérifia l'état du rez-de-chaussée. Dans le vestibule, Bessie était dans le bon sens. La porte d'entrée était verrouillée. Les stores du salon étaient tirés et tout était en ordre. Les coussins du canapé n'étaient ni affaissés ni dérangés. Aucun journal, aucun magazine ne traînait sur le sol ou sur la table basse.

Ivy bâilla. Elle était vraiment éreintée.

Au premier étage, elle passa la tête dans chaque chambre, puis ôta les vêtements portés depuis la veille, enfila des sous-vêtements propres et un survêtement. Lorsqu'elle se brossa les dents, elle insista pour chasser le mauvais goût que lui avait laissé le jus d'orange.

Se coucher était tentant, mais elle savait qu'elle ne parviendrait pas à s'endormir. Les mots de Theo ne cessaient de tourner dans son esprit : *Il ne s'était rien passé.* Franchement, elle ne le croyait pas. Politicien achevé, même quand il n'était pas en public, Theo n'était pas quelqu'un en qui on pouvait avoir confiance. Il aimait cacher sous le tapis les aspects déplaisants de la réalité.

De toute façon, Ivy se rendait compte que David s'était une fois de plus dérobé. « Combien de temps allez-vous encore le protéger ? » Le sergent Blanchard avait peut-être raison. Bien sûr, quelqu'un avait pu essayer d'accumuler de fausses preuves matérielles pour incriminer David, mais il n'en avait pas moins menti en plusieurs occasions. Il avait fini par reconnaître qu'il avait caché le sac contenant le couteau. Du tissu fœtal… À cette idée, Ivy avait la nausée.

Et si le test ADN prouvait que David était le père du bébé de Melinda ? David et Melinda ? Impossible ! Voilà ce qu'elle se serait écriée quelques jours plus tôt. Même maintenant, au plus profond de son être, contre toute raison et malgré toutes les preuves qui s'accumulaient, elle était convaincue que David n'était pas un assassin. Si on pouvait démontrer qu'une seule preuve était truquée, le reste s'effondrerait.

Ce billet pour les îles Caïmans, par exemple. Elle avait vu de ses propres yeux qu'il avait été retenu sur leur ordinateur. L'avait-elle vraiment vu ? Et se connecter à quelques agences de voyages n'avait rien de probant.

Passant dans son bureau, elle s'assit devant l'écran et agita la souris. Phoebe se faufila à ses pieds et se coucha. Ivy bâilla, se connecta et cliqua sur « historique », puis « mardi ». De nouveau, elle parcourut la liste des sites visités en remontant le temps. Le site des îles Caïmans était suivi par celui de l'agence Travelocity.com, tous deux entre une demande d'itinéraire, avant, et la chaîne Channel 7, après.

C'était trois jours plus tôt. Elle essaya de se souvenir. Elle avait dormi tard et ne s'était levée qu'une fois David parti au travail. La demande d'itinéraire était pour savoir comment se rendre dans la maison de retraite de M. Vlaskovic. Et elle était presque sûre qu'elle n'avait pas consulté les infos de Channel 7 avant d'être rentrée de la remise des cadeaux.

De plus en plus excitée, elle effleura l'écran. Les sites de l'agence de voyages et des îles Caïmans avaient été consultés mardi, pendant que David était à son travail. C'était ce jour-là que les préparatifs pour la petite fête devaient être en train – les collaborateurs de David l'attesteraient.

Avec exultation, Ivy appuya sur « impression d'écran ». Peu après, l'imprimante se mit en marche. Aussitôt, Ivy attrapa la page. Elle la montrerait à Theo, qui la montrerait au juge le lundi au cours de l'audition qui devrait décider de la mise en liberté sous caution. Ou, encore mieux, peut-être pourrait-elle solliciter une audition anticipée.

Elle tenait la preuve que David ne risquait pas de s'enfuir ; que quelqu'un s'était introduit dans ce bureau le mardi et avait utilisé son ordinateur pour retenir un billet d'avion au nom de David ; et que ce quelqu'un était entré et sorti sans que David ou elle s'en soit aperçu.

Heureusement qu'elle avait fait changer la serrure dès le lendemain.

29

Ivy appela Theo pour lui annoncer la bonne nouvelle et, comme il ne décrochait pas, elle laissa un message. Ensuite, l'épuisement la submergea. Il fallait qu'elle dorme, mais, auparavant, il lui restait à vérifier si les médias avaient du nouveau.

Le site des informations locales affichait un bandeau rouge sur lequel on lisait : DERNIÈRE NOUVELLE ! Et dessous : MACABRE DÉCOUVERTE À BRUSH HILLS.

La partie gauche de l'écran était occupée par le portrait de Melinda White en surimpression sur une photo plus grande de la maison grise. L'appréhension se mua en malaise quand Ivy se remémora l'odeur aigre qui flottait à l'intérieur et la baignoire remplie de sel.

L'article était le suivant : « Hier soir, la police a découvert le corps de Gereda White, une habitante de Brush Hills… » Ivy sauta un passage. « Les policiers expliquent que c'est un appel anonyme qui les a conduits dans la maison que possédait autrefois Mme White. »

Plus loin : « Le mystère s'épaissit autour de la disparition de Melinda White, la fille de Mme White, âgée de trente-trois ans et enceinte. »

Et comment ! Ivy scruta la photo de Melinda. Elle ressemblait à l'une des deux séries d'identité. Jody avait suggéré que la plus récente pouvait représenter Ruth, la sœur de Melinda. Ruth qui avait signalé la disparition de Melinda. Ruth qui louait un appartement en Floride dans lequel elle n'était pas allée depuis plusieurs semaines et qui, à l'évidence, ne s'occupait pas de leur mère.

Était-ce Ruth qui était venue à leur vide-grenier, s'était fait passer pour Melinda et avait poussé David à l'emmener dans la maison et à l'y laisser seule ? Et si Melinda était morte, comme sa mère ?

En réfléchissant à tout cela, Ivy sentit un mal de tête la gagner. Elle éteignit son ordinateur, alla dans sa chambre et se glissa dans le lit défait. Phoebe vint poser le museau au bord du matelas en poussant des gémissements pitoyables, puis jappa. Voilà qui traduisait à la perfection ce que ressentait aussi Ivy.

Et puis flûte ! Phoebe n'allait pas rester ici à demeure, il n'y aurait donc pas besoin de rompre avec de mauvaises habitudes. Ivy attira la chienne à côté d'elle. Phoebe décrivit deux cercles avant de se coucher.

En fermant les yeux, Ivy se concentra sur la bonne nouvelle, quoique infime, qu'elle annoncerait à David. Elle espérait que les journalistes auraient enfin quelque chose d'autre à se mettre sous la dent. Ce qui lui fit penser à baisser la sonnerie du téléphone posé sur la table de chevet.

Elle sombra dans le sommeil en sentant le corps tiède de Phoebe le long de son flanc.

Lorsqu'elle se réveilla en sursaut, une pluie régulière tambourinait contre les vitres. Ivy se redressa sur un coude et regarda l'heure. Bientôt 15 heures. Elle avait dormi longtemps et n'avait qu'une idée : se replonger dans le sommeil. Mais Phoebe ne l'entendait pas de cette oreille. Plantée sur le seuil, la chienne gémissait. Au moins, elle était propre.

Ivy roula hors du lit et enfila de vieilles tennis. Phoebe descendit l'escalier la première. Entre la pluie et les stores baissés, il faisait sombre à l'intérieur. Encore un peu dans le cirage, Ivy attrapa la ficelle sur le bouton de porte et l'attacha au collier de la chienne. Puis elle décrocha un ciré dans le vestiaire et se servit du double de clé suspendu près de la porte pour ouvrir.

Un éclair creva le ciel. Ivy compta jusqu'à vingt avant que le grondement lointain du tonnerre ne se fasse entendre. Par chance, le ciel chargé permit à Ivy et à Phoebe de se soustraire aux regards lorsqu'elles longèrent les deux jardins contigus. Pendant qu'Ivy attendait que la chienne ait terminé, une pluie fine, telles de minuscules aiguilles, lui piquetait le visage.

En revenant, elle s'arrêta un instant à l'endroit où elle avait découvert Mme Bindel sans connaissance et se remémora la vilaine ecchymose sur le crâne pâle de sa voisine et la grosse pierre que Blanchard avait trouvée à proximité.

Elle frissonna et se hâta de rentrer.

Une fois dans le vestiaire, elle essuya la chienne, verrouilla la porte et suspendit la clé au crochet. Elle avait traversé la moitié de la cuisine obscure quand elle s'immobilisa et pivota.

Quelque chose clochait.

Elle appuya sur l'interrupteur et le plafonnier illumina la pièce. Son sac n'était pas sur la paillasse, où elle était certaine de l'avoir déposé. Ses clés aussi avaient disparu.

À leur place, il y avait l'une des assiettes à dessert rouges qui lui venaient de sa grand-mère et, dessus, la coupure de presse annonçant ses fiançailles avec David.

Un signal d'alarme se déclencha dans sa tête. Quelqu'un était entré dans la maison. Il fallait qu'elle s'en aille. Mais elle ne pouvait pas détacher les yeux de la coupure. Jaune et cornée, elle ressemblait à celle qu'elle avait trouvée dans la chambre de Melinda.

Mais comment était-ce possible ? Jody avait pourtant pris toutes les photos et coupures étalées sur le lit d'hôpital pour les brûler, non ?

Ivy s'approcha. À l'endroit où son visage avait été découpé, un autre s'y substituait. Elle retourna le document et arracha la photo collée au dos.

Il lui fallut un moment pour enregistrer ce qu'elle voyait : le visage provenait de l'une des deux séries de Photomaton.

Un grognement sourd envoya un frisson le long de sa colonne vertébrale. Sur le seuil du vestiaire, Phoebe montrait les dents et grondait en regardant vers la salle à manger.

Ivy se retourna. Une silhouette émergea de l'obscurité. La jeune femme qui était venue à leur vide-grenier était là, observant Ivy. S'agissait-il de Melinda ? De Ruth ?

Une pure terreur prit Ivy à la gorge.

— Sortez de chez moi !

La femme avança dans la cuisine éclairée. Elle n'était pas enceinte.

— N'approchez pas !

Sans l'écouter, elle fit un pas de plus.

— Qu'est-ce que vous voulez ?

Le regard de l'intruse se fixa sur le ventre d'Ivy.

— Ce bébé est à moi.

Ivy s'empressa de reculer et heurta la paillasse. Elle saisit un couteau sur le présentoir et le brandit devant elle. La pointe tremblait, la lame accrochait la lumière.

— N'approchez pas ! hurla Ivy de nouveau.

Elle remarqua la tenue rose – la même que celle que portait l'infirmière passée la voir en pleine nuit avec un masque chirurgical sur le visage, qui avait laissé derrière elle une odeur de latex et d'*Opium*. Ce n'était pas pour vérifier si Ivy allait bien qu'elle était venue, non, elle voulait le bébé.

La femme attrapa un torchon pendu à la cuisinière.

Phoebe gronda et battit en retraite dans le vestiaire. Avant qu'Ivy ne comprenne ce qui lui arrivait, l'inconnue avait lancé le torchon sur elle. Surprise, Ivy lâcha le couteau qui ricocha par terre.

La femme saisit Ivy par-derrière et, d'un coup de pied, envoya le couteau valser au loin.

Ivy se débattit et hurla, mais on la tenait fermement. C'était une lutte au corps à corps. L'odeur écœurante d'*Opium* semblait s'exhaler par bouffées.

Ivy haleta, eut un haut-le-cœur. De la bile lui monta à la gorge.

Le téléphone sonna une fois, deux fois.

— C'est mon amie, réussit à dire Ivy. Si je ne réponds pas…

Il sonna une troisième fois. La femme resserra sa prise.

— … elle comprendra qu'il m'est arrivé quelque chose.

Ivy avait du mal à respirer.

Une dernière sonnerie retentit, puis le répondeur se mit en marche et diffusa le message revêche d'Ivy avant le bip : « Personne ne peut prendre votre appel. »

— Madame Rose ?

Ivy ne reconnut pas cette voix guindée.

— C'est Phyllis Stone, du laboratoire de la police du Norfolk. J'ai cru comprendre que vous étiez d'accord pour qu'on vous prélève un échantillon d'ADN. Un policier de Brush Hills m'a demandé de vous appeler pour convenir d'un rendez-vous.

Quel salaud, ce Blanchard ! L'idée venait de lui ? C'était là sa nouvelle façon de la harceler ?

La voix poursuivit :

— Rappelez-moi pour me dire quand vous pouvez passer. Ça ne prendra qu'une minute. Nous sommes ouverts de 9 heures à 17 heures. Et apportez une pièce d'identité avec photo.

Si Ivy pouvait s'approcher du téléphone, le décrocher et hurler…

Elle essaya de lancer une ruade, de soulever du sol son adversaire, et ne prêta plus attention au message qui donnait une adresse et un numéro de téléphone. Lorsqu'elle se libéra d'un coup de coude décoché dans le ventre de la jeune femme, celle-ci hurla et s'écarta en titubant.

Enfin, elle attrapa le téléphone, mais il était trop tard, elle n'entendit plus que la tonalité. Au moment où elle commençait à composer un numéro d'urgence, la femme arracha le fil de la prise.

Ivy lâcha l'appareil pour se saisir de la bouilloire, qu'elle abattit de toutes ses forces sur la tête de son adversaire. Puis elle fonça dans le vestiaire. La clé était là, pendue au crochet.

Elle sentit du mouvement derrière elle. *Vite !*

Une fois la clé dans la serrure, elle la tourna. À peine avait-elle ouvert la porte qu'un bras se refermait sur son cou. Sans pouvoir résister, elle sentit qu'on la poussait sur la porte, qui se referma en claquant. Le bruit sembla exploser dans sa tête.

Quelque chose s'enfonça dans son flanc – la pointe du couteau, comprit-elle, traversait son sweat et atteignait la peau. Elle essaya de s'écarter. Haletante, son adversaire resserra sa prise sur le cou d'Ivy et fit glisser la pointe du couteau sur ses côtes.

La tête d'Ivy martelait, des taches jaunes et noires dansaient devant ses yeux fermés.

— Verrouille la porte et donne-moi la clé, intima la femme à voix basse.

Ivy voûta le dos pour tenter de mettre son ventre à l'abri. Elle hurla quand la lame entama sa chair. Le corps toujours courbé pour que le bébé ne soit pas écrasé, elle tenta de se soustraire à la pointe du couteau. Tapie dans un coin du vestiaire, Phoebe se mit à gémir.

— Qu'est-ce que vous voulez ? s'écria Ivy.

— Ferme la porte.

— Je ne peux pas bouger. Vous m'écrasez.

La pression diminua.

— Que comptez-vous faire ? demanda Ivy en tournant la clé, puis en la tournant aussitôt dans l'autre sens. Me tuer, comme vous avez tué votre mère ?

Elle retira la clé de la serrure.

La femme s'était immobilisée.

— Je n'ai pas… tué… ma mère, dit-elle en expulsant péniblement les mots.

— Ce n'est pas ce que pense la police.

La femme arracha la clé des mains d'Ivy.

— Qu'est-ce que tu veux que ça me fasse ? Tant qu'ils me croient morte…

30

— Et ta sœur, Ruth, tu l'as tuée elle aussi ? demanda Ivy en montant l'escalier, avec, sur ses talons, celle qu'elle savait à présent être Melinda.

— Tais-toi et avance.

Marche après marche, Ivy sentait la pointe du couteau dans son dos. La main de Melinda lui agrippait les cheveux avec tant de force que son crâne lui faisait mal pendant qu'elle grimpait au premier étage.

— Mes amis prennent tout le temps de mes nouvelles. Si je ne réponds pas au téléphone…

— Ils ne s'inquiéteront pas.

— Une audition est prévue lundi. Si je n'y assiste pas…

— Lundi ? répéta Melinda avant d'éclater de rire. D'ici là, tout sera fini depuis longtemps.

Fini ?

— Avance !

Melinda lui tira sur les cheveux.

Une autre volée de marches. Les tennis d'Ivy laissaient des traces sur la sciure qui couvrait le palier du grenier. La porte était ouverte – un verrou métallique à tige y avait été fixé et un trou percé dans le montant. Melinda lui lâcha les cheveux, la poussa dans la chambre, puis sur le lit.

Affolée, Ivy regarda autour d'elle. La lampe avait disparu. La literie avait été retirée. Même la corbeille à papier n'était plus dans le coin de la pièce. Sur le sol, il y avait un morceau de tissu jauni et froissé. Le cœur d'Ivy eut un raté quand elle comprit de quoi il s'agissait – la camisole de force trouvée dans la malle en osier.

Melinda la ramassa et la secoua.

— J'ai trouvé ce truc dans la vieille malle. Ça tombait à pic, hein ! Comme ton cygne, au vide-grenier. Ma mère me disait toujours qu'après sa mort elle voulait que je me serve de son argent pour transformer le vilain petit canard en cygne.

Tenant la camisole par les épaules, Melinda souleva une manche. Effilée, elle se terminait par une sangle en cuir.

— Que je l'utilise ou non dépend de toi.

Malgré elle, Ivy frissonna. Elle se tenait immobile, mais son esprit tournait à toute vitesse. Il fallait qu'elle trouve le moyen de s'enfuir. La porte de la chambre… Ivy avança au bord du lit.

Melinda lâcha la camisole de force par terre, recula et claqua la porte derrière elle avant de s'y appuyer.

— Pas question que tu files, dit-elle en désignant le lit d'un geste du menton. Recule. Détends-toi.

Ivy glissa sur le lit.

— Qu'est-ce que tu cherches ?

— Je te l'ai dit.

Les yeux de Melinda étaient animés d'une lueur démente.

— Je veux le bébé que David me doit.

— Te doit ? Te doit ? répéta Ivy d'une voix stridente. C'est…

— Cinglé ?

Melinda lui lança un long regard.

— David ne t'a pas parlé de nous ?

De nous ? De toutes les photos trouvées dans la chambre de Melinda, pas une seule ne les représentait ensemble. Ce « nous » devait être un fantasme. Mais il n'en était pas moins réel pour elle.

— Pourtant, David t'aimait bien, souffla Ivy.

— Il te l'a dit ?

L'espoir lui agrandit les yeux et, l'espace d'un instant, la nouvelle Melinda mince, aux dents régulières et aux cheveux méchés se fondit avec la fille rondelette, à la face de lune, qui portait des socquettes blanches à pompons au cours élémentaire.

Bientôt, son regard se durcit.

— Tu mens.

Elle resserra sa prise sur le couteau et le brandit devant elle.

— Je ne suis pas une parfaite idiote. David ne savait même pas qui j'étais quand il m'a vue au vide-grenier. En tout cas, au début, ajouta-t-elle en souriant. Jusqu'à ce que je lui rappelle ce qui s'était passé.

— Qu'est-ce qui s'était passé ?

Les mots sortirent avant qu'Ivy ne puisse les retenir.

— C'est ça. Fais comme si tu ne le savais pas. Comme si vous n'étiez pas morts de rire, toi et tous ceux qui avaient la cote.

« Qui avaient la cote ? » Ivy était sincèrement étonnée. Sans aucune illusion, elle savait qu'elle n'avait jamais été la coqueluche de ses camarades. Mais la jalousie était affaire de perspective et, pour sa part, Melinda avait été un mouton noir.

— Le lendemain, tout le monde en parlait. Ils ne prenaient même pas la peine de baisser la voix. Et ils ne m'ont épargné ni regards appuyés ni sarcasmes odieux. « Cette pauvre grosse Melinda a taillé une pipe à toute l'équipe de foot. » Sauf que ce n'est pas ce qui s'est passé. Mais ils avaient tellement envie de le croire que ça ne les dérangeait pas. Ne me dis pas que tu ne t'en souviens pas !

— Je…

Ivy ne savait comment poursuivre. C'est vrai, elle se rappelait certaines rumeurs, mais, sur le moment, elle n'avait aucune idée qu'il s'agissait de Melinda et ignorait quels garçons étaient impliqués. C'était avant que David et elle ne sortent ensemble et, à l'époque, avoir pour petit ami le footballeur vedette du lycée lui paraissait aussi improbable qu'être enlevée par des extraterrestres.

— Et plus tard, ils m'ont élue l'élève la plus sympa. Ils s'imaginaient que je n'allais pas piger.

Ivy se souvint que les élèves qui rédigeaient l'annuaire du lycée s'étaient regardés en se gondolant quand le résultat du vote avait été annoncé.

— Ils croyaient qu'une fille moche est forcément bête.

Une larme roula au coin de son œil et Melinda baissa le couteau. Mais juste un instant.

— Ils ignoraient ce qui s'était réellement passé.

— Personne n'a jamais su la vérité, c'est ça ? demanda Ivy, ses mots s'abîmant dans un silence angoissé. Tu es la seule à la connaître.

Elle se rendait compte que Melinda avait envie, avait besoin de raconter. Peu à peu, Ivy avança vers le rebord du lit jusqu'au moment où ses pieds touchèrent le sol.

— Tu veux savoir ce que ton mari adoré et ses amis m'ont fait ? demanda Melinda en pointant le couteau sur Ivy. J'y ai repensé tous les jours, sans exception, je l'ai revécu jusque dans mes rêves. Je me rappelle chaque détail. J'entends encore toute l'équipe dégringoler l'escalier en braillant.

Immobile, les yeux dans le vague, elle était plongée dans le passé.

— Ils se pavanaient dans leur tenue de foot. Comme d'habitude, ils ont débarqué en force.

Ivy avait envie de fredonner pour se barricader contre ces mensonges. Ces mensonges de cinglée. Il fallait bien que ce soient des mensonges.

Le regard de Melinda se leva vers le plafond.

— Aretha. C'était elle qui passait sur la station de radio préférée de M. Kezey. David chantait en même temps, mais complètement faux. Et il essayait de danser comme Michael Jackson.

Melinda sourit à ce souvenir.

— Tout à coup, il s'avance vers moi et se penche par-dessus le comptoir. "Hé, ma jolie, qu'est-ce que tu veux[1] ?"

Les joues de Melinda s'embrasèrent.

— "Ma jolie." Voilà comment il m'a appelée. Et il veut savoir où est passé tout le monde, parce que les rares clients présents s'apprêtent à partir. Il me lance :

1. « What you want », début de *Respect*, chanson d'Aretha Franklin.

“Où est ton nazi de patron ?” Je sais qu’il plaisante, mais je fais semblant de ne pas avoir compris. Je lui demande s’il veut parler à M. Kezey et j’attrape le téléphone. Alors, il répond…

Melinda se pencha en avant et mit sa main devant la bouche.

— “Laisse tomber !” Il a l’air tellement cool. Je leur attribue deux pistes où ils peuvent jouer. David revient avec son ami. Des cheveux sculptés avec de la mousse. Des yeux foncés. Il se prend pour le nombril du monde. Et je m’aperçois qu’ils ont ouvert des bouteilles de bière. Si Kezey avait été là, il aurait piqué une crise.

» Son copain, cette espèce de frimeur, se passe la langue sur les lèvres comme si ça pouvait m’aguicher. “Je voudrais louer des… chaussures. Pointure quarante-quatre.”

Melinda leva la main et lissa les cheveux sur sa tempe en imitant à la perfection le geste familier de Theo.

— Je me rappelle alors que ce type est un con de première. Tous les jours, lui et ses amis sont assis à l’entrée de la cafétéria pour noter les filles. Ils font même des fiches avec les points qu’ils leur attribuent. Mais quand je passe devant eux, c’est comme si je n’existais pas.

» Alors je leur fais : “Vous n’avez pas le droit d’apporter des boissons.” Le copain s’approche encore et, avec sa bouteille, il me caresse le bras en disant plus ou moins : “Mais tu ne vas pas cafarder, hein ?” Et il me propose de boire un coup. Je ne sais pas pourquoi…

Melinda tend la main pour prendre la bouteille imaginaire, les yeux de nouveau dans le vague.

— … j’accepte. Je bois. Pas mauvais. En tout cas, beaucoup moins mauvais que je m’y attendais. Je bois une autre gorgée avant de rendre la bière et je m'aperçois que le reste de l'équipe n'est pas en train de jouer au bowling. Ils m'observent tous et se tordent de rire. L'un lève même le bras en hurlant : "But !"

Les larmes roulent sur le visage de Melinda.

— Je me sens complètement idiote. David me dit : "Ne t'occupe pas de ces cons." Il me donne sa bière, me prend la main et m'entraîne vers le siège réservé au marqueur. Je termine ma bière, puis une autre. Ils jouent. Un *spare*. Une boule qui tombe dans la gouttière. Un *strike*. Un autre *strike*.

La voix de Melinda se faisait psalmodie. Ivy entendait presque les boules qui rugissaient en roulant, les quilles qui se renversaient.

— Ils me tapent dans la main. Puis l'ami de David me soulève du fauteuil et me donne une boule. Je le préviens que je ne sais pas jouer. Il trouve ça impayable. Je travaille dans un bowling et je ne sais pas jouer ?

» Il met les mains sur mes hanches. Au début, je pense qu'il veut m'apprendre. Il soulève mon chemisier. Je sais que je devrais l'en empêcher, mais c'est bon de sentir ses mains qui glissent sur ma peau. À la radio, Cyndi Lauper chante *Girls Just Want to Have Fun*[1].

Melinda oscilla, comme si elle entendait la musique.

— C'est le cas. Je m'amuse drôlement bien. Et soudain, avant de comprendre ce qui m'arrive, je vois de la bière partout. Sur moi. Sur le frimeur. Et, comme les autres, David est plié de rire, une bouteille dégoulinante à la main.

» Le copain de David attrape une nouvelle bouteille, l'ouvre et me la donne en disant : "Vas-y. Bombarde-

1. Les filles veulent seulement s'amuser.

les." Je pense alors : *Pourquoi pas ?* Je bouche le goulot avec mon pouce et je secoue la bouteille. Fort. Et puis je lâche.

Melinda décrivit un arc avec la main qui tenait le couteau.

— Abasourdi, David a l'air de ne pas en croire ses yeux.

Secouée de rire, Melinda tituba, lâcha le couteau, mais le ramassa aussitôt. Puis elle s'appuya au mur en s'efforçant de reprendre son souffle.

— Ensuite, c'est la guerre totale. J'ai de la bière dans les cheveux, de la bière qui me coule sur le nez. Il y a des petites flaques sur le siège en plastique. Et…

Gagnée par l'émotion, Melinda se tut. Elle prit une profonde inspiration et croisa les bras.

— Soudain, tout se calme. Ils ont tous les yeux fixés sur moi. Sur ma poitrine. Cet horrible chemisier de bowling en polyester jaune que mon patron m'oblige à porter est trempé. Je sens David derrière moi. Il me murmure que je suis sexy, tend les bras pour dégrafer le bouton du haut. Son souffle est chaud sur ma nuque. Il s'attaque au bouton suivant. *Stop !*

Melinda hurla, et son cri se répercuta sur les murs du grenier.

— Les garçons forment un cercle autour de moi.

Les mots se précipitaient à présent.

— Ils ont le visage rouge. Ils me regardent. Je sais que je devrais me couvrir. Je devrais rentrer à la maison en courant et ne pas me soucier du fichu bowling de M. Kezey.

Melinda sortit la langue en donnant l'impression de savourer une goutte de bière retenue au coin de ses lèvres. Douce. Amère.

— Maintenant, la radio passe James Brown. La musique vibre, palpite, c'est comme ça que je me sens à l'intérieur. Tous les garçons m'entourent et me regardent. Enfin, j'ai l'impression d'exister.

Les doigts refermés sur la poignée, Melinda leva le couteau en regardant Ivy dans les yeux.

— C'est à ce moment-là que David me pousse dans le débarras et referme la porte. L'obscurité est totale là-dedans. Il me prend dans ses bras, me touche. Il a un goût de sel et de bière et, je m'en souviens, il porte une chaîne autour du cou. Et ensuite… et ensuite…

Une expression troublée passa sur ses traits, pour se dissiper aussitôt.

— Il me fait l'amour.

Il « fait l'amour » ? Les mots inattendus déchirèrent l'air, encore plus accablants que si Melinda avait parlé d'un viol.

— Plus tard, je me réveille sur le sol du débarras, toute seule. J'ouvre la porte. Le bowling est vide. Mon chemisier est déboutonné et mon soutien-gorge dégrafé. Ma culotte a disparu. Je me précipite dans les toilettes pour rendre. Puis je me regarde dans la glace.

Elle se passa les doigts dans les cheveux.

— Je suis décoiffée, hirsute, grotesque. Je suis couverte de vomi. J'essaie de me laver, et ensuite je nettoie partout avec du détergent. Mais le bowling pue toujours la bière et le dégueulis même si je frotte et éponge comme une malade. Les larmes m'aveuglent, je suis terrifiée à l'idée que M. Kezey risque de se pointer d'une minute à l'autre. S'il me trouve là, il comprendra ce qui s'est passé.

Le visage de Melinda se tordit et elle se mit à pleurer.

— Et alors, tout le monde saura ce que j'ai fait, conclut-elle avec un regard qui mettait Ivy au défi de lui répondre.

— Je suis vraiment navrée.

Ivy sentait bien que ces mots se révélaient horriblement faibles eu égard à cette épreuve.

Melinda eut un reniflement railleur.

— Mais oui, maintenant. À l'époque, personne ne l'était, personne ne s'est excusé, personne ne m'a appelée pour voir comment j'allais.

Du revers de la main, elle s'essuya le nez.

— Je me suis retrouvée enceinte. Quand j'ai perdu le bébé, ma mère m'a dit que c'était Dieu qui me punissait. Entre-temps, David et toi vous sortiez ensemble, vous alliez au bal du lycée, puis à l'université et vous étiez diplômés. Un couple parfait. Une maison parfaite.

Melinda pinça les lèvres et plissa les yeux pour ajouter :

— Une vie parfaite.

— Pourquoi est-ce que tu n'as pas raconté à quelqu'un ce qui s'était passé ? Ou prévenu la police ?

— Personne ne m'aurait crue, répondit Melinda en frissonnant, son regard devenant sombre et froid. Tout comme tu ne me crois pas maintenant. Ou alors, on m'aurait dit que ce n'était pas bien grave. Pour eux, d'ailleurs, ce n'était peut-être rien.

Mais Ivy la croyait. Theo était présent, elle en était convaincue. C'était donc ça, l'« histoire ancienne », le « il ne s'était rien passé » qu'il ne voulait pas voir remonter à la surface.

— Tu sais, dit Ivy, les adolescents font des choses d'une bêtise incroyable, surtout quand ils sont bourrés. Et ensuite, ils le regrettent.

— Ce n'était pas une bourde, mais quelque chose de délibéré. Ils avaient calculé leur coup. Ils savaient que M. Kezey serait absent, sinon ils n'auraient pas apporté de bière. Et où étaient passés tous les autres clients ? Ce n'était jamais aussi vide le mardi après-midi. Quand je suis partie, on avait tourné la pancarte du côté "fermé". Je sais que David l'a fait dès son arrivée.

D'un regard, elle défiait Ivy de trouver une autre explication. Mais quelles que soient les objections et les observations rationnelles qu'on pourrait lui opposer, Melinda continuerait à croire à sa version.

— Je vais t'accompagner à la police, dit Ivy. Il n'est pas trop tard pour révéler ce que David t'a fait. Ce n'était pas ta faute. Personne ne pourra te reprocher quoi que ce soit.

Melinda eut l'air amusée.

— Tu crois que je me soucie de ce que pensent les gens ? J'ai dépassé ce stade depuis longtemps. Non, ce que je veux, c'est mon bébé.

— Je t'en prie, ne fais pas ça. Ensuite, tu ne pourras plus revenir en arrière. Tu devras prendre la fuite et tu ne pourras aller nulle part sans te retourner tout le temps pour voir si on ne te suit pas.

— Qui pourrait bien se mettre à ma recherche ? David ? Il sera en prison pour m'avoir assassinée. Toi ? Alors là, excuse-moi ! dit Melinda avec une moue faussement inquiète. La police ? C'est plutôt à toi qu'elle risque de s'en prendre. Tout portera à croire que tu es partie avec ton bébé parce que tu ne pouvais pas supporter l'idée d'être mariée à un assassin.

31

La porte claqua derrière Melinda. Un instant plus tard, Ivy se rua dessus, tourna le bouton, tira. Rien à faire. Elle était enfermée.

Un pied contre le montant, elle tira alors de toutes ses forces et fut projetée en arrière, le bouton en cuivre toujours à la main. Un peu plus, et elle tombait à la renverse.

— Madame Rose ?

En entendant parler, Ivy pivota soudain. La voix féminine venait du monte-plats et le conduit l'amplifiait.

— C'est Phyllis Stone, du laboratoire de la police du Norfolk…

Dans la cuisine, Melinda écoutait le message laissé sur le répondeur. Ivy s'approcha du monte-plats et, sans bruit, fit glisser le panneau du bas pour mieux entendre. Le message défila jusqu'au bout, avec la mention du numéro de téléphone et de l'adresse, dans la commune voisine.

Peu après, Ivy entendit Melinda :

— Allô ? J'appelle pour le prélèvement d'ADN. Phyllis Stone m'a téléphoné tout à l'heure… Oui, c'est Ivy Rose.

Pétrifiée, Ivy écouta la suite.

— Bien sûr. Merci beaucoup.

Il y eut un long silence.

— Oui, je peux venir cet après-midi.

Un nouveau silence.

— Parfait. D'accord, je passerai avant 17 heures.

Puis il n'y eut que le bruit de la pluie qui tambourinait sur le toit et s'écoulait dans les gouttières métalliques. Ivy regarda dans le conduit obscur.

Ça n'était pas logique. L'ADN de Melinda ne serait d'aucune utilité à la police puisqu'elle l'avait déjà. D'après Blanchard, on l'avait prélevé sur une brosse à dents trouvée chez elle.

Une brosse à dents… La tête soudain froide et les idées claires, Ivy se rendit compte de la substitution opérée par Melinda. La brosse à dents que les policiers avaient prise dans l'appartement de Melinda était en fait celle qu'elle avait elle-même perdue quelques semaines plus tôt. Melinda s'était débrouillée pour s'introduire chez eux, pour la voler et la laisser dans sa salle de bains comme si elle lui appartenait.

L'ADN dont disposait la police pour Melinda White était en réalité celui d'Ivy. Et l'échantillon qu'allait donner Melinda au laboratoire serait attribué à Ivy Rose, dernière touche mise à cette manipulation.

Le seul pépin serait peut-être la pièce d'identité avec photo. Melinda espérait sans doute que le technicien de laboratoire ne jetterait qu'un coup d'œil hâtif sur le permis de conduire d'Ivy.

Mais pourquoi se donner la peine de s'attribuer l'ADN d'Ivy ?

La réponse fusa, accablante. *Le tissu fœtal.* Les résultats de l'analyse d'ADN allaient bientôt tomber. David serait reconnu comme le père de l'enfant. L'ADN de la mère correspondrait à celui qu'on avait retrouvé sur la brosse à dents. Pour la police, ce serait la preuve que David était le père de l'enfant que portait Melinda. Une inculpation d'homicide serait délivrée contre lui.

Mais comment… Ivy connaissait aussi la réponse à cette question.

Le 14 juillet. Il y avait un an et demi. Ivy se rappelait ce matin d'été chaud, humide, qu'elle avait passé aux urgences de l'hôpital de Neponset, alors qu'une infirmière emportait le placenta et les restes minuscules de ce qui aurait dû être son premier enfant. Le corps était allé au laboratoire pour y être autopsié, un laboratoire dans lequel travaillait Melinda.

La colère explosa en elle. Melinda avait gardé ces restes, pris leur couteau de cuisine et tranché dans la chair et le sang du bébé mort-né. Puis elle avait déposé ce couteau et le sac en toile à l'arrière du camion de David. Peut-être même avait-elle appelé la police, sans révéler son nom, bien sûr, pour lui donner le tuyau.

Pièce après pièce, le plan soigneusement élaboré par Melinda s'était mis en place. David était en prison. Le test ADN prouverait qu'il avait une liaison avec Melinda. Ivy disparaîtrait et, pour tout le monde, elle se serait enfuie avec son bébé, incapable de faire face aux terribles conséquences qu'entraînerait la culpabilité de son mari.

Et la petite fille qu'elle attendait ? Ivy posa la main sur son ventre. Cette folle allait la lui voler. Elle grandirait auprès d'une paranoïaque, dans un climat de haine et d'amour obsessionnel, comme Melinda enfant ; elle serait élevée par une femme qui aurait tout sacrifié, jusqu'à sa propre identité, pour devenir sa mère.

À moins qu'Ivy ne l'en empêche.

Elle n'avait pas le temps d'attendre que Jody ou Theo vienne la sauver. Les policiers n'allaient pas arriver au galop sur de blancs destriers. L'un des dictons préférés de grand-mère Fay lui revint en mémoire : *Si tu veux que tes œufs éclosent, couve-les.*

Mais comment s'échapper ? Elle entendait bien des voitures passer dans la rue, mais il n'y avait pas de fenêtre d'où elle aurait pu appeler à l'aide. Celle de la salle de bains était trop petite pour s'y glisser, et la vue était bouchée par le toit et la cheminée.

Si tu ne peux pas passer par-dessus, passe par-dessous. Voilà un autre truisme que grand-mère Fay aimait à répéter.

Ivy regarda dans le conduit du monte-plats. À portée de sa main, elle vit le câble, intact, qui permettait autrefois à la cage de monter et de descendre. Il s'enfonçait dans un abîme aussi obscur que celui dans lequel Ivy risquait d'être précipitée.

Lorsqu'elle se pencha, elle eut brièvement l'impression que quelqu'un allait se ruer sur elle pour la pousser. Elle se voyait déjà en train de dégringoler dans ce noir d'encre et de s'écraser dix mètres plus bas, le cou rompu, le corps estropié.

Sa tête heurta la paroi et ce bruit se répercuta dans le conduit. Ivy recula malgré elle, puis se retint au rebord et se figea en espérant que Melinda n'avait rien entendu. Tout comme il montait, le bruit descendait.

Ignorant ses entrailles nouées – par la peur et non par sa grossesse, elle en était sûre –, elle saisit le câble qui pendait au milieu du conduit et le tira lentement. Un craquement se fit entendre au-dessus de sa tête quand il glissa d'une quinzaine de centimètres avant de s'arrêter. Elle tira plus fort, au point que son bras se mit à trembler. Lorsqu'elle jeta un coup d'œil à sa main, elle vit des taches de rouille et une ligne rouge à l'endroit où le câble avait entamé la chair.

Ivy envisagea cette possibilité. Le câble. Le conduit. Si elle parvenait à descendre, elle pourrait ressortir par les panneaux coulissants qui donnaient accès au palier du premier étage. C'était un moyen de s'échapper – si toutefois elle avait le courage de tenter le coup, ainsi que l'énergie et la force nécessaires. Quant au désespoir, elle en avait à revendre.

Ne s'agissait-il pas d'une autre façon de grimper à la corde, cet exercice privilégié par M. Reiner, leur entraîneur, qui affirmait que c'était épatant pour rester en forme et qu'il n'y avait pas meilleur moyen pour apprendre l'endurance et la concentration ?

Pourtant, Ivy avait toujours préféré faire une centaine de pompes avec quinze kilos sur le dos que grimper à la corde. La montée se faisait chaque fois sans problème, elle était concentrée. Une main après l'autre, la corde enroulée autour d'une jambe, bloquée avec l'autre pied.

La descente aurait dû être simple comme bonjour – freiner et lâcher, laisser agir les jambes et la pesanteur. Mais M. Reiner avait beau lui répéter « Ne regarde pas en bas », elle ne pouvait s'en empêcher. La bouche sèche, elle commençait à transpirer, ses mains devenaient glissantes, et l'impression que le sol se soulevait à toute vitesse pour l'écraser lui donnait envie de vomir et lui nouait le ventre.

Humiliation suprême, l'entraîneur avait un jour dû grimper pour la persuader de détacher ses doigts crispés sur la corde et de poser ses fesses sur des sangles de sauvetage.

Quant au câble du monte-plats, il avait un diamètre quatre fois plus petit qu'une corde. Et des arêtes vives. Si elle voulait descendre, il lui faudrait quelque chose pour protéger ses mains et lui permettre de s'accrocher. En outre, il n'était pas flexible – pas moyen de l'enrouler autour de sa jambe et d'utiliser le frottement pour freiner et lâcher. Il lui aurait fallu des sangles de sauvetage, comme celles qu'avait utilisées M. Reiner pour la descendre de la corde. Et quelque chose pour se protéger les mains.

Mais où se les procurer ?

Ivy parcourut la pièce du regard. La literie avait été retirée. Ainsi que les serviettes et le rideau de douche dans la salle de bains. Le seul objet qui restait dans la pièce était la camisole de force, chiffonnée, par terre.

Elle s'en approcha et l'attrapa par les manches. La toile épaisse semblait assez résistante. Lorsqu'elle la tendit à bout de bras, on aurait dit un épouvantail creux. Tirant sur une sangle en cuir, elle examina les boucles. Elles étaient solidement fixées.

De la cuisine lui parvenait le bruit d'une porte de placard qu'on claquait. Puis une autre. On ouvrait un tiroir, on le refermait, avant de passer à un autre. Melinda cherchait quelque chose.

« Représentez-vous le but à atteindre. » Voilà ce que leur répétait M. Reiner. Ivy se représenta la façon dont elle s'y prendrait. Ça pourrait marcher. Il le fallait bien.

Elle roula le corps de la camisole et forma une grosse saucisse de toile qu'elle pourrait enrouler autour du câble pour lui donner une meilleure prise. Les longues lanières cousues au bas des manches feraient de bonnes sangles de sauvetage.

Une fois revenue devant le monte-plats, elle se pencha et tendit la main : de l'entrée au fond, d'un côté à l'autre, le conduit mesurait la longueur de son bras. Ivy passa la main sur les murs en lattes et en plâtre et sur le bois de charpente rugueux, aux nombreux éclats, qui les bordait. Ces poutres, ainsi que le rebord des ouvertures du monte-plats, fourniraient des points d'appui à chaque étage.

Le bruit du réfrigérateur qu'on ouvrait, puis refermait, monta d'en bas. Des pas s'éloignèrent.

Melinda risquait de monter.

Ivy abaissa le panneau du monte-plats jusqu'à fermeture complète et déposa la camisole de force à l'endroit où Melinda l'avait lâchée. Elle remit le bouton de porte temporairement en place à l'aide de la vis tordue qu'elle trouva par terre.

De l'autre côté de la porte, elle entendait des pas lourds monter l'escalier du grenier. Au moment où le verrou fut tiré, Ivy se rasseyait sur le lit.

Quand la porte s'ouvrit, Ivy eut le souffle coupé. Melinda avait mis une perruque de longs cheveux bruns coiffés avec une frange. Elle avait enfilé l'une de ses tuniques de future maman, fourré quelque chose sur son ventre pour avoir l'air enceinte et chaussé les vieilles Doc Martens vertes d'Ivy.

Cette piètre imitation n'était guère convaincante pour quiconque connaissait Ivy, mais pouvait abuser un étranger qui jetterait un rapide coup d'œil à la photo du permis de conduire et s'attendrait à voir une femme enceinte. Après tout, Mme Bindel l'avait bien prise pour Ivy quand elle l'avait vue le dimanche soir, à la tombée de la nuit, avec cette perruque et les lunettes de soleil, au moment où elle avait glissé les vêtements tachés de sang dans la malle en osier. Ivy elle-même avait été sciée par la ressemblance en regardant par la fenêtre de la cuisine.

— Il faut que tu boives ça.

Melinda lui tendit un grand verre plein de jus d'orange. Dans son autre main, elle tenait le couteau.

— Ne t'inquiète pas. Ça ne fera aucun mal au bébé. C'est seulement de la tanaisie.

Ivy avait vu la tanaisie dans un catalogue de plantes sauvages. Les fleurs ressemblaient à de petits chrysanthèmes jaunes – comme les fleurs étiques qui poussaient dans le jardin abandonné de la mère de Melinda, près de la porte de la cuisine.

— De la pitocine naturelle, ajouta Melinda.

Le ventre noué, Ivy eut un mouvement de recul. La pitocine était ce que les médecins administraient pour accélérer le travail de l'accouchement.

Melinda traversa la pièce.

— Il existe d'autres moyens pour prendre ce bébé, dit-elle en laissant à sa phrase le temps de faire son chemin. Mais, crois-moi, celui-ci est de loin le plus agréable et le plus sain.

Elle approcha la paille des lèvres d'Ivy.

— Allez, bois.

Les sinus d'Ivy s'emplirent de l'odeur sucrée de l'orange à laquelle se mêlait de l'âcreté. La lame luisante du couteau fut la seule chose qui la retint d'envoyer dinguer le verre.

Melinda força la paille entre les lèvres d'Ivy.

— Je t'ai dit de boire.

Ivy aspira un peu de jus, avala et s'étouffa. Le goût de médicament, celui qu'elle avait déjà remarqué, était nettement perceptible.

— Bien sûr, l'acupuncture est la façon la plus saine de provoquer un accouchement, poursuivit Melinda.

On aurait dit une animatrice de pub vantant les mérites des compléments alimentaires naturels.

— Sauf si on est prêt à attendre que la nature fasse son œuvre, évidemment. Mais il est trop tard à présent.

Elle lui enfonça de nouveau la paille dans la bouche.

Par le conduit du monte-plats, Ivy entendit les gémissements de Phoebe et le cliquetis de ses griffes sur le sol de la cuisine. Elle se força à boire bruyamment afin que Melinda ne remarque pas la présence de la chienne en bas.

— Ça ne fera aucun mal au bébé. C'est ce qui importe par-dessus tout.

Ivy avala les dernières gouttes du maudit breuvage.

— Parfait. Maintenant, nous allons attendre, dit Melinda en jetant un coup d'œil à sa montre. Trois à cinq heures, d'après les spécialistes.

Les douleurs de la veille – qui s'étaient révélées être une fausse alerte – avaient débuté environ quatre heures après qu'Ivy avait bu le jus d'orange à même le carton qui se trouvait dans le réfrigérateur. Melinda ignorait cependant qu'elle en avait bu un demi-verre en revenant de l'hôpital, au moins trois heures plus tôt. Les contractions pouvaient se déclencher à tout moment.

— La tanaisie a beau être un produit naturel, elle est très puissante, reprit Melinda. Et son utilisation est délicate. On n'en prend pas assez ? Tout ce qu'on obtient, c'est une diarrhée carabinée. On en prend trop ? On risque d'en mourir.

Ivy ne savait pas si c'était la nausée ou la frayeur qui la submergeait. Trop, ça voulait dire combien ? Rien ne lui permettait de savoir si elle avait dépassé ce seuil. Elle s'allongea et se tourna sur le côté en espérant que Melinda comprendrait qu'elle ferait mieux de partir. À l'instant même où elle se dirigerait vers le laboratoire de la police, Ivy s'échapperait. Plus le temps passait, plus ses chances s'amenuisaient.

— Tu es fatiguée ? Ce n'est pas le moment de t'endormir.

Sous ses paupières mi-closes, Ivy la vit sortir un magnétophone de sa poche.

— Le message que tu as enregistré sur le répondeur est d'un revêche achevé. Il nous faut quelque chose d'un peu plus… rassurant. Assieds-toi.

Ivy se redressa. Elle se sentait nauséeuse, lourde, comme si quelque chose lui était resté sur l'estomac, et elle avait un goût de limaille de fer dans la bouche.

Melinda déplia des feuilles de papier et les lui tendit. Sur la première, l'écriture était enfantine, lettres tracées à traits épais, grosses boucles et petits ronds au lieu de points sur les *i*.

Bonjour. Désolée, je ne peux pas vous répondre pour l'instant, et, oui, j'attends toujours si c'est pour ça que vous appelez.

Melinda approcha le magnétophone du visage d'Ivy. Dans son autre main, elle tenait le couteau. Ivy frissonna en sentant la lame froide sur sa nuque.

— Détends-toi. Sois naturelle, conseilla Melinda.

Feignant la mauvaise volonté, Ivy se mit à lire. En réalité, elle voulait finir au plus tôt pour que Melinda s'en aille.

Après le premier message, elle attaqua le suivant.

Désolée d'avoir manqué votre appel. Merci pour votre proposition. J'espère que vous ne m'en voudrez pas, mais, pour l'instant, je préfère rester seule. Je vous enverrai un mail.

Elle enchaîna les messages, chacun expliquant qu'elle allait très bien et ne souhaitait pas être dérangée. Sachant que Jody ne se laisserait pas décourager – du moins pas longtemps –, elle éprouva une certaine satisfaction.

Quand elle eut terminé, Melinda éteignit le magnétophone.

— Ne t'inquiète pas pour ta messagerie, je m'en suis aussi occupée. Tu réponds à tous les mails. Il paraît que tu vas on ne peut mieux. En fait, pendant que tu dormais, j'ai contacté Kamala. C'est ton amie Jody, hein ? Je lui ai dit qu'on attendait toujours que l'"hippopotame" sorte. Très mignon. C'est marrant comme c'est facile de se faire passer pour quelqu'un quand on dispose de tous les anciens messages. Elle a répondu aussitôt, sans manifester la moindre inquiétude.

— Pour l'instant.

— Tu as raison. On ne pourra pas continuer ce petit jeu trop longtemps.

Melinda croisa alors le regard d'Ivy, et cette dernière fut terrifiée par la froide détermination qu'elle lisait dans ses yeux.

Après avoir consulté sa montre, Melinda reprit :

— Trois à cinq heures, pas plus.

D'un doigt passé dans son encolure, elle tira sur une chaîne en argent à laquelle était suspendue une main. Elle frotta la pierre bleu de cobalt.

Le porte-bonheur d'Ivy.

32

Melinda ramassa le verre vide posé au sol et sortit à grands pas de la pièce. Le verrou se ferma et le bruit des bottes retentit dans l'escalier.

Ivy se précipita vers le monte-plats. Les aboiements de Phoebe lui parvenaient d'en bas. Bientôt, la chienne hurla avec frénésie.

Combien de temps faudrait-il à Melinda pour arriver au labo ? Dix minutes ? Elle devrait se garer, passer les contrôles. Et sans doute remplir et signer des papiers. Puis se soumettre au prélèvement, et enfin effectuer le trajet du retour.

Au pire, elle s'absenterait vingt-cinq minutes. Au mieux, quarante-cinq. Est-ce que la tanaisie agirait avant ?

Concentre-toi sur ce que tu peux changer et oublie le reste. La voix de grand-mère Fay, qu'elle entendait dans sa tête, la calma.

Ivy était bien obligée d'attendre le départ de Melinda. Elle ne pouvait pas prendre le risque de faire un bruit qui lui mettrait la puce à l'oreille. Les secondes s'écoulaient, puis les minutes, pendant qu'Ivy patientait. Bon sang, qu'est-ce qu'elle fabriquait ?

Puis Ivy entendit sa propre voix. « Bonjour. Désolée, je ne peux pas vous répondre pour l'instant… » C'était l'un des messages que Melinda lui avait fait enregistrer et qu'elle mettait sur le répondeur.

Enfin, Ivy sentit la maison vibrer quand la porte d'entrée se referma. Un peu plus tard, la portière de la voiture claqua. Le moteur tourna.

Il fallait saisir cette chance, il n'y en aurait pas d'autre.

Ivy ramassa la camisole de force, en roula le corps, mais non les manches terminées par les sangles, et la posa à l'entrée du monte-plats, dont elle souleva le panneau.

Après quoi, elle s'assit sur le rebord et fit passer ses jambes dans le conduit. Les yeux fixés droit devant elle, elle coinça ses tennis sur les murs des deux côtés opposés.

Était-elle folle ? Elle avait trente-trois ans et pouvait accoucher d'un moment à l'autre. N'empêche, ses bras et ses jambes étaient solides. En outre, elle n'avait pas le choix.

Le bébé bougea et Ivy sentit dans son ventre un arc vibrant qui faisait penser à une étoile filante. Ça pouvait marcher. Il le fallait. Elle ferait son possible pour protéger ce bébé.

Ne réfléchis pas, agis !

Ivy attrapa la camisole de force et se pencha en avant. Pour combattre le vertige, elle se concentra sur le rythme régulier de la pluie.

Ne regarde pas en bas !

Elle enroula la toile épaisse autour du câble comme les rayures d'un sucre d'orge – une, deux, trois fois –

puis serra bien ce tortillon. Enfin, elle boucla les sangles des manches sur lesquelles elle comptait s'asseoir.

Cette fois, il n'y aurait ni entraîneur ni camarades prêts à grimper pour la sauver, et pas de matelas empilés en bas en cas de chute – une dégringolade de dix mètres dans un noir d'encre jusqu'à la terre battue du sous-sol.

Représentez-vous le but à atteindre. À deux mains, elle attrapa le câble gainé de toile puis cala ses pieds sur les poutres des deux murs opposés. Enfin, avec précaution, elle s'assit sur les sangles et sentit que la toile enroulée se tendait peu à peu.

Jusque-là, tout allait bien. Elle ignora la peur qui lui brûlait les entrailles et pesa davantage sur les sangles tout en tâtant les murs pour trouver d'autres poutres, plus bas, au cas où la spirale de toile ne lui permettrait pas de s'agripper fermement au câble. Ce dernier grinçait, gémissait, mais tenait bon.

Ça marchait. Maintenant, il s'agissait de descendre.

Ivy se souleva de son siège de fortune et prit appui sur ses pieds afin de desserrer la toile qu'elle tira ensuite vers le bas.

Melinda était-elle arrivée au labo de la police à présent ? Était-elle en train de se garer ? Combien de mètres restait-il avant qu'Ivy n'atteigne l'ouverture du premier étage ? Deux mètres cinquante ? Trois ? À raison de progressions de sept ou huit centimètres, ça lui prendrait… Le calcul était décourageant. Elle espérait seulement qu'elle en aurait le temps.

Ivy chercha une prise plus bas et baissa le tortillon. Elle voyait à peine ses mains devant son visage. Au-dessus de sa tête, le rectangle de lumière découpé par le panneau du monte-plats resté ouvert était de plus en plus indistinct.

L'opération fut répétée un nombre incalculable de fois – poser les pieds sur les poutres pour relâcher et baisser la toile le long du câble, s'asseoir sur les sangles, resserrer le tortillon, trouver une nouvelle prise pour ses pieds. Elle essayait de ne pas penser à l'obscurité qui se refermait sur elle. Chacun de ses mouvements se répercutait dans le conduit.

Péristaltisme. Elle se répéta ce mot, puis l'épela en continuant sa descente, à tâtons désormais, et s'imagina que le monte-plats était un serpent, qu'elle était la proie qu'il avait avalée, et qu'elle progressait dans son tube digestif.

Malgré ses bras et ses jambes tremblant de fatigue, elle persévérait. Alors qu'elle abaissait son postérieur sur les sangles pour ce qui lui parut la centième fois, le téléphone se mit à sonner. Le bruit se répercuta dans le conduit.

Elle s'efforça de l'ignorer et chercha une nouvelle prise, la trouva. Le téléphone continuait à sonner.

Ivy pesa sur ses pieds.

Le répondeur se déclencha.

La toile enroulée se détendit. Ivy la baissa de quelques centimètres, puis déplaça ses pieds. Le nouveau message assurait qu'elle allait très bien et qu'elle attendait toujours.

— Bon Dieu, Ivy, où est-ce que tu te caches ?

C'était Jody qui braillait dans l'appareil.

— Tu sais que ça me rend dingue. Tu filtres les appels, maintenant, c'est ça ?

Après un long silence, elle lâcha :

— T'es vraiment emmerdante, je t'assure !

En fond sonore, Ivy entendait le cri strident de Riker :

— *Bou-hou !*

— Si mon fils vire au délinquant juvénile, ça sera ta faute. Tu veux bien décrocher ce fichu téléphone ?

Je suis là ! avait envie de hurler Ivy.

— Ce que tu peux être enquiquinante ! dit Jody avant de raccrocher.

Concentre-toi sur le but à atteindre.

Avec la transpiration, elle avait les mains glissantes, comme autrefois quand elle grimpait à la corde et que, une fois arrivée au sommet, elle regardait en bas.

Melinda devait sortir son baratin à l'accueil du labo, montrer très vite le permis de conduire d'Ivy en comptant sur son déguisement pour abuser la réceptionniste.

Bientôt, Ivy allait atteindre l'ouverture du premier étage. C'était encore loin ? Sans réfléchir, elle laissa son regard plonger au fond du conduit d'un noir d'encre. Elle en eut le souffle coupé. L'affolement la gagnait. Un pied glissa de son appui. L'autre lâcha lui aussi. Une secousse, et elle se retrouva en train de se balancer dans le vide, retenue par les sangles qui lui étaient remontées sous les aisselles. Ses jambes heurtaient les parois rugueuses en plâtre, et l'écho de ses hurlements lui revenait aux oreilles. Sous ses bras, le cuir durci entamait sa peau.

Par chance, la toile entortillée s'était serrée et tenait bon. Ivy agita les jambes pour trouver une nouvelle prise et, enfin, sentit une poutre d'un côté et, de l'autre, une saillie assez large pour y loger un pied. Haletante, elle se reposa un instant pour reprendre son souffle.

Juste à l'endroit de cette saillie, Ivy aperçut un rai gris.

La sueur lui coulait dans les yeux, ses jambes tremblaient. Ivy assura sa position. Tout ce qu'elle avait à faire, c'était soulever le panneau du monte-plats et sortir. Elle imagina que ses doigts se desserraient, que sa main remontait ce panneau.

Trois, deux, un... zéro ! D'un grand geste dans l'obscurité, elle baissa une main, chercha à tâtons le bois qui masquait l'ouverture et tira. Puis elle s'agrippa de nouveau au câble.

Celui-ci vibra et craqua, mais le panneau n'avait pas bougé. À moins que… Était-ce l'effet de son imagination ou la bande grise s'était-elle réellement élargie ?

Une ombre passa sur cette zone et, l'espace d'un instant, Ivy se figea avant d'entendre les griffes de Phoebe sur le parquet, de l'autre côté.

Cette fois, elle tira plus fort. La bande de lumière gagna un demi-centimètre. Coinçant un orteil dans l'ouverture, Ivy l'agrandit encore.

Juste derrière, Phoebe posa ses pattes sur le rebord, flaira la chaussure d'Ivy et aboya.

— Ouste ! dit Ivy en soulevant à demi le panneau avec son pied.

La chienne posa sa truffe à la moustache blanche sur le rebord.

— Pousse-toi !

Ravie, Phoebe remua l'arrière-train.

— Phoebe, assise !

Elle obéit.

— Ne bouge pas !

La chienne posa la tête sur ses pattes. Stupéfiant.

Peu à peu, Ivy réussit à soulever complètement le panneau. Elle posa les pieds sur les poutres, de part et d'autre du conduit, et ses mains saisirent les deux côtés de l'ouverture.

La camisole se détendit. Ivy retint son souffle lorsque le tortillon glissa vers le bas et disparut dans l'obscurité.

Lentement, les jambes flageolantes, elle posa un genou sur le rebord. Les mains tendues devant elle pour amortir sa chute, elle s'affaissa sur le sol près de Phoebe.

La chienne lui lécha le visage pendant qu'elle pleurait et riait en même temps. Contusionnée, mais indemne. Elle avait réussi.

33

Ivy se releva et se précipita vers l'escalier. *Pourvu que la porte de la cuisine soit ouverte !* À peine avait-elle descendu la moitié des marches qu'elle entendit un crissement familier – on ouvrait la moustiquaire. Elle s'accroupit et tâcha de se faire toute petite.

Une clé tourna dans la serrure. Ivy eut soudain la bouche sèche. Entre deux barreaux richement sculptés de la rampe, elle vit s'ouvrir la porte principale.

Melinda entra à reculons. Le ciré d'Ivy ne couvrait pas la totalité de son faux ventre de femme enceinte. Elle empocha la clé après avoir refermé derrière elle et laissa tomber son sac – le sac d'Ivy – sur le sol.

Une fois la capuche baissée, Ivy découvrit qu'elle portait de grosses lunettes de soleil et la perruque aux longs cheveux bruns. Elle sifflotait. Les choses devaient s'être bien passées.

Au-dessus de sa tête, sur le palier du premier étage, Phoebe soufflait et s'agitait. Melinda se figea, puis pivota vers l'escalier, ôta ses lunettes de soleil et leva les yeux.

Ivy se tassa encore davantage dans l'obscurité.

Melinda pencha la tête, s'approcha de l'escalier et souleva de son socle la statue en bronze en l'attrapant par les pieds. Après quoi, elle la renversa pour que sa base pesante, encore alourdie par le boulon de quinze centimètres, serve de massue. Elle avança alors sur la première marche.

Rrrrr ! Phoebe grondait derrière Ivy.

Melinda monta la marche suivante.

La chienne aboya quatre fois, descendit en passant devant le coude de l'escalier où Ivy se recroquevillait et, tête baissée, lâcha un grognement menaçant.

Melinda baissa la statue.

— Tais-toi, stupide cabot. Je m'occuperai de toi plus tard.

Elle remit la statue en place sur le pilastre, puis se dirigea vers la salle de séjour.

Le soulagement inonda Ivy. Melinda, devina-t-elle, soulevait le couvercle de la banquette, sous la fenêtre. Un bruit mat suivit. Puis des pas sur le parquet qui craquait. Que se passait-il donc ? Elle tendit l'oreille pour guetter d'autres indices. Elle attendit que le couvercle de la banquette se referme, que Melinda se déplace dans la pièce, allume l'interrupteur ou ressorte.

Mais elle n'entendit rien. Pas le moindre mouvement. Un silence absolu.

Une douleur sourde dans le dos lui déclencha un malaise. *S'il vous plaît, pas maintenant ! Pas encore !*

Ivy se releva et descendit l'escalier aussi vite que le lui permettait son ventre lourd. Dans l'entrée, elle entendit de nouveau le parquet craquer, de plus en plus fort. En passant devant la salle de séjour, elle remarqua que la banquette, sous la fenêtre, était restée ouverte.

Trop tard pour revenir sur ses pas. Ivy ramassa son sac à l'endroit où Melinda l'avait lâché et se dépêcha de traverser la salle de séjour.

— Hé là !

Melinda l'avait vue.

Vite, Ivy gagna la cuisine, puis le vestiaire. Elle atteignit la porte qui donnait sur l'extérieur. Ouf, elle n'était pas fermée à clé.

À cet instant, une contraction d'intensité croissante l'immobilisa. Impossible de courir. À peine pouvait-elle bouger.

Elle parvint à pousser la moustiquaire, la laissa claquer, puis se glissa au milieu des manteaux et parkas accrochés à une patère à côté de la porte, qu'elle ouvrit complètement pour se cacher.

Un instant plus tard, elle entendit Melinda arriver et se tassa encore davantage dans les vêtements qui l'abritaient.

La contraction se fit plus forte, la sueur perla sur son front et Ivy se raccrocha à une manche pour ne pas perdre l'équilibre. Pour ne pas hurler.

Melinda devait jeter un coup d'œil dehors, supposant sans doute qu'Ivy s'était enfuie à la faveur de l'obscurité.

Ivy eut alors le souffle coupé par la douleur et, même si elle l'avait voulu, elle n'aurait pas pu bouger.

Crrr. C'était la moustiquaire qu'on ouvrait. Ivy sentit un courant d'air frais sur ses jambes. Elle se représentait Melinda en train de se demander si elle allait se lancer à sa poursuite. *Sors ! Vas-y !*

La porte pesa moins fort contre elle. La moustiquaire siffla et se referma. Ivy compta jusqu'à trois et se rua sur la porte pour la refermer. Les mains tremblantes, elle fouilla en vain dans son sac puis le renversa pour en faire tomber le contenu par terre. Elle ramassa les clés et donna deux tours à la serrure.

Haletante, elle s'appuya au mur. La contraction avait duré plus longtemps que toutes celles qu'elle avait eues jusque-là. Quand elle porta la main à son ventre, elle sentit que les muscles se détendaient.

Dans quelques minutes, Melinda comprendrait le tour qu'elle lui avait joué et n'aurait aucune difficulté à entrer – Ivy l'avait vue empocher une clé en arrivant.

Il fallait qu'elle se barricade à l'intérieur et appelle la police. *Tout de suite !*

Elle courut dans la cuisine, rebrancha le téléphone et composa le 911. Le combiné à l'oreille, elle traîna une chaise de cuisine devant la porte et la coinça sous la poignée.

— 911. De quel service d'urgence avez-vous besoin ? fit la voix calme de la standardiste.

— S'il vous plaît, s'il vous plaît, envoyez la police ! Elle essaie de me tuer ! hurla Ivy.

Elle donna son nom et son adresse en retournant prendre une autre chaise. Elle la tira vers l'entrée principale et dut se débattre pour en dégager les pieds pris dans le tapis de la salle à manger.

— Allô ? Vous êtes toujours en ligne ? demanda la standardiste.

Ivy répéta l'adresse. À peine avait-elle réussi à coincer la chaise sous la poignée de la porte d'entrée qu'elle entendit la moustiquaire s'ouvrir. Une clé tourna dans la serrure.

Ivy lâcha le téléphone.

— Fiche le camp ! J'ai appelé la police ! hurla-t-elle derrière la porte.

Un coup sourd retentit quand Melinda poussa.

— C'est trop tard ! lui cria Ivy en reculant. On transmet l'appel en ce moment. Ils seront ici d'une…

Melinda poussa. Encore et encore. La chaise commença à glisser.

Ivy souleva Bessie du pilastre.

Un autre bruit mat, c'était Melinda qui pesait contre la porte. La chaise glissa de quelques centimètres. Une dernière poussée et Melinda entrerait.

Ivy se cacha dans le placard à manteaux. Elle allait s'enfermer quand elle entendit le fracas de la chaise qui s'écroulait. Elle s'assit sur le sol du placard, le plus au fond possible.

Des pas. Melinda était entrée.

Derrière la porte restée entrebâillée, Ivy guettait entre les bagages, terrifiée à l'idée que Melinda allait ouvrir grand le placard et la découvrir d'un instant à l'autre.

Puis elle entendit des sirènes.

Ivy aperçut brièvement Melinda qui se dirigeait vers la salle de séjour. Les sirènes hurlèrent plus fort en s'approchant, tant et si bien que ce tintamarre semblait sortir de sa propre tête. Elle perçut un martèlement étouffé.

Des pas lourds, précipités, de plus en plus sonores.

La porte du placard s'ouvrit à la volée. Ivy se recroquevilla. Les manteaux s'écartèrent. Un officier de police braquait son arme sur elle. Les gyrophares de véhicules garés devant la maison éclairèrent le vestibule. Derrière le premier policier, la maison regorgeait d'uniformes.

— Dieu merci ! souffla Ivy en s'extirpant du placard.

Le sergent Blanchard passa la porte d'entrée, revolver au poing, et se précipita vers Ivy qui sentit ses entrailles se serrer.

— Elle est là, réussit-elle à dire. Melinda White.

Blanchard l'aida à se relever.

Ivy trébucha. Cette fois, il n'y eut pas de préambule. En quelques secondes, elle eut l'impression qu'une énorme main, à l'intérieur, la serrait, serrait, et lui durcissait le ventre. Bessie roula à terre avec fracas.

— Rien là-haut ! beugla une voix au premier étage.

— En bas non plus, lui répondit une autre au rez-de-chaussée.

— Où est-elle ? demanda Blanchard.

— Je crois qu'elle est allée…

La contraction étrangla sa réponse. D'une main affaiblie, elle indiqua le salon.

Revolver en avant, Blanchard s'y dirigea et jeta un coup d'œil.

Ivy s'adossa au mur et s'efforça de ne pas hurler. Peu à peu, elle se faufila jusqu'au seuil de la pièce. Blanchard en fit le tour, vérifia derrière le canapé et le fauteuil à oreilles, ouvrit la banquette et la referma.

Baissant son arme, il se tourna vers Ivy.

— Il n'y a personne ici.

Peut-être s'était-elle trompée. Peut-être Melinda avait-elle réussi à s'enfuir dans la confusion qui avait marqué l'arrivée de la police.

Une fois la contraction presque terminée, Ivy passa devant Blanchard. Sur la table basse, une section du journal était pliée en quatre. Il y avait aussi les mots croisés auxquels David s'était attelé le dernier soir qu'il avait passé à la maison. Elle les ramassa et se rappela qu'elle les avait rangés dans la banquette. À deux reprises. Et ne les avait pas ressortis.

En refermant le couvercle, Blanchard avait produit un bruit sourd, le même que celui qu'Ivy avait entendu quand Melinda, après être passée devant le placard, s'était rendue dans le salon.

Lorsqu'elle s'approcha de la banquette, Ivy remarqua des gouttes d'eau sur le couvercle peint. Le cœur battant, elle le souleva. L'intérieur était vide, mais au fond, le bois brut présentait des taches d'humidité, plus sombres.

Elle tâta les parois intérieures et sentit une demi-lune sur le panneau du fond. Après avoir glissé un doigt dessous, elle se mit à tirer.

Blanchard posa une main sur son poignet. D'un geste, il lui signifia de s'écarter et leva son revolver. À son tour, il tira sur la poignée. Comme une trappe, le fond à charnières de la banquette s'ouvrit.

Un courant d'air froid sembla envahir la pièce et Ivy frissonna. D'étroits degrés raides, évoquant davantage une échelle qu'un escalier, apparurent. Tout en bas, il y avait de la lumière.

— Police ! beugla Blanchard. Nous savons que vous êtes là en bas. Sortez immédiatement !

D'un mouvement de la tête, il appela un policier en tenue, qui approcha, arme au poing.

Blanchard n'attendit pas longtemps la réponse.

— J'arrive, prévint-il.

Enjambant le bord de la banquette, il posa un pied sur le premier barreau. Lorsqu'il descendit, Ivy reconnut les craquements qu'elle avait déjà entendus.

D'en bas lui parvinrent des voix étouffées, des bruits de lutte. Puis, plus rien. Un instant plus tard, Melinda sortit, menottée dans le dos. Perruque et gros ventre avaient disparu. Blanchard la talonnait en la tenant par le coude.

Ivy recula jusqu'au moment où elle se retrouva dans le coin du salon et ne put aller plus loin. Son cœur cognait dans sa poitrine.

Melinda avança. Les gyrophares des véhicules garés dehors éclairaient son visage blême. Les traits dépourvus de toute émotion, elle jeta un coup d'œil autour d'elle. Son regard s'arrêta sur Ivy.

— Ton mari m'a violée, dit-elle d'une voix calme.

Blanchard s'interposa entre les deux jeunes femmes et poussa Melinda.

Après avoir effectué quelques pas, cette dernière se retourna vers Ivy.

— Tu ne sais pas ce que ton mari adoré m'a dit pendant qu'on le faisait ? Il m'a dit que je n'étais pas comme tout le monde. Que j'étais fantastique.

34

Assise au pied de l'escalier, Ivy attendait l'ambulance qui la conduirait à l'hôpital. Le pelage fourni de Phoebe lui réchauffait le flanc. L'un des officiers de police avait appelé le docteur Shapiro et Jody.

Une nouvelle contraction venait de céder et Ivy savait qu'une autre était imminente. Du dos de la main, elle essuya la sueur qui luisait sur son front.

Le sergent Blanchard arriva de la salle à manger, le sac d'Ivy à la main.

— Je suppose que vous en aurez besoin, dit-il en le déposant sur la marche, à côté d'elle.

— Merci.

Ivy se rendit compte qu'il y avait remis tout ce qu'elle avait fait tomber sur le sol du vestiaire.

— Ça va ? demanda-t-il.

— Ça va aller.

— J'ai trouvé ces papiers par terre.

Trois permis de conduire s'étalaient en éventail dans sa main. Il les lui tendit un par un.

Melinda White. Ruth White. Elaine Gallagher. Sur tous, la même photo : celle de Melinda.

Ivy entendit une sirène qui approchait.

Elle rendit les documents à Blanchard.

— Elle croyait me ressembler suffisamment avec cette perruque pour ne pas avoir besoin d'un faux permis de conduire à mon nom. Melinda s'est rendue aujourd'hui dans votre labo pour se soumettre à un test ADN. Il ne correspondra pas à celui que vous avez recueilli sur la brosse à dents trouvée chez elle, parce que c'était ma brosse à dents. Elle me l'a volée il y a quelques semaines.

Blanchard cilla et son front se creusa encore davantage.

— Vous voulez dire que l'ADN que nous avons prélevé dans son appartement est le vôtre ?

— Exactement. Et celui qui provient des traces de tissu fœtal laissées sur le couteau que David a essayé de cacher aussi. Vous vous apercevrez que c'est le même que celui que vous avez trouvé sur la brosse à dents. Parce que c'est le mien.

Ivy se mit à pleurer.

— Le mien et celui de David. Melinda travaillait à l'hôpital au moment où j'ai fait ma dernière fausse couche.

La sirène se tut soudain. Blanchard aida Ivy à se relever et la soutint pour franchir le seuil et descendre les marches du perron.

Ivy se pencha en avant.

— Et mon mari ?

— Nous allons le faire sortir le plus vite possible.

Un infirmier aida Ivy à monter dans l'ambulance et l'attacha sur la civière.

Blanchard commençait à refermer une porte de l'ambulance quand Ivy lui lança :

— Melinda porte une chaîne et un pendentif qui m'appartiennent. Ils me viennent de ma grand-mère.

Elle n'entendit pas sa réponse car une nouvelle contraction lui donna l'impression qu'on lui pressait les entrailles et qu'on la retournait comme un gant.

Pousse !

La douleur qui avait pris naissance dans ses reins irradiait dans tout son corps. Au-dessus d'elle, la lumière crue de la salle d'accouchement semblait animée de pulsations. Cette fois, Ivy savait pertinemment que le moment était bel et bien arrivé.

David était là, auprès d'elle. Il lui tenait la main pendant qu'elle se battait en se concentrant sur son unique tâche, mobiliser les forces de toutes les parties de son corps. Un instant plus tôt, il était accouru en nouant un masque chirurgical sur son visage pour remplacer Jody à son chevet.

— Je t'ai apporté ça, murmura-t-il en lui glissant dans la main le porte-bonheur de sa grand-mère.

Cette fois, le travail avait été rapide et efficace. Il n'y avait pas eu de temps mort avant l'admission. Ivy avait été aussitôt conduite dans la salle d'accouchement et reliée à un moniteur et à une perfusion.

C'était à cause de toute cette tanaisie, avait déclaré le docteur Shapiro. Les effets de cette substance étaient pris très au sérieux.

— Bien, c'est très bien, dit David pendant que le masque gonflait et godait sur sa bouche.

Le ventre d'Ivy brûlait d'une douleur cuisante. David plissait les yeux, semblait pousser lui aussi.

— Bravo. Formidable. Tu es une championne, dit-il.

Enfin, la contraction cessa. Mais Ivy n'eut pas le temps de souffler que la suivante atteignait déjà son intensité maximale.

— On voit la tête du bébé, annonça le docteur Shapiro d'un ton calme et rassurant. Poussez encore.

Ivy se battait chaque fois que le médecin l'encourageait à tenir bon, assurant que la prochaine contraction serait la dernière.

— Stop ! Attendcz.

Ivy essaya de s'exécuter. Le besoin de pousser était toutefois irrépressible.

— Souffle, souffle encore, dit David en l'enlaçant.

Le silence se fit dans la salle pendant qu'Ivy reprenait sa respiration. La sueur lui coulait dans les oreilles et sur la nuque.

— C'est bien, c'est très bien, fit le docteur Shapiro. Allez, une dernière fois. Poussez !

L'écho de sa voix fut renvoyé par les murs.

Ivy obéit en unissant ses dernières forces, puis haleta tandis que la pression cédait, tel un bouchon qui saute. Un long silence s'installa. Puis on entendit un cri fluet.

— C'est une fille, comme tu l'avais dit, lui souffla David à l'oreille en exerçant une pression sur sa main.

Ivy s'efforça de voir l'infirmière qui s'occupait du bébé, l'essuyait, le lavait. Toute raide, sa petite fille avait le visage rouge, les yeux fermés et la bouche ouverte. Ses petits poings serrés tremblaient. À ce spectacle, Ivy crut que son cœur allait exploser dans sa poitrine.

Le cri du nouveau-né n'était pas du tout ce à quoi elle s'attendait – des couinements de petit cochon au lieu de hurlements à pleins poumons.

— J'avais tellement peur de ne pas arriver à temps, dit David.

— J'avais tellement peur que tu n'arrives pas du tout, répliqua Ivy.

L'infirmière s'approcha avec le bébé enveloppé dans une couverture rose, les cheveux déjà en train de sécher et de former de fines boucles.

Ivy prit dans ses bras le petit ballot vigoureux et effleura de ses lèvres la tête du bébé. Elle était si douce. Des yeux gris, limpides, s'ouvrirent, et le bébé la regarda avec une expression de sagesse ancestrale. Ivy ressentit une telle bouffée de tendresse qu'elle eut du mal à respirer.

— Coucou, Petite Pousse, souffla-t-elle. Mon bébé adoré.

Cette enfant avait des cils à vous damner.

De l'index, David effleura la joue du bébé.

— Elle est merveilleuse.

Ivy tâta la couverture et trouva un pied. Plissée à la cheville, la chair rappelait à Ivy un poulet décharné à qui on aurait enfilé un collant trop grand couleur chair.

Une larme roula sur la joue de David quand il embrassa le petit pied.

Voilà ce qu'Ivy avait failli perdre : David, leur bébé, leur vie commune, leurs espoirs et leurs rêves d'avenir.

La pièce devint floue et, avant de comprendre ce qui se passait, Ivy se retrouva en pleurs – ayant perdu toute maîtrise d'elle-même, lâchant d'énormes sanglots comme si une digue avait cédé en elle.

Sanglotant toujours, elle attrapa la manche de David. Une infirmière accourut pour prendre le bébé. David serra Ivy dans ses bras et la berça.

— C'est fini, c'est fini, dit-il en la serrant encore plus fort. Je suis désolé.

Ivy frissonna et se colla contre la poitrine de David, ses larmes trempant bientôt le haut de la blouse d'hôpital qu'il avait dû enfiler.

— Tu as toutes les raisons de m'en vouloir. D'être furieuse contre moi. Je…

Sa voix s'étrangla. Il lui caressa la tête, le cou.

— Je ne me doutais pas… Et ensuite, j'ai cru que je ne serais plus jamais avec toi. Que je ne verrais jamais le bébé.

Elle sentait que la poitrine dans laquelle elle se nichait se soulevait.

— Est-ce que tu pourras me pardonner un jour ?

Ivy était incapable de parler. Elle leva les yeux vers lui.

— Ivy…, lâcha-t-il, le visage tordu d'anxiété, les yeux pleins de larmes.

— Tous ces mensonges, dit-elle.

— Je croyais protéger…

— Qui ?

— Toi. Le bébé. Moi.

Il baissa la tête.

— Je croyais agir au mieux.

Au cours de la nuit, Ivy fut transférée dans une chambre. David rentra chez eux pour se laver et dormir un peu.

Tôt le lendemain matin, Ivy prit une longue douche chaude et laissa l'eau frapper son dos et ses flancs douloureux. Un bleu magnifique rouge violacé sur la hanche droite et une épaule qui lui faisait mal lui rappelèrent qu'elle l'avait échappé belle. La petite coupure à l'endroit où la pointe du couteau s'était enfoncée brûla lorsqu'elle la savonna.

Après quoi, elle enfila une chemise de nuit très douce, en soie, un cadeau luxueux que Jody lui avait apporté, et se remit au lit. Elle sombra dans le premier sommeil réparateur qu'il lui était donné de goûter depuis plus d'une semaine.

Quand elle se réveilla, le soleil baignait la chambre. Assis dans le fauteuil, David rayonnait en contemplant le bébé qu'il tenait dans ses bras.

Bien réveillée, les yeux grands ouverts, la petite lui rendait son regard, sa bouche formant un ovale parfait.

Ivy bâilla. Tous ses muscles lui faisaient mal. Elle se tourna sur le côté pour toucher le bras de David.

Ce dernier lui sourit.

— Elle est tellement magnifique, Ivy… (Il glissa le petit doigt dans la main du bébé qui se referma aussitôt dessus.) Tu ne crois pas qu'il est temps de lui donner un nom ?

— Alors un nom qui évoque la force. Peut-être avec un F en souvenir de grand-mère Fay ?

— Fanny ?

— Ça me plaît assez. C'est démodé, mais mignon.

— Ou Flora ?

— Flora Rose ? demanda Ivy en faisant la grimace.

— J'avais oublié. Il y a toutes ces règles.

Il déposa un baiser sur le poing minuscule et ajouta :

— C'est vrai, une seule jolie fleur suffit.

Ivy frotta la pierre montée sur le porte-bonheur de sa grand-mère, qu'elle avait remis autour de son cou.

— Oh ! je ne sais pas. Flora est un très joli nom.

La voix venait du seuil. Ivy leva les yeux pour voir Mme Bindel dans un fauteuil roulant et, derrière elle, le sergent Blanchard.

— Autrefois, j'avais une amie qui s'appelait Flora.

— Madame Bindel ! s'écria Ivy en appuyant sur un bouton pour relever la tête du lit d'hôpital. Voilà que vous vous promenez. Ça y est, vous êtes sur pied.

— Je me promène. Quant à être sur pied, ça reste à voir. Puis-je entrer ? Juste un instant.

— Bien sûr.

Blanchard poussa Mme Bindel dans la chambre.

— Je ne voulais pas attendre pour vous présenter mes excuses. Al est venu me mettre au courant, ce matin, et je lui ai demandé de me conduire aussitôt ici.

Al ? Le sergent Blanchard rougit.

— Je croyais que c'était vous qui m'aviez donné un coup sur la tête. Mais ce n'était pas vous. C'était l'autre femme, celle qui a disparu. Sauf qu'elle se cachait, d'après ce que j'ai compris. Tous ces ennuis qu'elle a causés ! Une vraie saleté !

Mme Bindel regarda le sergent en haussant les sourcils.

— Exact, dit Blanchard. En revenant de son ancienne maison, Melinda White traversait le jardin de votre voisine pour aller chez vous quand Mme Bindel l'a prise sur le fait. Elle a eu peur d'être démasquée et, d'après ce qu'elle prétend, a seulement voulu assommer Mme Bindel.

— C'est ce qu'elle vous a dit ? demanda Ivy.

Blanchard le confirma.

— Elle est inculpée de voies de fait, de violation de domicile, de kidnapping…

— Et de meurtre ?

— Celui de sa mère ? Non. Mme White est morte de causes naturelles. Cancer. Melinda ne l'a pas enterrée pour continuer à percevoir le montant de sa retraite et de l'aide sociale. Il y aura donc aussi une accusation de fraude. Et d'usurpation d'identité. Sa sœur, Ruth, est mariée et habite à Toronto. Il y a des années qu'elle avait perdu le contact avec elle et sa mère. Melinda a loué un appartement en Floride au nom de Ruth et a embauché quelqu'un pour réexpédier le courrier de sa mère à une adresse de Belcher Street.

— À Elaine Gallagher ? demanda Ivy.

Le front de Blanchard se plissa.

— Comment savez…

Ivy voyait presque tourner les rouages de son cerveau. Elle le regarda d'un air innocent. Pas question qu'elle lui avoue son entrée par effraction et sa découverte du corps de Mme White.

— Elaine Gallagher est morte il y a cinq ans, expliqua Blanchard. Ici même, d'ailleurs, dans cet hôpital. À l'époque, Melinda y était employée. Elle a dû utiliser les données personnelles contenues dans le dossier de cette malheureuse pour se faire ouvrir un compte bancaire et délivrer une carte de crédit. Elle a demandé un nouveau permis de conduire et a posé pour la photo. Ensuite, elle a falsifié des documents pour faire croire qu'Elaine Gallagher avait acheté la maison de Belcher Street. À ce moment-là, elle travaillait dans une agence immobilière. Nous avions presque démêlé l'écheveau quand… Je suis navré, un peu plus et nous arrivions trop tard.

— Elle avait les clés de chez nous. Même une fois que j'avais fait poser de nouvelles serrures.

Ivy se rappela le trouble du quincaillier quand elle était allée lui demander un double. Avec perruque et faux ventre, Melinda était sans doute passée peu de temps auparavant pour faire reproduire les clés du trousseau pendu près de la porte de la cuisine.

— Oui, apparemment, elle entrait et sortait comme bon lui semblait. Et elle vous avait surveillés, vous et votre mari, et connaissait vos habitudes.

— Elle voulait notre bébé.

— Je sais. Du moins, je le sais maintenant.

Son air confus était sans doute la seule excuse qu'Ivy obtiendrait de lui.

Mme Bindel fit avancer son fauteuil vers David.

— Hein qu'elle est mignonne ? dit-elle en examinant le bébé qui dormait maintenant dans les bras de son père.

D'un doigt replié, elle chassa une larme qui s'était formée au coin de l'œil.

— Ce qu'il faut à votre maison, c'est de la jeunesse. Mais, faites-moi plaisir, fini les vide-greniers.

— Quand Melinda est venue au vide-grenier, est-ce que tu l'as reconnue ? demanda Ivy à son mari après le départ de Blanchard et de Mme Bindel.

David se leva et déposa doucement le bébé dans son berceau. Puis il vint s'asseoir sur le lit voisin.

— Non. Pas au début.

Des questions sans réponse viciaient l'air qui circulait entre eux. Ivy se remémorait les mots de M. Vlaskovic : « Les secrets sont parfois du poison. La vérité est rarement aussi redoutable, aussi terrifiante que ce que l'on imagine. »

— Melinda m'a dit que tu l'avais violée.

La colère flamboya dans les yeux de David.

— Et tu l'as crue ?

— J'aurais dû ?

— Je n'ai jamais fait une chose pareille. C'est ce que je lui ai dit, et ça l'a rendue dingue. Nous étions dans le grenier. Elle a lancé le cygne en verre et, ensuite, on aurait dit qu'elle était en transe. Elle a évoqué ce qui s'était passé au Kezey's, jusque dans les moindres détails. Ça me faisait de la peine de l'écouter, elle semblait certaine de ce qu'elle avançait. J'ai été salement ébranlé quand elle a dit que je l'avais entraînée dans le placard et que j'avais… fait ce qu'elle disait.

Très calme, David regarda Ivy droit dans les yeux.

— Je n'aurais d'ailleurs pas été surpris qu'une telle chose se produise. Une bande de garçons et une fille. Tous âgés de dix-sept ans. Bourrés. Seuls dans ce sous-sol.

— Elle m'a dit qu'elle était tombée enceinte et avait fait une fausse couche. Et que le vol de notre bébé compenserait la perte du sien.

— Je ne l'ai pas violée, affirma David en regardant Ivy d'un air angoissé. À ton avis, je ne m'en souviendrais pas si je l'avais fait ?

— J'aimerais te croire. Elle m'a dit qu'elle avait senti une chaîne autour de ton cou pendant que tu étais avec elle.

— Là, tu vois ? Est-ce que tu m'as jamais vu porter une chaîne autour du cou ? Ce n'était pas moi. C'était…

David resta bouche bée en comprenant soudain.

— C'était Theo, compléta Ivy en se rappelant la croix grecque qui pendait à une chaîne accrochée au rétroviseur, dans sa voiture. Il prétend que tu t'es évanoui et qu'il ne s'est rien passé. Rien du tout.

— Ça ne m'étonne pas. Il m'a dit qu'il se retirait des élections sénatoriales parce que, une fois que Melinda aurait raconté sa version des faits, tous ceux qui étaient présents au bowling ce soir-là seraient ennuyés. Que la vérité importait peu. Et que, d'ailleurs, après toutes ces années, personne ne pourrait rien prouver.

Il lui prit la main.

— Ivy, si j'avais fait ce qu'elle a dit, pourrais-tu me pardonner ?

— Je…

— Tu pourrais ? Parce que, de toute façon, je suis impliqué. Même si je ne l'ai pas violée, j'étais là et je n'ai rien fait pour la protéger. J'aurais pu y parvenir. Les autres types m'écoutaient. Ensuite, au lycée, j'ai laissé les rumeurs se répandre. Et, au bout d'un moment, j'ai oublié cette histoire. On aurait dit qu'il ne s'était rien passé.

Ivy scruta le visage hagard de cet homme qui avait été son amant et son meilleur ami pendant la moitié de son existence. Elle repensa à la première fois où il était entré dans sa vie, penché au-dessus d'elle avec son air inquiet, sur le terrain de sport. Elle se rappela l'échange des vœux le jour de leur mariage, sur l'île de Peaks, dans le Maine. Et la première fois qu'ils avaient passé le seuil de la maison qu'ils venaient d'acheter. Elle courait alors d'une pièce à l'autre, ravie, et aussi terrorisée qu'ils se soient lancés dans une telle aventure, puis s'était sentie rassurée après avoir serré David dans ses bras. Pas un instant, elle n'avait douté de ses qualités humaines.

À présent, elle était sûre que Theo mentait et minimisait les événements. Elle n'avait aucun mal à croire qu'il avait profité de Melinda. Quant à la grossesse supposée de la jeune femme, Ivy était loin d'en être certaine. Avait-elle consulté un médecin ? Et comment aurait-elle su sans risque de se tromper que le bébé qu'elle avait perdu était de David ?

Malgré elle, Ivy entendait ses derniers mots : « Il m'a dit que je n'étais pas comme tout le monde. Que j'étais fantastique. »

Theo, lui, n'aurait jamais dit ça.

Et si, à dix-sept ans, David s'était soûlé et avait couché avec une malheureuse qui s'était amourachée de lui et aurait fait n'importe quoi pour qu'il la remarque ?

Ivy ne pouvait pas remonter le cours du temps. Pas plus qu'elle ne pouvait se glisser dans la tête de Melinda pour démêler désirs, cauchemars et réalité. Melinda avait elle-même reconnu qu'elle ne savait pas au juste ce qui s'était passé.

Non, Ivy ne pouvait que garder ses incertitudes et s'accrocher à ce que, au fond de son cœur, elle savait de l'homme qu'elle aimait. C'était déjà quelque chose.

REMERCIEMENTS

Je dois beaucoup à tous ceux qui m'ont aidée à écrire ce livre. Merci à Scott Johnson, Lee Loffland, Trooper Edward Stanley, l'inspecteur Charles F. Paris, Brian P. Cherry, avocat pour le bureau du procureur, Doug Lyle, médecin, le juge Kenneth Freeman, qui ont veillé à l'exactitude de certains détails. Merci à mes confrères écrivains : Lorraine Bodger, Lora Brody, Jan Brogan, Donald Davidoff, Susan W. Hubbard, Roberta Isleib, Floyd Kemske, Jonathan Ostrowsky, Naomi Rand, Hank Phillippi Ryan, Barbara Shapiro, Sarah Smith et Jerry Touger. Merci à l'astucieuse et infatigable Gail Hochman. Et toute ma reconnaissance à Katherine Nintzel, Carolyn Marino, Wendy Lee et à tous les autres brillants éléments des éditions HarperCollins.

Composition réalisée par DATAGRAFIX

Achevé d'imprimer en Espagne en mars 2011 par
BLACK PRINT CPI IBERICA, S.L.
08740 Sant Andreu de la Barca (Barcelona)
Dépôt légal 1re publication : avril 2011
LIBRAIRIE GÉNÉRALE FRANÇAISE – 31, rue de Fleurus – 75278 Paris Cedex 06

31/2842/8